27 cours d'Estienne d'Orves 13001 Marseille

Photo : © 123rf
Directeur de collection : Jimmy Gallier

www.polar.jigal.com

ISBN 979-10-92016-40-6

Maurice Gouiran

LES VRAIS DURS MEURENT AUSSI

ÉDITIONS JIGAL

DU MÊME AUTEUR

La nuit des bras cassés
Prix Sang d'Encre des Lycéens 2003

Le théorème de l'engambi
Le dernier des chapacans
L'Arménienne aux yeux d'or
Les Martiens de Marseille
La porte des orients perdus
Les damnés du Vieux Port
Marseille, la ville où est mort Kennedy
Coup de cœur Blues & Polar 2013

Sous les pavés, la rage
Prix virtuel du Polar 2006

Terminus Ararat
Train bleu, train noir
Prix Livresse de lire 2013

Putains de pauvres !
Les chèvres bleues d'Arcadie
Les vrais durs meurent aussi
Le sang des Siciliens
Qui a peur de Baby Love ?
Appelez-moi Dillinger
Franco est mort jeudi
Sur nos cadavres, ils dansent le tango
Et l'été finira
La mort du scorpion
Mais délivrez-nous du mal
L'Hiver des enfants volés
Une nuit trop douce pour mourir

Éditions Jigal

Entendez-vous,
Entendez-vous, gens du Vietnam
Entendez-vous dans vos campagnes
Dans vos rizières dans vos montagnes…
Ces êtres inférieurs
Ne savaient haïr que la haine
Ne méprisaient que le mépris
Mais
Il y avait aussi et venant de très loin
Les Monopolitains
Ceux de la Métropole et de l'appât du gain
Négociants trafiquants notables résidents
Avec les légionnaires, les expéditionnaires
Et les concessionnaires
Et les hauts commissaires
Et puis les missionnaires et les confessionnaires
Venus là pour soigner leurs frères inférieurs
Venus pour les guérir de l'amour de la vie
Cette folle et honteuse maladie…
Cependant que très loin, on allume des lampions
Des lampions au napalm sur de pauvres paillotes
Et des femmes et des hommes des enfants du Vietnam
Dorment les yeux grands ouverts sur la terre brûlée
Et c'est comme Oradour
C'est comme Madagascar et comme Guernica
Et c'est en plus modeste tout comme Hiroshima

Jacques Prévert

… On m'a appelé et, devant les copains,
on m'a dit : "À toi, la p'tite fille ! Vas-y !"
Je me suis approché du gars : il me regardait.
Je vois encore ses yeux qui me regardaient…
Ça me dégoûtait…
J'ai tiré…
Les copains ont descendu les autres.
Après, ça me faisait moins drôle…
Ce n'est peut-être pas du boulot très propre ;
mais, au fond, tous ces gars-là, ce sont des criminels
quand on y réfléchit. Si on les relâche, ils recommencent ;
ils tuent les vieillards, les femmes et les enfants.
On ne peut les laisser faire cela…
Alors, au fond, on nettoie le pays de toute la racaille…
Et puis, ces gens-là, ils veulent le communisme,
alors vous comprenez… ?

La Torture dans la République.
Lettre d'un jeune soldat, citée
par Pierre Vidal-Naquet (Maspero, 1 972)

Lu dans la presse locale le mardi 31 juillet sous le titre « Meurtre mystérieux à la Pointe Rouge »

Le corps d'un homme de 72 ans a été découvert hier matin, à la première heure, sur le parking de la Pointe Rouge. D'après nos premières informations, l'homme aurait été poignardé et sauvagement mutilé.

On ne connaît pas l'identité de la victime.

Le SRPJ de Marseille enquête.

Lundi 6 août, l'Estaque

— Oh ! Clo, tu me fais ça bien, hé ! Tu déconnes pas. Fais voir un peu…

L'ancêtre est méfiant comme c'est pas possible. Je sens qu'il jette un œil inquisiteur, par-dessus mon épaule, sur le mortier de marbre de Carrare, avant d'égrener son chapelet :

— Le gros sel… Voueille… Le poivre moulu… Voueille… L'ail… Voueille…

J'ai horreur qu'on se pointe dans mon dos pour épier ce que je fais. Je me retourne brusquement :

— Dis, Biscottin, tu m'invites, je me braque une partie de la bouffe et toi, tu trouverais à redire ?

— Non, c'est pas ça, mais j'aime bien que les choses elles soient faites dans les règles de l'art.

— Je les connais tes règles de l'art ! Tu me les as répétées cent fois chez Léon !

Il hausse les épaules :

— On sait jamais… Et pas d'œuf, hé… Tu me mets surtout pas d'œuf dans la rouille !

— Tu deviens maniaque.

— C'est pas vrai, mais j'aime que les choses soient faites comme elles doivent être faites. Et si on commence par négliger la bouille et la rouille, qu'est-ce que ça sera pour le reste !

Je me contente de soupirer. Après tout, il n'a pas tort, le vieux. Que le téléphone portable remplace le téléphone fixe, qu'on puisse stocker des films sur des dvd, que les tégévés remplacent les locos à vapeur et les autoroutes les chemins cahoteux, on aime ou on n'aime pas, mais c'est la rançon du progrès et on n'y peut pas grand-chose. Mais le progrès, ça n'empêche pas de faire la bouille et la rouille selon les règles de l'art !

La marmite ronronne sur le gaz et laisse échapper des parfums alléchants de safran et de fenouil.

Biscottin, qui a ôté le couvercle au premier bouillonnement, baisse un peu la flamme.

— Celle-là, je te la garantis…

— Je sais…

Oui, je sais. Rien qu'à l'odeur…

Il extirpe trois rondelles de patate de la grande marmite en alu :

— Té, c'est pour toi.

J'ai pilé les gousses d'ail sur le gros sel et le poivre. J'ajoute les patates et un filet de coulis, pour la couleur. Je pose le mortier de marbre sur un torchon et le cale entre mes cuisses. Je rapproche la bouteille d'huile d'olive de Velaux, une huile verte à la senteur prononcée. La phase la plus délicate commence : il s'agit de piler la mixture d'une main, puis de laisser couler un mince filet d'huile tout en tournant, le temps que la rouille prenne.

— Sûr qu'avec un jaune d'œuf, c'est plus facile… Mais avec un jaune d'œuf, c'est pas de la rouille, c'est de l'aïoli ou de la mayonnaise façon rouille. C'est pas pareil, tu sais…

Le vieux, avec ses principes d'un autre âge…

Déjà un petit quart d'heure que ça bout. Biscottin jette un œil sur la marmite et soulève légèrement une des rascasses avec une cuiller en bois :

— Je crois que c'est bon. Où c'est que t'en es, toi, avec la rouille ?

— Terminarès, pépé !

— M'appelle pas pépé, je te l'ai déjà dit !

Je sais qu'il a horreur de ça. Il récupère le bouillon dans un saladier en terre cuite et dispose soigneusement les rascasses, les tranches de fiela et les patates dans un plat en faïence.

— À table !

C'est un repas en tête-à-tête. Pas vraiment un repas d'amoureux, même si j'aime bien Biscottin. Je le vois et je discute avec lui pratiquement tous les jours, tous les jours où je m'arrête au Beau Bar, devrais-je dire... Mais c'est quand même exceptionnel qu'il me convie à grimper jusqu'ici, jusque chez lui.

D'ailleurs, ça doit bien faire trois ans que je n'étais pas venu et rien n'a changé. Il y a simplement trois années d'accumulation de merdes de toutes sortes en plus.

J'étale un peu de rouille sur les croûtons et déverse le bouillon brûlant par-dessus.

Biscottin avale bruyamment le liquide parfumé.

Et ça fait des grands flchss, et ça fait des grands flchss, comme dirait Jacques Brel.

— Tu vois, Clo, y en a qui font des chichis avec la bouillabaisse. Et je te mets un fond de soupe de poissons, et je t'ajoute du pastaga, et je te fais revenir des oignons, et je te carre une langouste pour faire joli... Tout ça, c'est bon si tu achètes le poiscaille dans les supermarchés. En fait, la bouille, c'est fait pour magnifier le goût du poisson. Si t'as du poisson frais, c'est tout simple, tu fais comme je t'ai dit. T'en fais le moins possible.

Lu dans la presse locale le jeudi 2 août sous le titre « La dépouille d'un ancien légionnaire retrouvée près de Puyloubier »

C'est sur la petite route qui relie Peynier à Puyloubier, plus précisément au lieu-dit Logis-de-la-Colle, que le corps sans vie d'un retraité de la Légion étrangère a été découvert.

L'homme, qui résidait dans la maison de retraite de la Légion étrangère de Puyloubier, a été retrouvé poignardé. Ce sont des vététistes qui l'ont aperçu, dans un fossé bordant la route.

Selon les premiers éléments de l'enquête, la victime aurait été mutilée. Le corps a été transporté à l'institut médico-légal de Marseille où il doit être autopsié.

Ce meurtre est d'autant plus troublant qu'il fait suite à un autre meurtre de légionnaire. Dans notre édition du 31 juillet, nous vous relations la découverte d'un corps poignardé sur le parking du bord de mer de la Pointe Rouge, or les premières investigations de l'équipe du commissaire Arnal, chargé de l'enquête marseillaise, ont révélé que la victime était également un ancien légionnaire.

Lundi 6 août, l'Estaque

Biscottin m'a attiré chez lui il y a une paire d'heures.

Lorsque je suis entré au Beau Bar, ça discutait ferme malgré la chaleur. Le MLM, alias Mouvement de Libération de la Mer, alias « meuleumeu » pour les banastes, était au centre des discussions because une nouvelle embarcation hyper chicos avait péri par les flammes la nuit précédente.

Un Atlantis de quarante-huit pieds appartenant au gros Lolo avait cramé sur le quai de la Lave, mais ça ne faisait pleurer personne.

La raison de l'indifférence du bon populo était double. D'une part, les victimes du meuleumeu étaient toujours des parvenus plutôt puants et vaniteux, davantage soucieux d'exprimer leur puissance en exhibant des bateaux hors de prix que véritables amoureux de la mer. D'autre part, aucun des consommateurs présents ne possédait un bateau de luxe et les clients du Beau Bar pouvaient dormir tranquilles car ils savaient bien que le meuleumeu ne s'attaquait jamais à des esquifs pesant moins de deux cent mille roros.

Enfin, le meuleumeu affirmait lutter contre le bétonnage de la côte, la multiplication des ports de plaisance et des ports à sec qui détruisent les plages et les criques chères au prolétariat, un programme qui rencontrait un assentiment général.

— Paraît qu'il l'avait payé plus de quatre cent mille roros, son bateau. Pour un ferrailleur, c'est pas mal ! nota l'Endive.

— C'est le roi de la magouille, le gros Lolo, et surtout le roi de la fauche. Paraît qu'il pique tous les câbles de cuivre sur les chantiers des immeubles en construction. Et à Marseille, des constructions, il y en a des chiées, affirma Kader en avalant son café.

Quoi qu'il en soit, d'après Léon qui avait vu les flics ce matin, il ne restait plus grand-chose de l'Atlantis, de ses deux cabines et de ses deux moteurs Volvo de quatre cent quatre-vingts chevaux.

Assis à la table du fond du Beau Bar, le journal largement étalé sur le plateau de la table, Biscottin semblait préoccupé et étranger aux échanges du comptoir. Le journal, c'était surtout pour se donner une contenance. J'ai eu la curieuse impression qu'il attendait ma venue car son visage s'est éclairé dès que je suis rentré.

Et j'avais raison.

Lorsque je me suis assis comme d'habitude, face à lui, une mauresque dans chaque main, une pour lui, une pour moi, il a paru soulagé.

— Clo, j'espérais bien que tu viendrais ce matin.

Je l'ai interrogé du regard. Il avait sûrement quelque chose à me demander.

— Je voulais te proposer de partager une bouille avec moi.

Nouveau regard interrogateur. L'invitation était pour le moins inhabituelle. Il s'est justifié :

— Ouais, ce matin j'ai acheté six belles rascasses à la mère

Brun. Elles frétillaient, fallait voir… Alors, je me suis dit : je vais faire une bouille, mais une bouille, ça se mange pas en solitaire. La bouille, c'est comme l'amour, faut être au moins deux.

— Au moins ? Et quelquefois plus, selon toi ?

Il m'a gratifié d'un sourire édenté :

— Pour la bouille, pas de problème. Pour l'amour, ben, ça dépend des goûts… En fait, je pouvais guère inviter un de ces poivrasses que tu peux voir au comptoir. Alors, j'ai pensé à toi…

— C'est gentil, Biscottin, mais si j'étais pas venu ?

Il m'a zieuté d'un air dépité :

— Si t'étais pas venu, je l'aurais eu dans le cul !

Gros rire. Il a vidé sa mominette cul sec et m'a demandé, en reposant son verre :

— Alors, c'est d'accord ?

— Bien sûr que c'est d'accord.

En fait, l'invitation tombait plutôt bien car je n'avais pas grand-chose à me mettre sous la dent. Et puis la bouille selon saint Biscottin, c'est quelque chose…

— Si c'est bon pour toi, on se casse de suite. Faut que je la mette à cuire. On en boira un autre à la piaule.

— Vous vous tirez déjà ?

Muriel nous interpella, étonnée par notre passage aussi rapide dans son établissement. Habituellement, nous prenons le temps d'en boire quatre ou cinq, le temps de refaire le monde et de mettre à jour le top ten des gros connards dans les trois catégories qui nous intéressent : l'international, la France et Marseille. Et parfois, on retrouve les mêmes noms dans les trois classements tant notre esprit est étriqué !

J'ai tout juste eu le temps de biser Muriel qui était super craquante car le bon Dieu a voulu que la belle ne supporte la grosse chaleur qu'en tenue d'Ève. Elle se baladait donc à moitié à poil, avec une jupette grande comme un mouchoir et un soutif qui cachait tout juste les aréoles de ses opulents nibards.

— Putain, elle ferait bander un âne mort, chuchota Biscottin en quittant le bistrot.

Léon, derrière son comptoir, couvait sa galine du regard tout en surveillant ses consommateurs qui, sous l'effet de l'accumulation de fly, ne pensent qu'à la violer dès qu'ils affichent une alcoolémie qui dépasse 0,7 gramme par litre de sang (ce qui correspond en fait au taux à jeun de la plupart d'entre eux).

Une fois dans la rue, l'ancêtre murmura :

— Tu sais, Clo, quand je me tripote, c'est à elle que je pense. Elle doit être sacrément bonne, la Muriel.

Il ponctua sa prédiction d'un petit rire aigre, avant de lâcher, dépité :

— Je dis ça, mais c'est pas fréquent. À mon âge, on a déjà remballé ses outils depuis belle lurette…

Lu dans la presse locale le samedi 4 août, sous le titre « Encore un légionnaire assassiné ! »

C'est hier matin que les lève-tôt du petit village de Puyloubier ont eu la macabre surprise de découvrir la dépouille d'un homme accrochée aux grilles de l'école primaire.

Il s'agirait, en fait, du troisième légionnaire assassiné dans la région depuis moins d'une semaine, après la victime du parking de la Pointe-Rouge, à Marseille, et celle du Logis-de-la-Colle tout proche.

Selon des sources bien informées, les trois anciens légionnaires seraient âgés de plus de soixante-dix ans et auraient été exécutés de la même manière barbare. Ils auraient été poignardés avant d'être égorgés et abandonnés, les testicules dans la bouche, une pratique courante du FLN durant la guerre d'Algérie.

Le Préfet a décidé une surveillance renforcée du vaste domaine du Capitaine Danjou, qui se situe à l'est du village de Puyloubier, sous les derniers contreforts de la Sainte Victoire. Cet établissement accueille depuis plus de cinquante ans les anciens légionnaires valides et invalides blessés, malades ou inadaptés. Les deux dernières victimes étaient des pensionnaires de ce domaine.

Lundi 6 août, l'Estaque

Biscottin habite une petite maison assez délabrée dans la montée du Cercle, juste en dessous de l'église de l'Estaque. L'étroitesse du passage du Pataclet et de la traverse du Lion nous a permis de grimper à l'ombre et d'éviter les rayons meurtriers d'un soleil désespérément calé au zénith. Au passage, j'ai acheté une quille de Châteauneuf-du-Pape blanc, chez Pierre, le marchand de vin le plus space de Massalia.

À l'Estaque – qui ne mérite plus le qualificatif de plage depuis que des mecs bien intentionnés ont bétonné tout le littoral, de Corbières jusqu'aux Catalans – la chaleur reste étouffante malgré l'enfilade de platanes qui protège en partie le port, et l'air de la mer proche.

Chez Biscottin, il fait nettement meilleur. Sans doute est-ce pour cela que mon hôte est vêtu, été comme hiver, d'un *shangai* mais aussi de charentaises rouges et d'une casquette en tweed qui ne sont pas vraiment de saison !

Les murs épais, percés seulement de fenêtres hautes et rétrécies, permettaient de conserver la fraîcheur de la nuit, mais aussi – et hélas – les relents d'une baraque habitée par un vieillard célibataire et peu soigneux.

Biscottin vit dans deux pièces minuscules – une au rez-de-chaussée, une chambre à l'étage – et j'ai dû débarrasser la table d'un tas de vieux journaux et de la vaisselle sale de la semaine pour qu'on puisse s'y poser.

— Ça fait un bout de temps que j'ai plus fait le ménage… a lancé le vieux en guise d'excuse.

D'après moi, il n'avait jamais fait le ménage dans ce capharnaüm.

J'ai placé le Châteauneuf Moulin-Tacussel dans un seau rempli de glaçons et Biscottin m'a montré la marmite. Six belles rascasses dormaient sur des tranches de fiela, elles-mêmes amoureusement déposées sur un lit de tranches de patates. De quoi rassasier deux grands garçons en pleine croissance comme nous ! Des rondelles d'oignons, un bouquet de fenouil frais, du coulis de tomates, des gousses d'ail écrasées, du poivre moulu, des traînées de safran et des nuages d'huile d'olive jouaient sur l'eau qui recouvrait les poissons et répandaient des parfums envoûtants.

Biscottin a craqué, l'œil brillant, une allumette sous la marmite.

On s'est ensuite jeté trois casas dans le gosier, histoire de se dégraisser les amygdales, le temps que notre casse-croûte parvienne à ébullition et que le Moulin-Tacussel se rafraîchisse suffisamment.

— Si je t'ai fait venir…

Nous y voilà enfin…

Après la première rascasse, une tranche de fiela et deux verres d'un Châteauneuf blanc qui allie à la perfection la puissance et la tradition dans un superbe équilibre d'arômes, l'heure de la vérité a sonné. Je vais enfin savoir ce que cache cette invitation suspecte.

Peu m'importe, en fait, ce que Biscottin a derrière la tête, tant la bouille est succulente et mon esprit délicieusement embrumé par les Casa et le vin blanc.

— Toi, t'as sûrement quelque chose à me demander…

Son visage se fripe. Il se tortille, gêné :

— Clo, c'est pas exactement ça. En fait, moi, j'ai besoin de rien. Si je t'ai demandé de venir, c'est d'abord pour la bouille, parce que j'aime pas me régaler tout seul, j'aime bien avoir un ami à table, et ensuite pour te demander ton avis.

— Mon avis sur quoi ?

Il se détend, soudain plus à son aise.

— Sur le Polack.

— Le Polack ? On ne pouvait pas en parler au Beau Bar ?

Nouvelle grimace :

— Je préfère ici… En bas, c'est bourré d'ivrognes et de mecs qu'on connaît à peine, des mecs qui sont de passage ou qui sont collègues avec des habitués auxquels je confierais pas ma petite fille.

— Tu as une petite fille ?

— Non, c'est histoire de t'expliquer…

Il se sert une deuxième rascasse et deux tranches de fiela avant de me tendre le plat en faïence. J'en profite pour choisir un bœuf, une rascasse blanche, et des patates.

— Y aura assez de rouille ?

— Je crois… Ouais, je te parlais donc du Polack… Tu le connais ?

— Couci-couça… Je le croise parfois au bistrot. C'est un gars assez discret. Généralement, il en boit deux, discute un peu, puis il se tire sagement. C'est pas vraiment un ivrogne, ton Polack…

Je n'ose pas ajouter « comme toi et quelques autres… ».

Il m'est parfois arrivé de discuter avec lui de tout et de rien. Manifestement, c'est un gars qui a dû voyager. Je sais simplement que c'est un ancien légionnaire.

— Il n'était pas au bistrot aujourd'hui…

— Non, il était pas au bistrot. Et c'est pour ça que je voulais te voir.

Biscottin… Le Polack… Pas beaucoup de points communs entre ces deux zèbres, à part leurs habitudes chez Léon.

Où veut-il en venir ?

Biscottin ne me laisse pas le temps de réagir. Il se lève, va récupérer une vieille boîte à chaussures et la pose sur la table, à côté du saladier de bouillon odorant.

— Voilà le problème.

Il ôte le couvercle. La boîte contient des tas de papiers, des lettres, des articles de presse et des photos. Je le regarde en portant un filet de rascasse blanche à ma bouche :

— Je le vois pas, le problème. Tu pourrais sans doute m'expliquer plus en détail…

— Voilà… Le Polack a disparu depuis dix jours, juste après m'avoir confié cette boîte. Il m'a laissé aussi ce tableau.

Il pointe son index vers la reproduction d'une toile de la renaissance italienne qu'il a posée bien en vue sur son buffet. Ça représente une Vierge à l'Enfant, un sujet pour le moins inhabituel pour les barbouilleurs d'aujourd'hui. Et puis, si j'en crois le coup de pinceau, celui qui l'a peinte n'était pas Michel-Ange, je vous l'assure.

Biscottin me raconte que le Polack habite une vieille baraque encore plus moisie que la sienne à un jet de pierre de chez lui et qu'il est venu lui rendre visite il y a une grosse semaine.

— Je me demandais ce qu'il voulait. Moi, je le connaissais pas plus que ça, tu sais… On se disait bonjour-bonsoir et on échangeait trois mots au bistrot. Le Polack, ça a jamais été un mec très causant. Tu sais, c'est pas des gens comme nous, les Polonais…

— Il voulait quoi ?

Il me montre la boîte à godasses :

— Me refiler ça. Il était dix heures du soir, il faisait presque nuit et il avait l'air affolé. C'était pas normal. Tu le connais, c'est pas le genre de gars qui a les chocottes pour un oui ou pour un non. Ça devait être un dur à cuire, le Polack… Il m'a dit qu'il craignait pour sa vie, qu'il devait se planquer deux ou trois jours, puis il m'a demandé de lui garder ça, en attendant.

— Je ne vois pas pourquoi tu t'inquiètes. Il a dit qu'il allait se planquer. Il doit donc se planquer quelque part, c'est pas plus compliqué que ça.

— Deux ou trois jours, il m'avait dit, Clo. Mais ça fait aujourd'hui dix jours qu'il a disparu ! J'ai peur qu'il lui soit arrivé quelque chose. Tu sais que je sens ces choses-là, moi…

Je souris :

— C'est vrai que tu as toujours été un peu sorcier !

Puis plus sérieusement, en fronçant le sourcil :

— Tu as un pressentiment ?

— Plus que ça… La menace paraissait sérieuse. D'ailleurs, le Polack m'a montré qu'il gardait toujours une arme sur lui, au cas où…

— Une arme ?

— Oui, un poignard attaché contre son mollet, avec la pointe de la lame fichée à l'intérieur de ses rangers. Et c'était pas un canif, je t'assure ! Il m'a même expliqué comment il avait traficoté l'étui de son schlass pour pas se blesser. Et puis, il y a les journaux…

— Les journaux ? Ils parlent du Polack ?

Faut dire que, perdu dans mes garrigues désertes, j'ignore tout de l'actualité. Je sais seulement que les beaux bateaux crament toutes les nuits dans le quartier car c'est le sujet de conversation préféré des accros du comptoir de Léon, mais pour le reste, nib. Tom Cruise pourrait épouser la reine d'Angleterre que je n'en saurais rien.

Il ouvre un des tiroirs de son buffet et en sort des coupures de presse.

— Du Polack ? Non, mais de ses frérots de combat, oui. Tu

devrais un peu sortir de ta pacoule de temps à autre. Pendant que tu rêvasses dans tes collines, la terre continue à tourner !

Ça, je le sais bien que la terre continue à tourner. Et c'est justement parce qu'elle tourne un peu trop vite à mon gré, et pas toujours dans le bon sens, que j'ai choisi de vivre retiré et loin de tout ce ouaille qui me donne mal au crâne.

Je me contente de hausser simplement les épaules.

Il poursuit :

— Regarde ce que j'ai découpé ces derniers jours dans les journaux de Léon. Remarque bien que je lui ai demandé la permission à Léon, ne crois pas que j'ai piraté ça…

Il pousse mon assiette de côté et étale les quatre articles de journaux devant moi.

Il a griffonné les dates de publication, au stylo-bille bleu, au-dessus de chacun des titres des articles. Ils sont datés du 31 juillet et des 2, 4 et 5 août.

Le plus récent a donc été publié hier, dimanche.

Il se met en tête de me le lire à haute voix et avec un accent volontairement dramatique.

— Le titre, c'est « Climat de terreur chez les anciens légionnaires ».

Il essuie ses lèvres d'un revers de manche et ajuste ses lunettes.

— Alors je te lis : « *La découverte d'un nouveau cadavre d'ancien légionnaire – dans le quartier d'Arenc cette fois – fait souffler, depuis hier matin, un vent de panique sur la cité phocéenne. En effet, il s'agit du quatrième retraité de la Légion étrangère assassiné en moins d'une semaine. Contrairement aux deux dernières victimes, il s'agirait d'un homme qui vivait à Marseille, dans le quartier d'Arenc, et non à Puyloubier. C'est au pied de la fameuse tour de trente-trois étages de la CMA-CGM que le corps sans vie a été retrouvé par les employés de la société de nettoyage.* » Cette fameuse tour de trente-trois étages, à deux pas de la gare où on a entassé près de deux mille Marseillais pour les envoyer dans les fours crématoires, ça pouvait que nous porter malheur, sas… Je continue « *Le procureur de la République a admis que les anciens légionnaires auraient été assassinés selon le même rituel sadique : poignardés, égorgés et victimes du sinistre sourire kabyle. Le commissaire Arnal, chargé de l'enquête par le juge d'instruction, s'attache maintenant à découvrir les liens et le passé qui pouvaient unir ces quatre hommes âgés de 68 à 82 ans. Compte tenu du mode d'exécution des malheureux, les policiers enquêtent plus particulièrement sur les actions qu'ils ont pu mener durant la guerre d'Algérie.* »

Lundi 6 août, l'Estaque

En fait, c'est en redescendant vers le port que j'ai compris que l'invitation de Biscottin, outre la dégustation d'une sublime bouille, avait un autre motif que les emmerdements du Polack.

Bien entendu, cette disparition l'inquiète mais, à travers ses propos, je me suis aperçu que ce que l'ancien légionnaire lui a confié lui cause encore davantage de souci.

— D'après toi, qu'est-ce que je dois en faire, de cette boîte ? m'a-t-il demandé à plusieurs reprises, avec des accents d'angoisse.

Le vieux pense sans doute que ce tas de fafiots poussiéreux contient la clé de l'énigme – ce dont il doit se ficher comme de sa première chemise – et peut surtout s'avérer dangereux si ce sont les documents que les tueurs de légionnaires recherchent. En fait, je crois que Biscottin pense que les tueurs sont en quête de quelque chose et que ce quelque chose lui a été confié par le Polack.

Son raisonnement est imparable, du style : « Si ce sont ces papiers qu'ils désirent et s'ils savent que je les détiens, je risque de passer un mauvais quart d'heure. » À sa décharge, je dois avouer que la perspective d'un « sourire kabyle » a de quoi refiler la cagagne aux plus courageux d'entre nous !

Je lui ai bien répété que rien ne laisse supposer que les tueurs recherchent des documents, mais vous connaissez Biscottin, c'est un anxieux de première…

À quatre heures de l'après-midi, alors que le soleil fait bouillir le macadam, quelques égarés se sont réfugiés dans la fraîcheur de Beau Bar. Le ventilateur de plafond tourne avec un ronronnement feutré et diffuse un air encore étouffant malgré les volets roulants baissés et la demi-obscurité du lieu.

Au comptoir, on a provisoirement laissé tomber les jaunets pour les demis moussus bien glacés et de nouvelles rumeurs courent sur l'incendie de l'Atlantis du gros Lolo. Selon l'Endive, ce serait un coup d'assure…

RoRo et l'Alude sont assis face à face à l'une des tables proches de la fenêtre, sans doute pour tenter de profiter d'un éventuel courant d'air. Ils tuent le temps en disputant une partie de belote découverte et en ingurgitant des litres de biniouse.

Je savais que je les trouverais tous les deux ici. Remarquez que je n'ai aucun mérite pour cette déduction : ils y passent leur vie. Leurs journées sont réglées comme du papier à musique : café le matin avec lecture en commun du journal, larges commentaires sur les nouvelles du jour, lapidation virtuelle des empaffés, des bordilles et des pétasses qui font la Une de l'actualité, enfin, éventuellement et si l'on est en forme, pétanque afin d'attendre l'heure du jaunet ou bien jaunet direct sans attendre une heure quelconque. Puis fly à gogo, grignotage, café, re-pétanque, belote ou rami (en fonction des présents, de leur nombre et de leur connaissance de ces jeux de cartes), quelques demis pour se rincer le gosier (because le médecin a dit qu'il fallait beaucoup boire), une soupe de jaunets le soir (cinq à huit tournées plus celle du patron), enfin dodo à la baraque.

Une journée bien remplie, en somme.

On en était donc simplement à la belote de l'après-midi…

Selon Biscottin, RoRo et l'Alude étaient ceux qui connaissaient le mieux le disparu car ils avaient bossé avec lui dans un passé pas très lointain. Le fait que ces deux couleuvres aient pu un jour travailler m'a étonné. Comment deux zouaves qui ont besoin d'autant de temps pour ne rien faire ont-ils pu trouver celui de bosser ? Mais après tout pourquoi pas ?

Alors, j'ai voulu en savoir plus…

Je récupère un demi au comptoir et viens m'asseoir à leur table, sur une chaise que je retourne de manière à pouvoir poser mes avant-bras sur le dossier.

RoRo est en bonne, il me salue d'un grand clin d'œil. L'Alude ronchonne. Il fait la gueule, sans doute à cause de l'issue de la partie qui ne fait plus aucun doute. RoRo joue soixante points et, compte tenu de son jeu, je ne vois pas ce qui l'empêcherait de les engranger dès la mène en cours. Si j'en crois les verres vides posés sur la table à côté, l'Alude va donc devoir payer les huit demis que les deux zigotos se sont enfilés pour vaincre la canicule.

Huit demis… Au prix de l'unité depuis qu'on est passé à l'euro, il y a de quoi refiler la cagagne à un radin pareil !

Je laisse donc RoRo achever tranquillement le vieil Harpagon à grands coups de cartes avant de les mettre à contribution sur le double sujet du jour : les meurtres des quatre anciens légionnaires et la disparition du Polack.

Je paye ma tournée, histoire de les rendre plus coopératifs.

— Tu sais, Clo, on le fréquente pas plus que ça, le Polack. On discute parfois deux minutes avec lui au comptoir, mais c'est pas le genre de mec à s'attarder ici pour une contrée ou une pétanque.

— Pourtant vous l'avez bien connu tous les deux. Biscottin m'a dit que vous avez travaillé ensemble il y a quelques années.

C'est encore RoRo qui répond :

— Ouais, c'est vrai, mais ça fait un bail, ça…

L'Alude reprend, comme si le souvenir était plus précis pour lui. Ça lui arrache même un sourire.

— Ah, putain ! On était gaï à cette époque… Ça devait être à la fin des années soixante… On turbinait tous les trois chez le ferrailleur du vallon du Gipier. Tu vois où c'est qu'il était, ce ferrailleur ?

— Bien entendu.

Le vallon du Gipier conduit du Resquiadou au village du Rove. Je me souviens de ce ferrailleur. Je crois même que René Allio y avait tourné une scène de *Retour à Marseille*, le film avec Raf Vallone et Andréa Ferréol. Je crois bien, mais je n'en mettrais pas ma main à couper… En fait, je ne vois pas pourquoi je vous parle de ça, ça n'a vraiment aucune importance pour l'affaire qui nous concerne.

L'Alude poursuit le récit de sa jeunesse paradisiaque :

— Ah ! C'était une sacrément belle époque… Note bien qu'on gagnait pas des mille et des cents, mais ça nous suffisait.

— Tu te souviens de l'année ?

Je le coupe avant qu'il ne s'embrigade dans ses habituels discours : avant, c'était bien, tout le monde il était beau tout le monde il était gentil… C'est pas comme aujourd'hui, y a des bordilles partout, y a que des fainéants, c'est plein de bicots, les femmes sont toutes des salopes, alors qu'avant… Inutile que je lui dise qu'avant c'était un peu pareil, sauf qu'il avait quelques carats de moins et qu'en ce qui concerne les dames, la seule différence c'est qu'il en trouvait parfois une, un peu salace, pour faire quelques galipettes à l'œil, alors qu'aujourd'hui même les boucans le fuient…

C'est sûrement pour ça qu'il les traite de salopes. Comme me le répète Biscottin, qui a une longue expérience en la matière : « Les femmes qui couchent avec les autres mais pas avec toi sont des salopes, contrairement à celles qui couchent avec tout le monde et avec toi qui sont des bonnardes et à celles qui ne couchent qu'avec toi qui sont de véritables saintes mais qui deviendront de grosses connasses dès que tu sauras qu'elles ont eu quelques faiblesses avec un de tes voisins. »

Le regard de l'Alude flotte dans la vague. Il réfléchit à haute voix :

— Moi, j'ai commencé à travailler chez le ferrailleur en 63. C'est ça, en 63… Je suis revenu d'Algérie en 62 et j'ai un peu traîné à droite et à gauche avant d'être embauché par le ferrailleur. Le Polack est arrivé un an plus tard, en 64 donc.

— Il venait d'où ?

— Je sais pas exactement. Tu sais, il a jamais beaucoup parlé de son passé, le Polack. Je sais simplement qu'il était dans la Légion et qu'il avait morflé en Algérie.

— Mais il n'arrivait pas d'Algérie, en 64 ? La guerre était déjà terminée depuis deux ans.

— Il venait d'Aubagne, précise RoRo sans lever les yeux.

— Et comment tu sais ça, toi ? s'étonne l'Alude.

— Je le sais parce qu'on montait souvent ensemble au boulot et qu'on discutait un peu. Oh, c'est vrai qu'il était pas bavard, le Polack, mais il m'a quand même raconté deux ou trois trucs, comme ça.

RoRo se retourne vers moi :

— En fait, Clo, moi, j'avais une « bleue » et, des fois, je le chalais jusqu'à la ferraille.

L'Alude se fend d'un sourire ironique.

— Ta « bleue » ? Ta pétrolette ? Putain, je m'en souvenais même plus de ta pétrolette ! T'aurais vu cette merde, ce tas de ferraille, Clo… ajoute l'Alude.

RoRo réagit, vexé :

— Une pétrolette ? C'était une vraie Motoconfort, une quarante-neuf centimètres cube comme en avaient tous les jeunes de l'époque.

Il me revient en mémoire les mobylettes d'alors qu'on repérait par la couleur, les bleues, les oranges…

— Les jeunes de l'époque, y z'avaient un Malaguti, pas une « bleue » merdique, crache l'Alude.

— Tu peux parler, toi ! T'avais un ravan de Solex et il fallait que tu pédales comme un fada pour monter le vallon du Rove, alors que moi, avec ma bleue, je grimpais sans forcer. Même quand je chalais le Polack, je forçais pas. C'est pour ça que je sais qu'il venait d'Aubagne.

Ouf ! On revient sur notre sujet du jour… Il suffit d'un rien pour que ces zèbres s'encagnent sur des détails de l'an pèbre, les Malaguti, les Nébuloni, le Brut de Fabergé, les manteaux en daim et les premières pilules (pour les salopes, mais aussi les bonnardes qu'il ne fallait surtout pas mettre en cloque…).

— RoRo, tu as l'air d'en connaître un bout sur le Polack. Il t'a un peu raconté sa vie ?

— Sa vie ? Non, pas vraiment. Je t'ai dit que c'était pas une bazarette, le Polack. Je sais simplement qu'il a fait l'Algérie et l'Indochine. Il est arrivé à l'Estaque en… 64. Il s'est mis en ménage avec la Delphine et ils ont acheté une petite baraque en dessous de l'église, celle où il habite toujours. La Delphine, on disait que c'était une ancienne pute et ça étonnait dégun. Un légionnaire et une pute, ça allait bien ensemble mais, à cette époque-là, on allait pas foutre son nez dans les affaires des autres. Et puis, la Delphine, elle sortait pas beaucoup et elle parlait encore moins. Le Polack, c'était un peu pareil. Il m'a rien raconté de sa vie passée, mais il semblait avoir dans un coin de sa mémoire des tas de sales souvenirs. Tu sais, nous à Marseille, l'Indochine et l'Algérie, on savait ce que ç'avait été. Des guerres de merde ! On avait vu les gars embarquer en treillis et débarquer dans des costards de bois. Lui, il voulait peut-être oublier. Les légionnaires étaient en première ligne et ils avaient morflé un max, les combats avaient été terribles, il avait perdu des tas de camarades… C'est sans doute pour ça qu'il s'attardait jamais sur des détails. C'était pourtant un dur à cuire, un vrai, fallait le voir bosser… Une bête, ce gars… Y avait rien à redire, c'était un mec discret et pas tire-au-flanc pour deux sous. Bon, il prenait bien quelques cuites de temps à autre, comme nous, hein, l'Alude ?

L'Alude fait mine de réfléchir :

— Ouais, ça nous est arrivé deux ou trois fois…

RoRo hausse les épaules en toisant son voisin qui ricane bêtement :

— Deux ou trois fois ? T'es calu ou quoi ! On se bourrait la gueule tous les samedis, dès qu'on quittait le boulot et qu'on arrivait à l'Estaque.

J'interromps un dialogue qui risque de s'envenimer :

— Vous avez travaillé longtemps avec lui ?

— Jusqu'à ce que le ferrailleur mette la clé sous la porte. C'était au début des années quatre-vingt. Moi, j'ai pu me faire embaucher sur les quais, grâce à mon père qui prenait sa retraite et dont j'ai pris la place. L'Alude, il a pointé au chômage, et le Polack, il a bricolé sur les ports de plaisance de l'Estaque, histoire de gagner un peu de blé pour arrondir sa retraite de militaire. Depuis, il vit ici, dans sa petite piaule juste en dessous de l'église, à deux pas de chez Biscottin. Enfin quand je dis « il vit », faudrait quand même voir… Ça fait un moment qu'on l'a plus croisé au bistrot, et avec tous ces meurtres d'anciens de la Légion, j'espère qu'il lui est rien arrivé de mauvais.

— Tu as une idée, toi, sur ces meurtres ?

— Moi ? Non, pas du tout.

— Et son vrai nom, c'était quoi ?

— Son vrai nom ? J'en sais rien. Moi, je l'ai toujours entendu appeler « le Polack ». Et toi, l'Alude, tu le connais son nom ?

— Moi ? Non… Pareil que toi. Je crois que c'est le ferrailleur qui l'a surnommé le Pollack. Nous, on cherchait pas trop à savoir, à cette époque.

— Il était donc Polonais ?

— Sans doute… Remarque que j'en sais fichtre rien. Et puis, quelle importance ça peut avoir qu'il soit Polonais ou Sénégalais ?

RoRo a sans doute raison, quelle importance ça peut avoir ?

Mercredi 8 août, la Varune

La canicule s'installe résolument sur le pays et les grosses tronches de Paris ont mis en branle les plans de sauvegarde de nos aînés, des plans méticuleusement établis au lendemain du désastre de l'été 2003 qui a décimé le sixième âge.

On force nos petits vieux à boire à gogo, à se doucher et à s'asperger dans toutes les maisons de retraite. Paradoxe : à force de trop jouer sur la clim, on a noté, selon la radio, de nombreux décès suite à des angines.

Décidément, rien en ce monde n'est vraiment facile…

À la Varune, les vieux n'écoutent pas les ministres – « Y disent que de conneries », s'engatse Milou – et ils résistent à la fournaise avec les vieilles combines du terroir. Il faut dire qu'ils en ont l'habitude. Quand tu résistes jour et nuit dans des collines rocailleuses, arides et pilonnées par le soleil, quand tu as survécu durant quatre-vingts berges à des étés torrides, tu dois quand même posséder quelques réflexes pour résister aux fortes chaleurs, non ?

Alors, pas question de douche ou de bain pour Milou qui

n'a plus dû tremper ses fesses dans l'eau depuis 1993, le jour où tout Marseille a fêté la victoire de l'OM en Coupe d'Europe et où un petit couillon, profitant de l'allégresse générale, l'a insidieusement poussé dans les eaux crades du Vieux-Port.

Milou et Tine vivent bien sagement cloîtrés chez eux, en évitant de trop s'exciter. Leurs volets restent clos toute la journée, ils jouent avec les fenêtres pour créer les courants d'air salvateurs, sans oublier de s'enfiler des litrons de rouge sous le prétexte qu'il faut se réhydrater.

Si tous nos concitoyens imitaient les buveurs de picrate de la Varune, ce n'est pas demain que les marchands d'eau feraient fortune, mais ça relancerait la viniculture !

Les chèvres ont, elles aussi, leurs méthodes qui sont à peu près les mêmes que celles de mes vieux : l'ombre, le courant d'air, le repos et, seule différence avec les boit-sans-soif : de l'eau plutôt que du gros rouge pour étancher leur potomanie.

Ici, nous n'avons pas à nous plaindre. Les nuits apportent une fraîcheur bienvenue grâce à la proximité de la mer et à la relative altitude, contrairement à la ville où l'impression de touffeur accablante est accentuée par la pollution et le bétonnage intensif – miracle de la promotion immobilière – qui a bouté hors de la cité arbres et bosquets.

À l'intérieur des terres provençales, c'est encore pire : il paraît qu'on dépasse les quarante degrés à Carpentras et Manosque !

Je me suis réfugié dans la salle à manger où l'épaisseur des murs de pierre me protège du bouillonnement de l'air. Iago, mon chat, s'est étendu de tout son long, tel une carpette, sur le sol carrelé.

Tous les journaux – les locaux et les nationaux – relatent la nouvelle dont les titres barrent les Unes. L'été, à part les radotages sur la canicule ou les programmes des festivals d'Aix ou

Avignon destinés aux cultureux, une fois que les camés du tour de France sont rentrés at home, les journaleux n'ont plus grand-chose à raconter, alors un serial killer servi sur un plateau, ça ne se refuse pas !

Surtout à Marseille.

« Le tueur de légionnaires sous les verrous » titre péremptoirement *France-Soir*.

Tous les quotidiens me paraissent d'accord sur au moins trois points : primo, l'homme arrêté a la quarantaine bien sonnée, secundo, il a agi pour un motif de vengeance, tertio, c'est le commissaire Arnal qui l'a cravaté.

Un motif de vengeance ?

J'ai d'abord pensé à la guerre d'Algérie. À cause du rite morbide de l'exécution. Et puis, compte tenu de leur âge, les légionnaires assassinés ont dû certainement y participer, non ?

Mais l'assassin présumé – un gars de quarante et quelques années – peut-il avoir un quelconque souvenir de ce conflit vieux d'un demi-siècle ?

Mercredi 8 août, avenue Salengro

Il faut vraiment être animé par une détermination sans faille pour s'aventurer jusqu'à l'avenue Salengro et le boulevard de Vintimille sur le coup de midi, en plein mois d'août.

Le soleil calcine les façades lépreuses des rues environnantes et la moindre trace de vie semble se dissoudre immédiatement dans l'air en fusion. Une grappe de clodos s'est réfugiée dans un angle ombragé en attendant la lointaine ouverture de l'asile de nuit de la Madrague-Ville (plus que sept heures à poireauter dans la fournaise !). Trois gosses jouent dans l'encoignure d'une porte d'entrée à demi défoncée. On discerne quelques silhouettes apathiques dans le fond des salles assombries des bistrots, mais on devine qu'ici, on doit vivre chez soi, pétrifié par la chaleur oppressante, redoutant une nouvelle nuit étouffante en ville, à mille lieues de celles de la Varune qui m'apportent malgré tout une maigre fraîcheur.

Lorsque je gare mon break 405 devant le siège de *La République*, boulevard de Vintimille, j'ai l'impression que le goudron fond sous les roues. Par bonheur, une clim salvatrice m'accueille dès le hall d'entrée.

Je sais que Philippe m'attend au second, à l'étage de la rédaction.

Je lui ai téléphoné ce matin, immédiatement après avoir appris la nouvelle de l'arrestation du tueur de légionnaires, et il m'a demandé de passer à midi pile car il sera à peu près seul à l'étage. Habituellement, nous nous rencontrons dans les petits bistrots du coin, jamais sur le lieu de son travail – confidentialité oblige – mais c'est à lui de décider, ce sont ses oignons. Et puis, puisqu'il est seul et que la salle est bien climatisée…

Manifestement, la presse en a imprimé le minimum sur l'affaire du tueur de légionnaires, et Philippe – qui a signé le court article de *La République* – doit bien avoir quelques tuyaux en réserve à refiler à un vieux copain dans le besoin.

La salle de rédaction est quasiment déserte, mis à part quelques stagiaires scotchés à l'écran de leurs ordinateurs et qui prennent leur boulot tellement au sérieux qu'ils ne me calculent même pas.

Philippe m'invite à m'asseoir à ses côtés.

— Je me demande pourquoi tu fourres ton museau dans cette affaire, Clo. Par une chaleur pareille, tu ne peux pas rester tranquille au milieu de tes collines, avec ton troupeau, ou aller passer tes journées dans tes calanques favorites, les pieds dans l'eau ?

Je dois me fendre de quelques explications. C'est bien la moindre des choses puisque je le mets à contribution.

Je lui raconte tout simplement la vérité : Biscottin, le Polack, la boîte de godasses bourrée de vieux papelards.

Il fait mine de me croire.

— OK, Clo. Je comprends… Mais l'assassinat des légionnaires et les soucis de ton vieil ivrogne ne me semblent pas compter beaucoup de points communs. Tu veux savoir quoi, au juste ?

— Ben, le minimum qui me permette de piger. Connaître un peu mieux l'assassin et son motif, par exemple.

Il me fixe :

— Bon, OK. Je vais te dire ce que je sais, comme ça tu pourras te faire une opinion plus nette sur cette série de crimes. En fait, il n'y a pas de grand secret d'État derrière tout ça mais, pour le papier, on nous a demandé de faire court et de rester assez général.

— On ? C'est qui, ce « on » ?

Il se referme :

— Aucune importance pour toi… Tu veux connaître l'assassin et son motif, je vais te les indiquer.

Il me raconte que l'assassin présumé est un dénommé Mourad Boualem, un gars d'environ quarante-cinq ans qui a avoué sans problème les quatre meurtres. Selon les flics, Boualem claironnerait même le motif de sa vengeance.

— Plus précisément ?

Philippe prend un air gêné :

— Les flics ne sont pas très diserts à ce sujet. Selon eux, cela aurait un vague rapport avec la guerre d'Algérie.

— La guerre d'Algérie ? Cinquante ans plus tard ? Ça ne tient pas debout, cette histoire !

— J'en conviens. Mais tu sais, la guerre d'Algérie, même un demi-siècle plus tard, c'est quelque chose qui reste tabou. Les plaies ne se sont pas refermées. Pire, elles sont infectées par les mensonges. On ment toujours en France, on ment encore en Algérie, mais ça c'est une autre paire de manches… Pour en revenir à Boualem, son avocat, un avocat commis d'office, ne semble guère plus clair, sans qu'on sache si c'est à cause de son inexpérience ou si c'est délibéré. Quoi qu'il en soit, le juge d'instruction a décidé d'ordonner la mise en détention provisoire de Boualem. Et, comme il n'est pas question pour nous d'interviewer le présumé coupable…

Je le coupe :

— Vous vous contentez donc des déclarations officielles.

Il esquisse un sourire contrit :

— Tu connais les contraintes du métier, les deals passés avec les flics ou les juges. Pas question de les irriter sous peine de ne plus recevoir la moindre info de leur part. Et puis, tu sais bien qu'un motif lié à la guerre d'Algérie, ça peut être de la dynamite dans le contexte actuel. En ce qui nous concerne, c'est clair : on ne creusera pas davantage le sujet.

Je sais tout cela. Je suis de plus en plus certain qu'il faut aller rechercher les racines des motivations de Boualem dans une histoire un peu tordue et que c'est pour cela que l'affaire n'est pas livrée en pâture sur la place publique. Par contre, attendre un demi-siècle pour un règlement de comptes, vous trouvez que c'est vraisemblable, vous ?

— Donc pas d'enquête supplémentaire pour *La République*.

— Tu as tout compris, me répond-il d'un air désolé.

— Mais moi, je ne suis pas journaliste chez vous. Je peux jouer les fouille-merde. Donne-moi au moins quelques éléments.

Une grimace… Il hésite, avant de lâcher :

— À une condition : tu me tiendras au courant, pour le cas où nous changerions d'avis dans les jours à venir.

Pourquoi pas ?

— OK, on marche comme ça. Alors, tu as des tuyaux ?

— Pas grand-chose, en fait. Simplement l'adresse de l'inculpé, mais c'est un scoop… Boualem habitait un hôtel de la rue des Dominicaines et fréquentait Le Pacha, un bistrot du quartier.

— Il avait de la famille ?

— En Algérie, je crois… Nous n'en savons pas plus. Et puis, comme je te l'ai dit et jusqu'à nouvel ordre, nous nous contenterons des communiqués officiels et nous ne dépenserons plus d'énergie en investigations tous azimuts sur cette affaire.

La rue des Dominicaines…

Décidément, après l'avenue Salengro et le boulevard de Vintimille, ce n'est pas le Marseille bécébégé que la municipalité veut montrer aux croisiéristes américains pleins aux as qui m'attend !

Et avec cette chaleur, je ne vous dis pas…

— Tu vas y aller ?

— Où ça ?

— À la rue des Dominicaines ?

Quelle question. Bien entendu que je vais y aller ! C'est la seule piste que je possède.

— J'y cours en sortant d'ici.

Il sourit curieusement :

— Eh bien, tu risques de ne pas être le seul journaliste sur les lieux.

Je le fixe d'un air idiot. Que va-t-il encore me sortir ?

Je ne comprends rien à son sous-entendu :

— Tu m'as affirmé que personne ne connaissait l'adresse de Mourad Boualem, mais…

Il me coupe afin de compléter, un sourire en coin :

— C'est exact. Mais les autres ont un tout autre motif de recherche que le mobile des crimes du tueur de légionnaires. D'ailleurs, ils ne savent même pas que Boualem habitait là-bas.

— C'est quoi leur « autre motif » ?

— Les Chibanis.

Les Chibanis ?

Qu'es aco ?

Mercredi 8 août, rue des Dominicaines

On ne pourrait même pas crier à l'unisson « Chibanis, go home » puisque l'home des Chibanis est justement Marseille.

Des barrières métalliques empêchent tout attroupement devant l'hôtel et les pancartes brandies en travers de l'interminable rue des Dominicaines, cette artère étroite et ignorée des Marseillais qui conduit en pente douce du boulevard d'Athènes à la rue d'Aix, portent des slogans qui n'ont rien à voir avec mon histoire : « Les Chibanis à Marseille ! », « Honte à Marseille Renaissance », « Vous étiez où, quand ils construisaient vos autoroutes et vos habitations ? »…

Je repère sur place plusieurs représentants d'associations locales œuvrant pour la réhabilitation des logements insalubres. L'attroupement me permet de me fondre dans la foule qui s'étire à l'ombre des immeubles, face à l'hôtel miteux, afin d'éviter de succomber, desséchée par le soleil de plomb.

Philippe m'a expliqué que les Chibanis – un terme qui veut dire « anciens » en arabe – sont des retraités d'origine maghrébine qu'on a fait venir en France dans les années cinquante et soixante, à l'époque des grands chantiers du bâtiment et des travaux publics, au moment où les petits Français rechignaient à jouer les esclaves et les manœuvres en maçonnerie et préféraient s'orienter vers des boulots plus clean.

Ces vieillards, payés au lance-pierres, n'ont pu se loger durant des décennies que dans les hôtels minables et suintants d'humidité du centre-ville.

Le problème est qu'une ordonnance d'expulsion sans proposition de relogement – normal, on n'a pas à reloger les gens qui habitent un hôtel ! – vient d'être prononcée par le tribunal de Grande Instance. Les Chibanis sont contraints de vider les lieux. Ils ont un mois pour cela, et l'ultimatum s'achève le 20 août.

L'hôtel a été racheté par Marseille Renaissance, une société qui œuvre pour la régénération de Massalia, une régénération qui doit passer selon certains par une rigoureuse purification ethnique, même s'ils ne le disent pas aussi crûment. C'est pour cela qu'on entend bien obtenir l'expulsion manu militari des vieux travailleurs dont la plupart ont toujours vécu ici.

Le responsable d'une association qui occupe les lieux et qui est prête à s'interposer en cas d'intervention des forces de l'ordre, me précise que l'alternative actuelle pour ces Chibanis est soit de devenir SDF en France, soit de rentrer dans un pays qui n'est plus le leur, en perdant au passage leurs droits à la santé et à une maigre retraite. Un choix pour le moins difficile quand on a dépassé les soixante-quinze berges.

Finalement, en ce qui me concerne, cette manif a du bon, dans la mesure où elle va me permettre d'entrer plus facilement en contact avec ceux qui ont côtoyé Boualem.

Ne croyez pourtant pas que je n'avance que par pur opportunisme et que je ne partage pas le combat des associations qui défendent cette génération invisible et silencieuse, ces hommes venus construire nos autoroutes, nos grands ensembles immobiliers (auxquels ils n'ont jamais eu accès), nos lignes de métro, nos gares, nos universités (que leurs enfants n'ont jamais fréquentées) et qui sont aujourd'hui considérés comme de gros inutiles par l'État français et ma bonne ville de Marseille, mais ma carte de presse périmée me permet d'entrer plus facilement que prévu dans la petite salle à manger du misérable hôtel, alors je n'hésite pas à l'employer.

J'y aborde quelques pensionnaires – des vieux pour la plupart – en leur demandant de me raconter leur arrivée à Marseille et leur boulot de jadis. Chacun s'épanche avec un enthousiasme mêlé de nostalgie qui leur fait un peu oublier leur détresse présente. Ils espèrent sans doute que mon papier fera avancer le schmilblick.

Je suis un peu honteux d'utiliser ce stratagème pour arriver jusqu'au mystère Boualem, mais je vous promets de passer dès que possible mes infos sur les Chibanis à Philippe qui pourra peut-être raconter tous leurs malheurs et mettre un grand coup de projo sur notre ingratitude. Promis, juré. Sans doute compensera-t-il ainsi l'étourdissant silence de son canard sur le véritable motif de Mourad Boualem.

Boualem…

Lorsque je prononce ce nom, les visages se referment illico. Manifestement, ils n'ignorent rien de l'arrestation du serial killer qui créchait sous le même toit qu'eux.

A-t-il de la famille, des amis ?

Tous ceux qui s'épanchaient en longues tirades sur leur passé laborieux ne me répondent plus que par « oui » ou par « non ». S'ils ne m'envoient pas balader, c'est sans doute grâce à la compassion que je viens de leur exprimer.

Finalement, en recoupant les maigres témoignages arrachés au forceps, j'en arrive à déduire que Boualem est arrivé récemment en France, qu'il vivait tout seul à Marseille, que sa femme et ses enfants résident toujours en Algérie.

Bien sûr, ici, tous sont au courant de l'arrestation de Boualem, mais ce n'est pas leur affaire. L'ordonnance d'expulsion sent suffisamment le roussi pour qu'ils évitent de fourrer leur nez dans l'épisode Boualem. C'est donc motus et bouche cousue sur le motif présumé des assassinats de légionnaires. D'ailleurs, savent-ils vraiment quelque chose à ce sujet ?

Au moment où je m'éloigne en remontant vers le boulevard d'Athènes, un des Chibanis me rejoint et me glisse dans l'oreille le nom d'un vieux qui pourrait peut-être m'en dire plus.

Le mec a dû me trouver sympa ou paumé, je ne sais pas…

En fait, je ne suis pas là pour mener une grande enquête, ni même pour connaître et comprendre le pourquoi des gestes criminels de Boualem, mais surtout pour savoir s'il a descendu le Polack dans la foulée des quatre meurtres publiés dans la presse.

Le vieux en question est un dénommé Abdel Zouba. Il habite la rue des Petites Maries et fréquente parfois la pâtisserie tunisienne qui fait l'angle du cours Belsunce et de la rue d'Aix.

S'y trouve-t-il actuellement ?

Le chibani me répond d'un signe négatif de la tête. Il est trop tard, Zouba n'y a ses habitudes que le matin. J'irai donc y faire un tour demain.

Abdel Zouba, ce nom me dit quelque chose…

Finalement, cet ajournement m'arrange car je dois passer à la gare Saint-Charles, qui se trouve à deux pas, afin de récupérer Alexandra.

Son train est annoncé pour 14 h 37.

Mercredi 8 août, la Varune

J'ai toujours considéré le mois d'août comme un mois un peu chiant. Trop chaud, trop sec, trop venté, il met à mal jardins et collines. Les poires sont toutes tavelées. Les prunes, ce n'est guère mieux, elles sont assaillies par des nuées de guêpes. Autour de ma baraque, seuls les lauriers roses et les zinnias résistent encore, quant aux autres fleurs… C'est à peine si les roses trémières ont la force d'arborer quelques pétales d'un rose délavé au sommet de leurs interminables tiges desséchées.

Et puis, août annonce la fin de l'été, la fin des vacances, avec ses journées plus courtes mais toujours caniculaires et ses menaces d'orages.

Ce mois me rappelle un peu mes dimanches soirs de lycéen, lorsque la béatitude des fêtes dominicales fléchissait proportionnellement à la tombée du jour. Ma morosine me gâchait *Sports Dimanche* et le film avec Jean Gabin parce que j'entrevoyais, au-delà de la nuit à venir, le réveil de bonne heure, le petit matin maussade et glacé du lundi, la grille ouverte de l'internat du lycée qui m'attendait et qui se refermerait sur moi avec un cliquetis métallique, à l'instar des portes du pénitencier chères à ce bon Johnny.

Août annonce donc les mauvais jours.

À la Varune, tout est sec et le mistral ne balaye plus qu'une allée poussiéreuse. La baouco craque sous mes pas et les pins d'Alep aux troncs torturés semblent guetter, inquiets, les prémices des inévitables incendies de la fin de l'été.

Quant aux chèvres, ce n'est guère mieux. La chaleur de la journée nous impose de ne les sortir qu'à la fraîche, tôt le matin ou tard le soir, mais quand vous êtes au pageot avec Alexandra en pleine nouvelle nouvelle (je sais, j'ai écrit deux fois « nouvelle », mais c'est intentionnel car cela retrace la vérité vraie) lune de miel, ce n'est pas évident !

Alors, bien sûr, c'est Milou qui me supplée une fois de plus et conduit le troupeau dans sa balade du petit matin.

Ah ! Au fait, je ne vous ai pas raconté pour Alexandra…

Vous vous souvenez d'Alexandra ?

Elle et moi, ça va et ça vient. Ces derniers temps, ça ne venait pourtant plus guère. Sans doute à cause de mes infidélités à répétition qui ont lassé la belle. Sans doute, également, à cause de son souci de réussir sa carrière, d'aller se poser à Paris (parce que, vous le savez bien, on ne peut faire son chemin qu'à Paris) comme si réussir sa carrière, c'était aussi réussir sa vie.

Et sur ce dernier point, j'aurais deux ou trois choses à lui confier…

Je lui ai raconté mille fois mes succès professionnels, mon aura de grand reporter, les fausses louanges, la meute de faux-culs qui t'encensent un jour pour mieux t'enfoncer le lendemain, et puis, au bout du compte, une épouse qui se barre avec un mec pas plus beau, pas plus intelligent, mais plus présent que toi, des gosses qui ne te calculent plus et qui ont oublié que tu es leur père, tout simplement parce que tu n'étais jamais là quand ils se mettaient au lit, le soir, anxieux de la nuit à venir.

Mais Alexandra se fout de tout ça. À trente-six berges, on ne raisonne pas encore comme quand on flirte avec la cinquantaine. J'arrive à comprendre ça. Et puis, vous le savez bien, j'éprouve un peu plus que de l'affection pour elle. Aussi, lorsqu'elle m'a appelé lundi dernier, le moral dans les chaussettes, après plusieurs mois d'un long silence, j'ai accepté avec plaisir de la recevoir.

Évidemment, Milou a râlé :

— Clo, putain ! Elle est pas faite pour toi, cette fille. C'est une bêcheuse, une banquière, et blondasse en plus ! C'est pas une gonzesse comme ça qu'il te faut. Et puis, t'as vu ses fringues ? Elle a rien à foutre par ici…

Avec lui, c'est toujours la même rengaine. Il est persuadé que seules les brunes bien charpentées, les filles du soleil à la peau dorée, même vulgaires, peuvent rendre heureux un homme du Sud.

Et puis, il y a le boulot de ma blondinette. Je m'épuise à expliquer à Milou qu'Alexandra n'est pas banquière, mais conseillère financière, qu'elle s'habille d'un tailleur strict parce qu'une fille bien sapée, ça rassure davantage les clients d'une banque qu'une radasse qui dévoile sa rondelle sous une jupe ras-du-cul, qu'elle porte des lunettes parce qu'elle est miraude.

En fait, je n'ai pas à me justifier. Je ne vais quand même pas lui raconter qu'au pageot elle se démerde aussi bien – et même sûrement mieux – que d'autres qui jouent les bonnardes en public, mais font chier leur mec en privé.

Je vous jure que lorsqu'elle daigne déposer sur le dossier de la chaise le fameux tailleur gris et austère et les deux ou trois trucs qu'elle porte en dessous, elle dévoile des trésors qui donnent davantage envie de la mettre sous presse que d'entamer une longue discussion sur le CAC 40 !

J'ai donc récupéré Alexandra tout à l'heure, à la gare Saint-Charles, à sa descente du tégévé de 14 h 37.

Elle avait troqué son traditionnel tailleur, qui irrite tant Milou, pour une tenue – pantacourt Dolce et Gabbana et un tee-shirt Dior – plus en rapport avec les vacances, mais pourtant davantage adaptée aux gandins de Saint-Trop' qu'au petit peuple laborieux de la Varune.

Elle m'a sauté au cou comme une gamine hyper amoureuse et m'a gratifié d'un baiser zézette grand format. Ce n'était pas les trémolos bréliens de « Mathilde est revenue » lorsque je l'ai serrée dans mes bras sur le quai de la gare, mais ça m'a quand même fait drôlement plaisir de retrouver sa chaleur contre ma peau.

Les quatre vieux qui nous jetaient des regards offusqués n'auraient jamais pu deviner qu'elle m'avait abandonné comme un chien quelques mois auparavant afin de rejoindre un avocaillon aussi vaniteux que parigot, et supporter du péessegé de surcroît.

Et moi, comme un con, parce que je ne suis pas de bois et toujours accro à son grain de peau et aux morceaux d'étoiles qui éclairent son regard, j'ai répondu à son embrasement.

Dès notre arrivée à la Varune, j'ai pu vérifier que tout était conforme à mon souvenir.

Et c'est comme si tout recommençait…

Le soir tombe doucement sans parvenir à rafraîchir l'atmosphère. L'intérieur de ma baraque aux murs épais est plus supportable que la terrasse.

Alexandra ne m'a jamais paru aussi belle. C'est tout juste si elle est un peu blanquinasse, mais je me fais fort de donner à sa peau cette belle teinte dorée qui convient si bien à sa blondeur naturelle.

Au sortir de la douche, elle n'a revêtu qu'une sortie de bain légère qui s'entrouvre opportunément sur sa poitrine. Elle a coiffé ses cheveux encore humides en arrière, à grands coups de peigne.

À force de traîner à droite et à gauche, de m'user dans des rencontres sans lendemain, j'avais un peu oublié le goût et la douceur de sa peau, mais nous avons retrouvé instinctivement nos gestes d'antan.

Un accord quasi parfait.

Elle ne m'a caché ni son plaisir, ni sa jouissance. Elle s'est donnée à moi, sans pudeur, comme jadis. On aurait pu croire que ça ne s'était jamais arrêté entre nous. Biscottin, les légionnaires assassinés et Boualem étaient tout à coup relégués dans un autre monde, un monde étranger et ignoré, à des années-lumière de ma baraque bruissante d'amour et perdue dans l'aridité du massif de la Nerthe.

Leur souvenir ne m'a même pas traversé l'esprit lorsqu'elle m'a abandonné, vanné, sur le drap gorgé de nos moiteurs, pour passer sous la douche.

À poil sur mon lit, le corps ruisselant, j'écoutais le chant de l'eau qui giclait sur son corps brûlant, un doux crépitement qui m'a rappelé celui de la pluie bienfaitrice et espérée sur le massif desséché. Mais la pluie n'est pas prévue, la météo annonce la persistance de la canicule pour la semaine. Les journées à venir seront pénibles. C'est en pensant à la réalité de la fournaise que je me suis souvenu qu'il me faudrait descendre en ville le lendemain matin, abandonner Alexandra, rencontrer le fameux Zouba à la pâtisserie tunisienne. Et ça m'a contrarié.

Peut-être est-ce cela qui a fait naître en moi l'appréhension des jours à venir ?

Nous n'avions pas encore évoqué la durée de son séjour à la Varune. Combien de temps Alexandra allait-elle rester ici ?

J'évitais toute question à ce sujet, sans doute par peur de sa réponse. J'avais son goût dans ma bouche, la sensation de ses seins, de sa langue et de son sexe sur ma peau et, malgré cela ou à cause de cela, une insidieuse jalousie me submergeait.

L'idée que son avocaillon de merde puisse la posséder comme je venais de la posséder m'était devenue soudain insupportable. Pourtant, elle venait de jouir de moi, longuement et sans entraves. C'est ma langue et mon sexe qu'elle redemandait sans arrêt, mais j'étais connement possessif et stupidement jaloux, au lieu de goûter l'enivrant bonheur que nous partagions.

Alexandra…

Je sais bien qu'entre nous, ça n'a jamais été à la vie, à la mort.

Et maintenant, avec le fantôme de l'avocaillon entre nous, encore moins qu'avant…

Elle vient s'asseoir sur mes genoux. Ses cuisses sont brûlantes, elle enroule son bras sur mes épaules. Un geste d'une tendresse infinie.

— Clo, je peux rester quelques jours chez toi ?

— Bien sûr.

Toute une vie, elle pourrait rester ! Mais quelques jours c'est déjà bien, ce sera déjà ça de pris. Et puis, ça lui permettra peut-être de changer d'avis, de se remettre en question, de renoncer à la capitale.

J'évite de la questionner davantage, ça risquerait de gâcher l'espérance qu'a fait naître en moi sa question.

Je sais que l'absence magnifie souvent la vérité des choses

et des sentiments. Peut-être, dans quelques jours justement, je serais moins enthousiaste. Mais après ces heures incandescentes où nous avons réinventé le monde, je m'immerge dans son parfum de femme, mes doigts courent sur ses reins puis se lovent machinalement entre ses cuisses.

Le sol est glacé sous mes reins. Elle me chevauche en amazone conquérante. Sa chevelure a séché, ses longues mèches blondes battent son cou et pleuvent sur ses yeux qui se révulsent. Ses lèvres s'entrouvrent sur la nacre de ses dents au moment où elle jouit, les paupières closes.

Je la maintiens ainsi, les mains rivées sur ses hanches, et je reste solidement ancré en elle.

Surtout ne pas me laisser aller…

Pas encore…

Elle pose sur moi son regard étoilé, à la fois violent et infiniment doux.

Faire durer cet instant…

Pourquoi, dans ces moments divins, les hommes croient-ils posséder les femmes alors qu'ils n'en sont que les esclaves ?

Dix heures.

La nuit est tombée et le ciel d'encre est égratigné par quelques perséides. La brume de chaleur qui monte lentement de la mer envahit le vallon et apporte enfin un peu de fraîcheur. Portes et fenêtres ouvertes livrent la baraque aux courants d'air, mais aussi aux moustiques. Sur la terrasse, Alexandra dévore une brouillade de tomates bien mûres qu'elle étale avec gourmandise sur du pain frais. Elle porte ses trente-six carats avec une grâce nerveuse et joue sans cesse avec la mèche plus claire et indocile qui illumine son front. Ce geste, qui m'agace parfois, lui donne un charme puéril.

— Tu me verses un peu de vin ?

J'emplis son verre à moitié, elle complète avec des glaçons, avale une gorgée avant de fouiner dans ma pile de cédés.

— Tiens, une chanson de circonstance !

Elle met mon lecteur de cédé en marche. Une voix de femme surgit :

« Il a fait beau ces derniers jours
Il a fait chaud, il a fait lourd
Mais c'est bizarre depuis hier
C'est le cagnard, c'est le calvaire
Je suis à plat sur le carrelage
Et malgré ça je suis en nage
Dès que je bouge hanche ou mollet
Je vire au rouge ou au violet… »

Jeanne Cherhal…

Alexandra laisse les octosyllabes souligner l'oppression de chaleur ambiante, le temps d'une chanson, puis elle coupe le son et revient vers moi en souriant.

Alexandra est bien la plus belle femme du monde.

— Tu sais, Clo…

Son regard est maintenant plus lourd, plus grave. Elle cherche ma main et j'appréhende ce qu'elle va me dire. J'appréhende de n'avoir été – ou de n'être – qu'un minuscule intermède, dans son histoire d'amour avec l'avocat qui sera oublié dès son retour dans la capitale.

Je préférerais qu'elle se taise, qu'elle me laisse jouer avec mes illusions.

Elle esquisse un sourire un peu triste.

— Je voulais te dire : je suis bien ici, avec toi…

J'aperçois les nuages lourds qui passent dans son regard. J'invente les sous-entendus qui altéreraient son affirmation, mais elle est bien, elle me le soutient, et c'est le principal.

Alors, je suis le roi du monde.

Ça ne durera peut-être pas, mais mon grand-père me disait souvent, en me montrant le ciel de la Varune : « Pitchoun, tu comprendras plus tard que le bonheur n'a rien d'une longue aventure ensoleillée, c'est plus simplement un ciel de nuit avec de petites étoiles brillantes. Certains d'entre nous voient dans le ciel plus d'étoiles que d'autres, ou des étoiles plus vives. La vie t'apprendra que pour nous, les hommes, ces étoiles sont souvent des femmes. Il y en a aussi qui ne voient jamais les étoiles, et ceux-là, pitchoun, ils sont vraiment à plaindre. »

Je ne raconte pas ça à Alexandra.

À quoi servirait qu'elle sache que, dans ma voûte céleste, elle est ce soir une gigantesque étoile flamboyante qui efface toutes les autres pour illuminer ma nuit.

Mardi 13 décembre 1960, Ighassira

Le plan Challe avait été déclenché en février 59. Ce plan visait tout simplement à briser l'Armée de Libération Nationale Algérienne. En quelques mois, l'armée française réussit à réduire de moitié le potentiel militaire des willayas. Le moral de beaucoup des combattants du FLN était atteint. Si l'on ajoute que des purges internes stériles ensanglantaient les willayas III et IV et qu'ils avaient, parfois, le sentiment d'être abandonnés de l'extérieur, c'était loin d'être l'euphorie dans les rangs de l'ALN.

Pourtant, Abdel Zouba et quelques autres restaient confiants. Ils croyaient en leur victoire, sans doute parce qu'ils étaient parmi les plus jeunes et les plus déterminés. Et puis, ils devinaient qu'en France, la ténacité de De Gaulle flanchait. Le général n'avait-il pas renouvelé son offre de paix en janvier et promis l'autodétermination ?

Dans son discours du 5 septembre, il affirmait même : « L'Algérie algérienne est en route ».

On était loin, très loin, de « Vive l'Algérie… française ! » du discours de Mostaganem.

Sans doute est-ce pour cela qu'en dépit des succès militaires du plan Challe, la motivation de certains cadres de l'armée française paraissait, elle aussi, faiblir sur le terrain.

Chez eux également, le moral n'était guère au beau fixe.

En avril 60, Crépin succéda à Challe et entreprit de porter ses efforts sur la willaya I, celle des Aurès. Il déclencha ainsi, au mois d'octobre, l'opération Trident qui couvrait une vaste région englobant Batna, Arris, Khenchela et Biskra.

L'opération Trident devait se poursuivre jusqu'en avril 61.

Le 13 décembre 1960, Abdel Zouba se trouvait avec un groupe de combattants de l'ALN au cœur du massif des Aurès, dans le djebel Chelia dont une partie était déjà enneigée.

Ce jour-là, l'espoir renaissait. Zouba était certain d'avoir vu juste : les politiques français flanchaient, le FLN reprenait du poil de la bête. Le dernier voyage de De Gaulle à Alger s'était achevé la veille et de violentes manifestations populaires de soutien au FLN et au GPRA s'étaient déchaînées à cette occasion. On réclamait ouvertement l'indépendance de l'Algérie.

La colonne de Zouba avait pris position au-dessus du douar d'Ighassira.

Ce douar était constitué d'une double rangée de mechtas très rudimentaires alignées le long de la piste. La plupart de ces pauvres maisons de bergers n'avaient même pas de cheminée. On voyait la fumée s'échapper par les portes, par les meurtrières basses ou les fenêtres entrebâillées.

Zouba et ses hommes tenaient cette position lorsqu'ils aperçurent, tôt le matin, les troupes de la Légion surgir des forêts de cèdres d'Ouled Yacoub afin de ratisser les pâturages des hauts plateaux en direction du douar. Les légionnaires avançaient sans trop de méfiance. Dès qu'ils furent complètement à découvert, les hommes de Zouba les arrosèrent à la mitrailleuse. Les légionnaires se replièrent aussitôt et demandèrent par radio l'intervention de leur aviation afin de liquider les positions rebelles. Il s'ensuivit un bombardement d'une telle intensité que la plupart des fellaghas succombèrent. Zouba, lui, ne fut que blessé. Il réussit à se traîner et à se réfugier sous des blocs rocheux. De là, une fois que les avions se furent éloignés, il put suivre la progression des légionnaires qui sortaient à nouveau du couvert forestier pour investir Ighassira.

Rien ne pouvait plus les empêcher de se rendre maîtres du douar. Il ne restait là-bas que des femmes, des vieillards, des gosses et quelques moutons.

Zouba comprit ce qui allait arriver. C'était en quelque sorte la routine de cette guerre, la sauvagerie au quotidien…

Après avoir visité les pauvres habitations et les bergeries une à une, les légionnaires violèrent toutes les femmes du douar.

Pour tous les belligérants, quel que soit leur bord, le viol est une pratique banale qui ne mérite même pas le sobriquet de crime.

On pénétrait dans une mechta ou une ferme, et tout se déclenchait… Pour des combattants vivant depuis des mois entre hommes au fond d'un djebel, le viol ne devenait qu'une effraction de plus, une effraction bien moins grave qu'un assassinat dans un contexte où la mort était quotidienne.

Les légionnaires bivouaquèrent deux jours durant à Ighassira.

La troupe de Zouba avait été anéantie par l'aviation française. Tous ses camarades étaient morts, et il avait lui-même une jambe brisée. Il subsista en récupérant de l'eau et des dattes sur les cadavres. Planqué dans son abri, il entendait, jour et nuit, monter les gémissements des femmes du douar.

Elles furent violées sans interruption durant ces deux journées interminables.

Au matin du troisième jour, les légionnaires disparurent après avoir incendié toutes les mechtas. Ils se mirent en marche vers un autre douar, vers de nouvelles misérables conquêtes.

Malgré sa patte cassée, Zouba put alors se traîner jusqu'aux mechtas.

C'était la désolation.

Un spectacle cent fois vu.

Tout avait été détruit. Les gosses pleuraient, les vieux restaient immobiles, anéantis. Rares étaient ceux qui avaient pu fuir avant l'arrivée des légionnaires.

Les filles étaient prostrées, les unes contre les autres, au cœur des ruines calcinées, sans réaction.

La plus jolie d'entre elles s'appelait Leïla, elle devait avoir au plus dix-sept ans. Elle portait de petits tatouages sur le front, les joues et le menton, comme la plupart des Aurésiennes.

Ce qui frappa Zouba, c'est qu'elle avait de grands yeux noirs, étonnamment vides de toute expression. Son regard était mort.

Leïla, c'était la mère de Mourad Boualem.

Récit de Zouba

J'étais à l'époque un des responsables de la willaya I. Mostefa Ben Boulaïd, le chef historique de la willaya était mort en 1956. Depuis sa disparition, nous nous empêtrions dans les discordes et les dissidences. C'était un peu l'anarchie et, en dépit de l'intervention des instances centrales du FLN qui ne supportaient guère nos tiraillements internes, ça a duré jusqu'en 60.

Je suis né dans les Aurès en 1936. Dès le déclenchement de notre action, je me suis engagé résolument aux côtés des libérateurs de notre peuple, et je n'ai plus eu dès lors qu'un seul objectif : chasser les colonisateurs qui nous avaient ruinés.

Mes grands-parents étaient autrefois agriculteurs dans la plaine. Ils vivaient modestement mais correctement de leur labeur, et puis les domaines des Européens se sont étalés peu à peu aux dépens des nôtres. Les colons nous ont chassés et sont devenus propriétaires de toute la plaine fertile. Alors, nous avons dû quitter nos terres pour la montagne où nous avons créé des villages.

Là-bas, c'était une autre vie, beaucoup plus difficile, au milieu des terres arides. Le manque d'eau se faisait cruellement sentir et nous ne pouvions cultiver que des figuiers de Barbarie, quelques parcelles d'orge et des taillis de chênes qui fournissaient des glands pour les troupeaux de chèvres. La willaya I est un pays difficile, un pays de montagnes, de hauts plateaux desséchés et de cuvettes salées, un pays peuplé de Chaouïas, des éleveurs de moutons qui règnent en maîtres sur ces endroits inaccessibles et inhospitaliers.

Depuis la plus haute Antiquité, nos bergers sont réputés pour leur esprit d'insoumission. Je crois que c'est un peu tous les bergers qui sont comme ça. Il était donc logique qu'avec notre tempérament naturellement rebelle nous nous dressions contre les Français qui occupaient notre terre.

Vous savez sans doute que c'est dans les Aurès, dans les gorges de Tighanimine, que tout a commencé, le 1er novembre 54. L'attaque du car Biskra-Arris, l'exécution de deux Français et du caïd sont dans toutes les mémoires, mais on se focalise un peu trop sur cet événement. En fait, cette nuit-là, notre action visait surtout à embraser tout le pays.

J'avais à l'époque à peine dix-huit ans et je me souviens que Ben Boulaïd avait fixé le début des opérations à trois heures du matin. Dans la willaya I, nous avons attaqué simultanément les postes de Batna, de Biskra, de Khenchela et de T'kout. Bien sûr, globalement et sur le moment, les opérations déclenchées sur l'ensemble du territoire ont pu apparaître comme un revers. C'est sans doute ce sentiment d'échec mêlé à la mentalité tribale traditionnelle des Aurès qui a favorisé le recrutement des Harkis à Arris dès le lendemain de l'insurrection. Pourtant, la victoire et l'indépendance étaient bien au bout de notre combat.

Bien entendu, j'ai malheureusement vécu d'autres scènes semblables à celles d'Ighassira. Je ne voudrais pas réactiver les vieilles polémiques sur la torture et le viol, mais relisez donc les nombreux témoignages de vos soldats, qu'ils soient appelés ou engagés. Difficile d'en trouver un où il ne soit pas question de ces viols…

Et je ne vous parle pas de certaines unités particulièrement barbares, comme le commando de chasse Partisan 16, constitué de Harkis et dépendant des chasseurs alpins, qui violaient des gamines de dix ans !

Remarquez bien que je sais ce que vous allez me rétorquer : « Et vous, vous étiez des enfants de chœur ? »

En fait, je n'ignore rien des excès de notre Armée de libération. Nous n'étions pas tout blancs de ce côté-là. Nos combattants s'adonnaient, eux aussi, au viol sur les Européennes et les Algériens fidèles à l'armée française.

C'était un enchaînement.

Nous nous empêtrions dans une spirale infernale au sein de laquelle la violence appelait et justifiait la violence. Je peux enfin commencer à en parler aujourd'hui, cinquante ans après et on pourrait discuter de cela des heures entières, mais ce n'est pas mon propos et sans doute pas ce qui vous intéresse.

La réalité de ce 13 décembre 1960 m'est revenue en mémoire beaucoup plus tard. Il y a environ deux ans, lorsque j'ai rencontré Mourad Boualem.

Mais avant d'en arriver là, vous vous demandez sans doute ce que je fais aujourd'hui à Marseille, alors que mon rôle et mes actions durant la guerre de libération auraient dû plutôt me conduire à Alger et à des responsabilités dans mon pays. En fait, les lendemains des libérations et des victoires constituent souvent, pour les vainqueurs, de bonnes occasions de faire le ménage dans leurs rangs. Si vous en doutez, étudiez donc votre révolution française ou celle de Lénine…

Après l'indépendance, j'ai suivi naturellement Aït Ahmed au Front des Forces Socialistes, le FFS, qu'il a créé en 1963.

Pour certains d'entre nous, combattants de la première heure, ce n'était que la poursuite logique de notre engagement face au refus de démocratisation du FLN qui menait une campagne de répression sanglante contre la population en Kabylie.

Ben Bella a rapidement caricaturé notre mouvement en le qualifiant de séparatiste. J'ai été arrêté, condamné à mort par mon propre gouvernement, avant d'être gracié et emprisonné.

Le coup d'État de Boumédiène, trois ans plus tard, n'a rien arrangé.

Avoir autant lutté pour aboutir à une dictature !

Heureusement, j'ai pu m'évader et m'enfuir en Tunisie. Je me suis installé au Kef où j'ai milité pour la promotion et la défense des droits de l'Homme et pour l'unité du Maghreb. Vous comprenez, j'ai toujours été un peu idéaliste…

Je n'ai regagné Alger que vingt ans plus tard, au milieu des années quatre-vingt. Notre parti, le FFS, a enfin été reconnu et tout aurait pu rentrer dans l'ordre sans l'annulation du premier tour des élections législatives de 1991. Le climat en Algérie s'est alors considérablement détérioré. J'ai pensé que, malgré tout, les forces démocratiques émergeraient à la suite de la plus grande manifestation qu'Alger ait connue depuis l'indépendance, en janvier 1992. Des milliers de poitrines reprenaient le slogan « Ni État policier, ni République intégriste ! ». L'espoir renaissait enfin !

Vous savez malheureusement ce qu'il est advenu par la suite.

L'horreur à nouveau.

L'horreur absolue.

Aujourd'hui, le FFS reste l'un des plus importants partis politiques d'opposition mais, en ce qui me concerne, j'ai pris beaucoup de distance avec tout cela. À cause de l'âge, de la maladie aussi… Je partage désormais mon temps entre Alger où je vis dans le plus simple anonymat et Marseille où habite mon fils.

C'est à Marseille justement, que j'ai rencontré Mourad Boualem pour la première fois.

Il y a deux ans de cela.

Mourad Boualem était alors à la recherche de ses origines.

Je dois vous préciser qu'il avait connu une enfance pas très drôle de gosse abandonné. Il avait été recueilli par l'orphelinat Mohammadia à Alger, avant d'être confié à une famille de paysans de Tazmalt.

Dans cette bourgade de Kabylie cernée d'oliveraies, le sort de Mourad ne s'est guère amélioré, bien au contraire. Maltraité, battu, traité comme un esclave, il en a bavé avant de parvenir à s'échapper et à regagner Alger où il a vécu d'expédients durant quelques années avant de travailler dans une imprimerie de Bouzaréah, un quartier assez chic des hauteurs de la capitale.

À partir de là, il a mené une existence paisible et stable de garçon rangé, sans doute parce qu'il s'est marié et qu'il a eu des gosses. Tout aurait pu continuer ainsi indéfiniment si sa fille aînée n'avait pas souhaité épouser un Algérois, il y a trois ans, et s'il n'avait dû, à cette occasion, fournir un certificat de naissance.

Mourad s'est alors mis en tête de fouiller les archives de l'orphelinat d'Alger afin de localiser ses véritables parents. Là-bas, après avoir sorti son dossier d'admission, on l'a observé d'une drôle de façon, avec de la commisération mais aussi de l'aversion, sans qu'il comprenne véritablement pourquoi. C'est tout juste si on lui a donné, du bout des lèvres, le prénom dc sa mère et une vague adresse dans les bas quartiers de Biskra.

Après plusieurs mois d'enquête, il a enfin retrouvé Leïla, sa mère.

Elle végétait, amorphe, couverte de hardes et de parasites,

à moitié folle, dans un taudis. C'était la fille que j'avais découverte quelque quarante-cinq années auparavant à Ighassira, après le passage de la troupe de légionnaires.

Elle était incapable de parler, incapable de raconter quoi que ce soit.

Comprenait-elle ce qu'il lui voulait ?

Comprenait-elle seulement que c'était son fils ?

Honnêtement, je ne pense pas.

Quoi qu'il en soit, Mourad Boualem a été bouleversé et il s'est mis en tête de s'occuper de la vieille femme. Il l'a fait admettre dans un hospice, avant d'entamer une recherche de paternité. Il venait de retrouver sa mère, il voulait maintenant savoir qui était son père et comprendre pourquoi Leïla était dans un tel état.

Il a mené son enquête auprès des voisins de sa mère et a pu reconstituer, au fil des semaines, les conditions de sa naissance. Quand il les a enfin découvertes, il a été sonné, groggy. Le monde s'effondrait autour de lui : il n'était que le fruit de la haine et non pas de l'amour, le rejeton vicié d'un viol.

Il n'a eu, alors, plus qu'un seul souhait : rendre sa justice. Et cette justice s'appelait vengeance.

Mais comment retrouver les auteurs du forfait ?

Ce sont les vieux Berbères chaouis d'Ighassira qui lui ont parlé de moi et du témoignage que j'avais jadis donné sur le sac du douar par les légionnaires.

À partir de ce moment-là, Mourad m'a recherché dans toute l'Algérie.

Il a fini par retrouver ma trace grâce au FFS. Les habitants d'Arris savaient que j'avais suivi Aït Ahmed au FFS au lendemain de l'indépendance. Mourad s'est renseigné à Alger, et il a obtenu mon adresse à Marseille, car j'étais à ce moment-là en France.

Il est venu me rencontrer ici, il y a deux ans.

C'était un garçon très perturbé et à l'humeur changeante. Il était, selon les jours, consterné par ses origines maudites ou inébranlable dans sa résolution de punir les coupables.

Comment a-t-il retrouvé le nom des légionnaires ?

Ça, je vous avoue que je n'en sais rien.

Je pense qu'en Algérie il a consulté des documents sur les positions de l'armée française lors de la mise en application du plan Challe en décembre 1960, ce qui lui a permis de localiser l'unité. Ensuite, peut-être a-t-il bénéficié de certaines complicités pour obtenir la liste des engagés à partir des archives ou des fichiers de l'armée française. Mais cela n'a aucune importance, la seule réalité est que Mourad Boualem a bien tué les quatre légionnaires et que derrière sa vengeance se profile une bien sale histoire, une histoire de viol.

C'est pour cela que personne n'en parle. Du côté de la police, c'est le black-out total au sujet de son motif.

Paradoxalement, vous savez bien qu'on préfère toujours reconnaître la torture que le viol. La raison en est simple : en violant, le « bourreau d'honneur » se rabaisse au rang de simple salaud. Voyez votre général Aussaresses. Il a reconnu sans ciller la torture et les exécutions, il les a dédouanées au motif que ses « soldats ont accepté de se salir les mains pour sauver des enfants menacés par les terroristes poseurs de bombes ». Par contre, il a toujours nié farouchement tout viol parce qu'il sait que cela rendrait caduque la justification précédente.

Imaginez donc un procès retentissant avec un Boualem affichant publiquement ses origines au nez et à la barbe de la population. Ce serait un vrai désastre.

Vous comprenez sans doute maintenant pourquoi on tait le véritable motif de ce quadruple meurtre.

Jeudi 9 août, rue d'Aix

Abdel Zouba est un petit homme fripé par le soleil et le froid, courbé sous le poids des années. Une jeunesse passée à courir les montagnes les armes à la main, suivie d'une vie constamment menacée par ses amis d'hier et d'un combat jamais reconnu, doivent user plus sûrement que les trente-cinq heures hebdomadaires des turbineurs modernes.

Zouba s'exprime dans un français assez châtié. Ses petits yeux noirs sont tantôt étonnamment mobiles au fond de leurs orbites, tantôt résolument fixes et d'une tristesse infinie.

Il grignote son casse-croûte tunisien en me racontant sa propre histoire, et je devine qu'il aurait souhaité une autre issue.

Zouba a-t-il du sang sur les mains ?

Sans doute, mais je connais les justifications des uns et des autres : ici, on torturait pour épargner la vie des gosses, futures victimes d'attentats, là on égorgeait pour amener les populations à collaborer à la conquête de l'indépendance.

Plus de cinquante ans après, ce sont toujours les mêmes

raisonnements, empêtrés dans les mensonges et les non-dits de ceux qui gouvernent les deux pays.

Zouba m'a raconté l'histoire des légionnaires à Ighassira. Zouba connaît aussi les excès de son Armée de Libération Nationale et leurs impacts interminables sur la vie de l'Algérie indépendante. Il sait bien que les opérations – on pourrait écrire les massacres – menées par le FLN contre les populations locales ou européennes ont servi de modèle aux tueries qui ont émaillé la décennie noire de l'Algérie des années quatre-vingt-dix.

On était alors loin de la guerre, trente années – une génération – s'étaient écoulées, mais cent à deux cent mille personnes ont péri dans des conditions atroces. C'est un peu comme si les massacres algéro-algériens n'étaient que la suite logique, l'écho sinistre, la conséquence fatidique et inéluctable des horreurs de la guerre d'indépendance.

La vengeance de Boualem, le rite barbare de ses crimes, prennent racine dans la sale guerre qui ne voulait pas dire son nom.

Comment, près de cinquante ans après les faits, le ressentiment peut-il être assez fort pour conduire à l'exécution de quatre vieillards ?

— Ce ne sont pas les massacres d'alors qui sont en cause, c'est la recherche de l'identité de Boualem. C'est fondamental pour un homme de savoir d'où il vient…

Et sa recherche n'a pas cinquante ans, elle est toute récente, tient à me préciser Zouba.

Sans doute a-t-il raison.

Pour Boualem, l'histoire qui l'a submergé n'a que quelques mois.

Zouba hausse ses épaules d'un air dépité. Il sait que, dans ce conflit qui s'est achevé en 62, tous ont été cocufiés, tous ont été trahis.

Les uns, par ceux qui clamaient « Vive l'Algérie française » pour mieux s'emparer des rênes de la France et qui ont retourné leur veste aussi sec, les autres par un FLN qui une fois au pouvoir a poignardé la démocratie, muselant ses combattants historiques et son peuple.

Inutile qu'on échange là-dessus, ce ne serait que de la philosophie politique de troisième niveau, d'autant plus que dans ce conflit, mes pensées vont davantage vers les jeunes appelés morts pour rien que pour ceux qui se battaient au nom de leur idéal ou pour défendre leurs biens. Ces petits Français qui ne connaissaient l'Algérie qu'à travers quelques clichés ou des affichettes touristiques éditées par les compagnies maritimes ont été fauchés dans la fleur de l'âge pour satisfaire la vanité de quelques connards aux ambitions politiques affirmées.

Des chiens !

Et puis, mon objectif, face à Zouba, est moins de disserter sur un drame toujours vivace dans le cœur et le corps de ses acteurs que de comprendre la véritable motivation de Boualem – ça c'est fait – et le rôle qu'a pu jouer ce dernier dans la disparition du Polack, ce qui est moins évident.

Avant de sortir de la pâtisserie tunisienne, je remets une carte avec mon numéro de portable à Zouba. Pour le cas où il aurait quelque chose d'intéressant qui lui reviendrait en mémoire.

En quittant le cours Belsunce et son nouveau look, avec le tramway, les trottoirs élargis et l'Alcazar qui a ouvert ses portes sur la magie des mots et des phrases, je n'ai qu'une hâte : regagner la Varune, retrouver Alexandra et lui faire l'amour lentement et longtemps, longtemps, le temps d'oublier l'Algérie et le sang qui a imprégné généreusement les rives de l'autre côté de notre mère à tous, la Méditerranée.

Je n'ai qu'une crainte, je vous l'avoue, c'est qu'elle se soit tirée comme les autres fois, comme à chacune de ces fois où je la négligeais pour rechercher la piste d'improbables assassins dans des histoires ou des meurtres qui ne me concernaient pas forcément.

Jeudi 9 août, calanque des pierres plates

Je dois vous confesser une de mes sales manies : me replonger dans les décors et les circonstances d'un passé heureux afin de tenter de le revivre ou – plus exactement – d'éprouver les mêmes délicieuses sensations qu'alors, des sensations que j'identifie naïvement au bonheur.

Sans doute est-ce pour cela que j'ai conduit Alexandra du côté de la calanque de l'Establon, un peu en contrebas du chemin des Douaniers qu'on emprunte à partir de la gare du Rove, là où de vastes roches plates émergent de l'eau bleue de la Méditerranée.

Jadis, j'emmenais ici mes conquêtes du moment et j'ai vécu dans ce coin de paradis, entre l'eau vivifiante, la chaleur de la pierre immaculée calcinée par le soleil, le rosé frais et l'ombre odorante des pins d'Alep, quelques-unes de mes plus prodigieuses journées d'adolescent. Bien entendu, « amour » ne rimait pas avec « toujours », mais le flower power et la libération sexuelle effrénée qui l'accompagnait facilitaient grandement mes projets.

J'y ai aussi conduit quelquefois Alexandra, à l'époque où tout était OK entre nous, il y a déjà pas mal de temps…

La calanque est toujours splendide. J'espère que sa beauté sauvage ravivera en elle quelques bons souvenirs et l'incitera à prolonger à l'infini son séjour à la Varune.

Elle n'a pas encore évoqué son retour dans la capitale. Pour le moment, c'est le grand beau fixe. Elle somnole au soleil, contre moi. Sa peau mouillée est salée. Elle entrouvre parfois ses lèvres pour déposer un baiser sur mon cou, sans daigner ouvrir les yeux pour autant.

Elle murmure doucement, comme hier soir :

— Je suis bien ici, avec toi…

Bien sûr, ce ne sont pas des mots définitifs – existe-t-il des mots définitifs ? – mais je m'en contente, caresse ses cheveux collés par l'eau de mer, et je croise les doigts. Pourvu que ça dure, comme soupirait la mère de l'autre.

Elle sourit et ronronne comme une chatte comblée.

J'ai un peu oublié l'avocaillon qui doit se les geler dans la capitale (si j'en crois la météo). Je sais bien qu'avec tout son fric et ses belles manières, il ne pourra jamais lui offrir ces heures lumineuses au bord de l'eau.

Elle se blottit contre moi, sans un mot, et pose à nouveau ses lèvres sur ma peau salée. Malgré cela, malgré l'insolence de ce bonheur d'été, je ne parviens pas à m'extraire du récit de Zouba.

Si mon corps est apaisé, mon esprit reste hanté par les vieux fantômes noirs dont personne ne parle jamais.

Une bien sale histoire…

La guerre d'Algérie est encore une blessure douloureuse dans le cœur de beaucoup et si, ces dernières années, on reconnaît peu à peu la torture, le viol reste tabou. C'est sans doute la raison pour laquelle les flics avancent un vague motif de vengeance, sans rien préciser de plus, en ce qui concerne le quadruple meurtre perpétré par Boualem.

Le motif réel dévoilerait ce qu'on tente encore de nous cacher aujourd'hui.

Et puis, l'histoire de ce pauvre gars est une histoire presque banale et très – trop devrait-on dire – actuelle.

Vingt mille femmes violées en Bosnie-Herzégovine en 1992, quinze mille au Rwanda en 1994, cinquante mille filles capturées par les forces gouvernementales au Soudan afin de servir d'esclaves sexuelles, des dizaines de milliers de viols au Congo entre 1994 et 2003…

Et tout cela se fait en toute impunité.

Outre le fait qu'il apparaît comme une récompense pour le vainqueur, le viol de guerre est devenu une redoutable arme d'humiliation massive des femmes et des peuples, une arme d'autant plus perverse que ceux qui en sont victimes la ramènent rarement.

Des paysans tchétchènes étaient systématiquement violés dans le camp russe de filtration de Tchernokosovo. On les affublait ensuite de prénoms féminins destinés à détruire leur masculinité, à atteindre au plus profond la sexualité reproductive de toute une communauté.

En Bosnie, le viol a été organisé voire institutionnalisé afin de corrompre la société musulmane de ce pays. Les femmes devenaient ainsi des éléments importants de la stratégie guerrière. Elles n'étaient libérées que lorsque leurs grossesses arrivaient à leur terme. À Foca, une ville située au sud de la Bosnie-Herzégovine, des centres furent spécialement aménagés. Ainsi, on cite parfois le cas d'une fillette de douze ans, emprisonnée au centre sportif Partizan au cours de l'été 1992, qui fut, pendant les dix jours qu'a duré sa détention, conduite à dix reprises à l'extérieur pour être violée. À Foca, le viol a été pratiqué de façon systématique.

Le bourreau impose ainsi l'enfant de l'ennemi, source de multiples conflits à venir.

Mais savez-vous que cela a vraiment commencé en 14-18, avec l'invasion des régions du nord-est de la France et le viol des femmes donnant le jour à « l'enfant du boche », appelé également « le taré » ?

En 39-45, rebelote ! Plusieurs milliers de viols ont été perpétrés pendant la campagne d'Italie par les Tabors marocains qui, plus tard, délivrèrent notre bonne ville de Marseille – ces exactions ont d'ailleurs été reconnues et indemnisées par la France après 1 945 – mais c'est surtout l'Armée Rouge qui se distingua. Explicitement encouragée, en représailles aux exactions massives perpétrées par le troisième Reich en URSS, à terroriser les populations allemandes par le viol et le pillage à grande échelle, les Soviétiques abusèrent de près de deux millions d'Allemandes.

Contrairement à son alliée, l'armée japonaise, la Wehrmacht interdisait strictement le viol, puni automatiquement de mort. Sur ce plan-là – et pour qui ignorerait Oradour-sur-Glane, Varsovie et un bon millier d'autres errements qui ont conduit les troupes hitlériennes des fosses ardéatines à Marzabotto, en passant par Lidice – l'armée de tonton Adolf apparaîtrait presque moins inhumaine que les autres !

Bon, je sais bien que les viols en Algérie – que ce soient ceux perpétrés par les militaires de l'armée française ou ceux des combattants de l'ALN – n'ont pas les mêmes motifs que ceux de la Bosnie ou du Rwanda.

La réaction des combattants n'avait, a priori, aucune base génocidaire. Il s'agissait de se payer sur la bête, à l'instar des Soviétiques durant la seconde guerre mondiale.

Cela n'ôte pourtant rien à la réalité du drame de Mourad.

— Tu penses à quoi, Clo ?

— À rien… À nous…

Ma réponse a fusé, machinale. Je suis au paradis, avec la plus belle fille du monde, mais mon esprit est obstrué par de gros nuages noirs. Ne suis-je pas maso ?

Elle réagit aussi sec :

— Pourquoi ? Nous, ce n'est rien pour toi ?

Elle en a de bonnes !

— Ce n'est pas ce que je voulais dire. Mais ça fait si longtemps…

— Je sais… C'est la vie.

J'ai du mal à interpréter le sourire convenu qui ponctue son assertion. Une barquette marseillaise, pilotée par un pépé indolent, le visage protégé par un chapeau de paille à larges bords, passe à quelques encablures du rivage. Son moteur diesel – qui doit avoir le même âge que le pescadou – s'essouffle bruyamment.

— Elle est comment, la vie, pour toi ?

Elle affiche une moue exagérée :

— Couci-couça… Pas toujours rose… Mais depuis que je suis avec toi, depuis hier, j'oublie tout et c'est bon.

Elle ponctue son affirmation en déposant ses lèvres sur ma poitrine.

— Clo, je peux te faire une confidence ?

Aïe, mauvaise limonade ! Voici que ce satané avocaillon risque de réapparaître entre nous !

— Bien entendu.

Mon ton a sans doute été hésitant, mais l'éclat de ses yeux me rassure aussitôt. Effectivement, elle murmure :

— Clo, j'en ai encore envie…

– Beaucoup ?

– Beaucoup !

Alors, je balaye tout, la fatigue de la nuit dernière, l'effroyable récit de Zouba, les réminiscences des aveux des uns et des autres sur les tortures et les viols, et même l'ombre omniprésente de l'avocaillon parisien. Oui, le regard d'Alexandra me revigore. Un baiser zézette me confirme les bonnes dispositions de la coquine et je n'ai aucune difficulté pour retrouver ce mini havre de paix, cet abri sous les rochers protégé par une touffe de pins d'Alep et indécelable au regard des curieux qui passent à proximité en bateau ou à pied sur le chemin des Douaniers, ces deux mètres carrés où j'emmenais jadis les minettes gorgées de soleil.

Je m'assois sur le rocher lisse et elle vient aussitôt s'empaler très naturellement sur moi.

Elle frémit à peine lorsque je la pénètre.

— Clo, je t'aime…

Je plaisante :

— Tu dis ça sous le coup de l'émotion.

— Imbécile !

Elle ponctue son affirmation en accélérant ses mouvements.

Je presse ses reins. Ses lèvres s'entrouvrent sur ses dents de nacre, elle gémit doucement.

À la queue leu leu…

Mon putain de portable !

Pourquoi ne l'ai-je pas éteint !

Elle maintient la cadence comme si de rien n'était tandis que la sonnerie débile profane le silence édénique de la calanque.

— Clo, réponds, réagit elle pourtant, les yeux mi-clos.

Mon air dépité et contrit l'incite davantage au rire qu'à la colère. Tant mieux.

Je décroche.

— Oui ?

La voix est lointaine, légèrement métallique avec un fort accent.

— Clovis ?

— Oui.

— C'est Biscottin qui m'a donné ton numéro. Je suis le Polack.

Le Polack !

Il entrevoit mon interrogation, car il précise :

— Je suis allé me mettre quelque temps au vert en Ariège. Avec ces assassinats en série, c'était trop mauvais temps pour moi, à Marseille.

Pour une surprise !

Il poursuit :

— Je suis revenu parce que je pensais être tranquille depuis que la police a arrêté le tueur des légionnaires…

— Mais ?

— Mais c'est guère mieux et je comprends pas… Ma baraque a été visitée. Par qui ? Mystère, car c'est récent et c'est pas le tueur qui est venu chez moi, il était déjà en taule quand ils ont tout mis sens dessus dessous. Je sais que Biscottin t'a parlé de moi. Je viens de l'appeler chez lui. Il faudrait que je te voie rapidos, que je t'explique deux ou trois trucs qui ont peut-être de l'importance. Il faudrait aussi récupérer les documents que j'ai remis à Biscottin. C'est pas un super dégourdi, le vieux, et je voudrais pas qu'il crève à cause de mes papelards. Faudrait que tu les prennes avec toi et que tu les planques en lieu sûr.

« Je voudrais pas qu'il crève à cause de mes papelards. »

C'est pour ça qu'il veut me les refiler ! Il va bien, lui !

Il faudrait qu'on se voie…

Et pourquoi, il faudrait qu'on se voie ?

Après tout, il est vivant. C'est le principal, non ?

Le tueur des anciens légionnaires est sous les verrous, qu'est-ce qu'il craint encore, le Polack ?

Enfin, j'ai quand même autre chose à faire en ce moment ! Comme pour me prouver qu'elle ne compte pas s'arrêter en chemin, Alexandra s'occupe de ma virilité soudain défaillante.

Faut dire que le coup de fil d'un ancien légionnaire n'est pas forcément hyper bandant !

Pourtant je ne peux pas laisser mon vieil ami Biscottin avec cette épée de Damoclès suspendue au-dessus de son crâne. J'en déduis qu'il faudrait que, primo, je sache ce que le Polack a à me raconter et que, secundo, je récupère le carton à godasses plein de fafiots qu'il a confié au vieux afin de le détruire ou de le mettre en lieu sûr, ce sera selon les confidences du Polack.

— OK. On peut se voir quand et où ?

— Minuit, sur le quai de la Lave.

Il m'explique qu'il m'attendra du côté de la goélette qui est à vendre.

J'ai aperçu plusieurs fois cette embarcation. Un joli deux mâts à la coque d'acier, avec neuf couchages, équipé pour le tour du monde. Un beau bateau, un peu trop cher pour moi et sans doute pour pas mal d'autres aussi puisque ça fait bien six mois qu'il est amarré au quai sans avoir réussi à trouver preneur. J'ai noté que le proprio en demandait cent mille roros, sans la place évidemment.

Le nautisme à Marseille, ce n'est vraiment plus à la portée des Marseillais !

— Mais le port est fermé, à cette heure-là.

— T'en fais pas, je surveillerai, la grille sera ouverte. Minuit, OK ?

— OK.

Le regard qu'Alexandra lève sur moi s'est considérablement obscurci.

Sans doute revit-elle les nuits qu'elle a passées à m'attendre, les mauvaises jalousies et tous ces petits désagréments qui l'ont convaincue d'aller voir ailleurs, du côté de Paris, et de se jeter dans les bras d'un mec plus con mais certainement plus attentionné que moi.

Alors, je lui raconte tout, mon rendez-vous avec le Polack, afin qu'elle ne puisse pas me reprocher de lui avoir caché quelque chose. Et puis, je mets les bouchées doubles, invente pour elle de nouvelles et interminables caresses destinées à me l'attacher.

Ses seins se raffermissent.

J'accélère mes câlineries.

Elle se cambre, gémit encore et encore.

L'expression de son plaisir me rassure un peu, mais en partie seulement.

Les hommes savent bien que les femmes n'oublient rien, et l'idée de devoir l'abandonner au milieu de la nuit pour m'éclipser pour un improbable rendez-vous avec un vieux légionnaire au passé constellé de secrets va gâcher le reste de ma soirée.

Vendredi 10 août, hôpital Nord

C'est l'éclat de la lumière crue, plus encore que cette douleur lancinante qui enserre mon crâne endolori, qui m'est insupportable. J'ai du mal à ouvrir les paupières, mais grâce aux voix que je perçois, je réalise vite que, si je ne suis pas chez moi, je ne suis pas pour autant en enfer.

Bien sûr, celle d'Alexandra m'a rassuré et il m'a fallu quelques longues minutes pour comprendre ce qu'elle faisait là, à mon chevet. Sa voix flottait comme dans un rêve. Pour moi, aux dernières nouvelles, elle s'était barrée à Paris pour vivre le parfait amour avec un empaffé d'avocat.

La voix d'Élodie m'a davantage étonné. Elle était là aussi, ma petite Élodie ! Ça faisait une paye que je ne l'avais plus croisée. Qu'est-ce qu'elle pouvait bien magouiller avec Alexandra ?

C'est l'odeur entêtante du désinfectant qui m'a permis de piger que j'étais à l'hosto.

Je me suis approché de la fenêtre. La vue embrasse tout Saint-Antoine et les quartiers Nord. Les jolies petites maisons aux toits roses escaladent les collines et se lovent dans les pinèdes, tandis que le ruban autoroutier surchargé, les affreuses tours et les barres grisâtres montrent les dégâts que l'homme peut engendrer dans une nature généreuse.

Mon regard court sur le littoral, de l'Estaque jusqu'à Euroméditerranée. Une brume de chaleur stagne sur les flots. L'île Maïre et le Frioul émergent, tels de gigantesques dinosauriens, des nébulosités.

Malgré la chaleur pesante qu'on devine à l'extérieur, la température est agréable grâce à la clim. Le reste est moins édénique : la perfusion m'ensuque, j'ai du mal à m'extraire du brouillard ouaté dans lequel les calmants m'ont plongé, les souvenirs des heures récentes ne me parviennent qu'au compte-gouttes.

Alexandra l'a sans doute compris. Elle m'aborde avec une voix douce, presque maternelle :

— Tu as pris un sacré coup sur le crâne, mon chéri.

Pourquoi m'appelle-t-elle « mon chéri » ?

— Mais rien de bien grave. Tu devrais sortir bientôt, ajoute Élodie d'une voix tout aussi suave.

Mon infirmière préférée m'informe que je suis à l'hôpital Nord, que les pompiers m'ont amené ici après m'avoir découvert inanimé sur le quai d'un des ports de plaisance de l'Estaque.

Qu'est-ce que je pouvais bien ficher là-bas ?

— Ils y avaient été appelés à cause d'un bateau incendié. Il y a souvent des bateaux qui flambent dans ce quartier, ajoute-t-elle.

Ça, je sais. Je m'en souviens.

Le MLM…

Un bateau qui crame…

OK, rien de bien nouveau de ce côté-là, mais moi, qu'est-ce que je fous dans ce bronx ?

J'ai du mal à articuler, ma mâchoire est endolorie, alors je la ferme. Élodie me débite son compte rendu et moi, avec ma cervelle à marée basse, je me contente de happer quelques mots au passage afin de tenter de comprendre ce qu'elle me raconte.

— Tu étais sonné sur le quai. Complètement groggy. Les pompiers ont cru d'abord que tu étais ivre. Ils ont demandé une ambulance pour te transporter jusqu'ici avant d'éteindre le feu. En fait, le problème, ce n'était pas le bateau qui partait en fumée mais le bonhomme qu'ils ont découvert à bord.

— Y avait un mec à bord ?

Ma première phrase presque intelligible… Alexandra me récompense en essuyant la transpiration qui perle sur mon front à l'aide d'une serviette sèche.

Élodie poursuit :

— En fait, d'après les pompiers, le gars était carbonisé, totalement méconnaissable. Les flics enquêtent et tentent de découvrir son identité. Je pense qu'ils t'interrogeront. Ils ne comprennent pas trop ce que tu faisais en pleine nuit sur les lieux du crime. Ils se figurent sans doute que tu sais quelque chose.

Qu'est-ce que je faisais là-bas, en pleine nuit, dans ce coupe-gorge ?

Je n'en ai pas la moindre idée.

Je fais turbiner mon ciboulot engourdi, mais les souvenirs tardent à resurgir. Alors, je préfère me laisser glisser dans le monde cotonneux et anesthésiant qui m'exonère de tout souci.

Ma mémoire reviendra bien, tôt ou tard.

— Il est fatigué, vous pouvez y aller. Je vais rester un peu avec lui.

C'est Alexandra. Ma douce Alexandra prend gentiment soin de moi. Les images de notre après-midi au bord de l'eau me reviennent peu à peu. Un souvenir agréable…

Je devine qu'Élodie s'éloigne. Dès que mon infirmière

favorite a quitté la chambre, ma protectrice change de ton :

— Dis, Clo, c'est qui cette salope qui semble un peu trop bien te connaître ?

Le numéro de l'ersatz de mère Teresa est terminé, revoici Alexandra la tigresse, mais le combat entre la furie et son amant groggy est par trop inégal. Lorsque j'émergerai, je lui expliquerai qu'il fallait bien que je m'amuse un peu pendant qu'elle s'envoyait en l'air avec son amoureux parisien et qu'Élodie m'a été d'un grand secours sur ce plan-là. Ou je ne lui dirai rien du tout !

Avec ses questions à la con, elle m'emmerde !

Alors, je sombre lâchement, bercé par les drogues qui s'écoulent lentement dans mes veines.

Le lieutenant quelque-chose est arrivé avec un sourire forcé et m'a débité son nom sans l'articuler. Je devais encore avoir des trous plein le cerveau car je ne l'ai pas retenu. Je crois bien que c'était un patronyme corse, mais je n'en mettrais pas ma main à couper. Donc je l'appellerai « le lieutenant quelque-chose » tout connement.

Lorsqu'il s'est présenté, Alexandra a prétendu devoir descendre dans le hall pour prendre un café et se payer un magazine. Elle a compris qu'il désirait me voir en tête à tête. Il m'a précisé immédiatement qu'il souhaitait simplement savoir ce que je pensais de l'affaire. J'ai eu l'impression qu'il connaissait un peu ma réputation (est-elle bonne du côté de l'Évêché ?), mes enquêtes et mes exploits passés. Manifestement, il cherchait à m'évaluer, son regard en coin ne me quittait pas. J'ai deviné que si ma mémoire ne revenait pas très vite et si je ne lui sortais pas du chapeau un alibi en béton, je n'allais pas tarder à passer du statut de témoin à celui d'inculpé.

Quoi qu'il en soit, il m'a quand même lâché quelques infos, sans doute pour m'amadouer.

En gros et en vrac : la fameuse goélette à cent mille roros a cramé la nuit dernière, les pompiers sont intervenus et ils ont découvert un cadavre carbonisé sur le pont, le MLM a été mis un moment en cause mais le meurtre n'a jamais fait partie de ses méthodes, le corps se trouve à l'institut médico-légal où on tente de savoir qui était ce gugusse et la cause de sa mort.

J'apprends simplement qu'il s'agit d'un homme, qu'il aurait été torturé parce que ses membres étaient brisés. D'après le flic, c'était un mec du genre plutôt balèze : plus d'un mètre quatre-vingts, un bon quintal. Seul indice : on a retrouvé un poignard attaché le long de son mollet et fiché dans une de ses rangers.

Je joue avec un naturel surprenant l'ahuri de service et le mec qui n'a pas retrouvé tous ses esprits. En fait, mes souvenirs resurgissent un à un, en commençant par les plus anciens.

Même si les dernières minutes passées avec le Polack sont effacées de ma mémoire, j'ai la sale impression que l'ancien légionnaire semble être la victime de la soirée. Je me souviens que Biscottin m'avait relaté sa manie de planquer un poignard contre son mollet.

Quel rôle ai-je bien pu jouer dans ce crime ?

Pas question, en tout cas, de trop parler au flic, ça reviendrait à m'embrigader dans une histoire à la mords-moi-le-nœud, et mon esprit n'est pas suffisamment alerte pour parer les questions forcément insidieuses du lieutenant quelque-chose.

Alors j'invente un truc du style : « Quelqu'un m'a filé rencard sur le quai car il avait des révélations à me faire sur le MLM. » Ça met un peu le flic en rogne car il a l'impression que je mène une enquête parallèle et que je marche sur les plates-bandes de la maison poulaga. Il me récite le traditionnel couplet du civisme, du respect de la loi, des uniformes qui sont là pour nous protéger et tutti quanti…

Je simule le mec qui a un insupportable mal au crâne et grimace en affirmant qu'on a dû m'ensuquer dès que je suis rentré sur le quai. Le flic essaye de savoir si quelqu'un m'a ouvert la grille d'entrée ou si j'ai escaladé la clôture. Je lui affirme, la main droite sur le cœur, que je ne pénétrerais jamais chez autrui sans y être expressément invité et donc qu'on a dû m'ouvrir. Promis, juré.

Qui m'a ouvert ?

J'en sais que dalle… À cause du coup que j'ai reçu sur le citron.

Le lieutenant quelque-chose me jette un regard faussement désabusé. Il a pigé qu'il ne tirera rien de plus d'un olibrius pareillement amoché et doté d'un cerveau au travers duquel on voit le jour. À moins que le pseudo amoché, c'est-à-dire moi, joue superbement la comédie et qu'il soit l'auteur du crime du quai de la Lave. Il se contente de grogner un truc vaguement menaçant que je n'imprime pas et qui se termine par «… plus tard… » avant de s'esquiver.

Mais vous qui connaissez ma légendaire robustesse, vous avez sans doute saisi que j'ai repris du poil de la bête. Si les derniers instants partagés avec le Polack restent « mystère et boule de gomme », mon cervelet tourne presque à plein régime.

Et lorsqu'on a deux sous de logique, on peut se poser la question de savoir ce qu'on faisait en pleine nuit à côté d'un cadavre.

Je peux aussi me poser une seconde question : « Est-ce moi l'assassin ? »

Honnêtement, je vous avoue que je n'en sais rien. Mais, dans ce cas, quel mobile pourrait inciter un mec sensé comme moi à exterminer son prochain et à le faire rôtir ?

Pendant qu'Alexandra reprend gentiment sa place à mes côtés, j'échafaude mentalement une synthèse entre mes souvenirs ressuscités, les rares infos lâchées par le flic et les révélations d'Alexandra qui était près de moi – et même très très près… – lorsque le Polack m'a téléphoné pour me filer un rencard. La belle m'affirme que c'est bien l'ancien légionnaire qui m'a demandé de le rejoindre et de récupérer les babioles abandonnées chez Biscottin…

Non, je ne vois vraiment pas pourquoi je l'aurais descendu.

J'ai pris un coup sur le ciboulot et il y a fort à parier que ceux qui m'ont estourbi ont fait également cramer la goélette. En outre, le cadavre retrouvé à bord est bien celui du Polack, si je me réfère à la description du lieutenant quelque-chose quant au poignard fiché dans les godasses.

En tout cas, face aux flics ma stratégie sera simple : tant que je n'aurai pas repris totalement mes esprits, je jouerai l'amnésie partielle suite à un traumatisme crânien. C'est un truc qui marche super bien, même si je me rends compte qu'ils se demanderont avec de plus en plus d'insistance ce que je faisais sur les lieux du crime.

Avec leur manie de devoir trouver au plus vite un coupable, à défaut de trouver LE coupable, j'estime que je dois figurer en bonne position sur la liste de suspects.

Samedi 11 août, la Varune

Ils m'ont libéré !

L'hosto, c'est un peu comme la prison : tu sais quand tu y rentres mais pas forcément quand tu en sors, ça dépend d'une foultitude de facteurs que tu as du mal à maîtriser.

En ce qui me concerne, ma sortie est sans doute due aux restrictions budgétaires que connaît l'assistance publique. Ils avaient besoin de mon lit pour un mec plus amoché que moi.

Je dois vous avouer que ma grosse bosse s'est bien résorbée et que, même si mon cuir chevelu reste douloureux, je me sens nettement mieux dans mes collines que dans cette immense barre de béton et de baies vitrées offertes aux dards du soleil.

À mes côtés, Alexandra a repris ses manies de nounou, elle me bichonne comme ce n'est pas permis. Et je ne m'en plaindrai pas…

Elle a fermé les volets et les fenêtres de la façade sud afin de nous éviter de cuire dans l'air brûlant, puis m'a fait allonger sur le divan. Compte tenu de la douceur avec laquelle elle m'a manipulé, j'attendais une issue un peu crapuleuse, mais il n'en a rien été. Au contraire, elle a craché simplement quelques insanités sur Élodie qui, selon elle, devait profiter de la faiblesse de ses patients pour se faire sauter alors qu'elle-même respectait ma période de convalescence. Alexandra m'avait habitué, par le passé, à plus de retenue. Je n'ai conservé de son éclat que le côté positif, l'expression de sa jalousie exacerbée.

Le lieutenant quelque-chose m'a téléphoné. Il m'a demandé si mes souvenirs étaient revenus et si j'avais de nouveaux éléments à lui révéler. J'ai évidemment répondu par la négative. Son ton était mi-amical, mi-menaçant. Il m'a simplement averti qu'il attendait ma déposition sans vouloir s'épancher, suite à une de mes interrogations, sur les résultats de l'autopsie. « Trop tôt » m'a-t-il sèchement répliqué, comme pour me décourager de poser ce genre de questions.

J'ai l'impression que ce gars m'a dans le nez et qu'il a trouvé en moi le coupable idéal.

Faudra que je fasse gaffe…

D'autant plus que j'ignore totalement le rôle que j'ai pu jouer dans l'assassinat du Polack. Y serais-je pour quelque chose ?

Biscottin…

Il faut impérativement que je descende voir Biscottin pour récupérer la boîte à godasses que lui a remise le Polack, mais lorsque je tente de me lever, une douleur aiguë vrille mes cervicales.

J'avale deux comprimés d'antalgique.

— Mais où vas-tu ?

Alexandra joue maintenant les cerbères.

— Je descends à l'Estaque. J'en ai pour une demi-heure.

— Dans ton état ? Mais tu es fou !

J'évite l'affrontement. Je la prends doucement par les épaules.

— Une demi-heure, pas plus. Je te le promets…

Elle se radoucit.

— Bon, mais fais vite. Tu ne veux pas que je t'accompagne ?

Je grogne. Elle comprend vite.

— Promets-moi au moins de ne pas t'arrêter au bistrot. L'alcool, avec tes médicaments…

— Je sais.

J'ai commencé ma virée par une halte au Beau Bar. Ici, on ignore – ou on fait mine d'ignorer – ma mésaventure de l'autre nuit, même si je suis persuadé que tout le quartier est au courant. Léon me précise que Biscottin vit cloîtré chez lui. Depuis l'incendie de la goélette, il n'est plus descendu au Beau Bar.

Peut-être craint-il tout bonnement la chaleur lourde qui fait fondre le macadam devant le bistrot ?

J'ai ma petite idée sur la question…

Si les flics restent muets comme des carpes, les langues vont bon train au comptoir de Léon. L'Endive et le Furoncle paradent depuis près de deux jours devant les quelques courageux qui ont affronté la canicule. Ils exposent avec force détails et quelques exagérations les faits, ou plutôt leur version des faits.

Jeudi dans la nuit, ils revenaient à pinces d'une partie de pêche dans le canal souterrain du Rove lorsqu'ils sont tombés sur le ouaille du quai de la Lave. Les gyrophares des camions rouges des pompiers et des voitures de flics y dissipaient une ambiance inquiétante. Les deux galapiats ont d'abord tenté de contourner les lieux, car la pêche dans le canal du Rove est interdite de nuit comme de jour, mais la curiosité était trop forte. Ils ont caché leur attirail et leur prise – une demi-douzaine de loups – et sont allés glaner les quelques infos qui leur permettraient de plastronner dès le lendemain au Beau Bar.

Depuis, chez Léon, « on » gamberge et « on » imagine…

Pour les uns, le Polack a été assassiné par des complices de Boualem qui auraient mis le feu à la goélette afin de mieux dissimuler leur forfait. Pour les autres, ceux qui dénigrent habituellement le MLM, ce sont les « terroristes » du MLM qui auraient fait cramer un bateau sans savoir que l'ancien légionnaire s'y était réfugié.

J'avale deux mauresques en compagnie de RoRo qui s'est rallié à la seconde hypothèse.

La tenue estivale de Muriel – une robe de douze centimètres carrés qui lui va comme un gant – ne parvient pas à entamer ma réflexion.

Des complices de Boualem ?

Peu probable compte tenu de la motivation très personnelle du tueur de légionnaires.

Le MLM cramant accidentellement le Polack en mettant le feu à la goélette ?

Aussi invraisemblable quand on sait que l'homme a été torturé.

Alors qui ?

C'est ce que je vais tenter de découvrir en obéissant à la dernière volonté du Polack. Je me souviens maintenant de sa recommandation : « Il faudrait récupérer les documents que j'ai remis à Biscottin. C'est pas un super dégourdi, le vieux, et je voudrais pas qu'il crève à cause de mes papelards. Faudrait que tu les prennes avec toi et que tu les planques en lieu sûr. »

Récupérer la boîte en carton…

Il tombait du feu lorsque j'ai quitté le Beau Bar pour grimper vers l'église par les ruelles qui ne m'offraient, à cette heure de la journée, qu'une ombre maigrichonne.

Le vieux a mis dix bonnes minutes avant de m'ouvrir. J'ai compris qu'il avait grimpé à l'étage afin d'espincher au travers des persiennes cet importun qui venait l'emmerder à une heure où les gens honnêtes tentaient de survivre, dans cet air en fusion, en se réfugiant dans le demi-jour des vieilles bâtisses.

Lorsqu'il m'a ouvert, je l'ai senti tendu, inquiet. C'est à peine s'il m'a salué avant d'enchaîner :

— T'as su, pour le Polack ? T'as vu comme ils ont eu sa peau ?

— Tu sais, on ne peut encore rien dire…

— Je sais. C'est motus et bouche cousue chez les condés, mais n'empêche…

Il m'invite à m'asseoir et trottine jusqu'au buffet de noyer pour s'emparer de la bouteille de Casa.

— Tu sais, moi, boire seul, c'est pas mon truc. Je préfère m'en envoyer deux ou trois au bistrot avec les collègues, mais je dois t'avouer que depuis le meurtre, j'évite de sortir de la piaule.

Il emplit les verres d'une eau fraîche que l'alcool trouble.

— Tu sais, Biscottin, le Polack m'a bigophoné.

Une pause, puis :

— Je m'en doute, Clo…

— Il m'a donné rendez-vous le soir du meurtre, sur le quai. À partir de là, je ne me souviens plus de rien… Moi, ils m'ont ensuqué et lui, ils l'ont fait cramer.

— Ils ? C'est qui « ils » d'après toi ?

— J'en sais rien.

— Faut savoir, Clo. Moi, je vis plus…

— On va savoir, t'en fais pas.

— T'es sûr ?

— Pardi !

Mon assurance m'étonne car, évidemment, je ne suis sûr de rien.

— Si tu le dis…

— Je suis venu récupérer la boîte à godasses du Polack. Il t'en a parlé ?

— Ouais, il me l'a dit. Il est passé me voir jeudi en fin d'après-midi, quelques heures avant de se faire descendre. Je lui ai raconté notre rencontre de lundi, autour d'une bouille. Il a trouvé que ça serait pas une mauvaise idée que tu conserves ses merdes. Faudrait que je te donne la boîte.

Il grimace avant de poursuivre :

— Le problème, c'est qu'elle est pas là, qu'elle est plus là. Je suis allé la planquer dans mon vieux cabanon de chasse, sur la route de la Galine.

Il avale son Casa cul sec avant de resservir. Il m'annonce, la mine renfrognée :

— Je serai pas décontracté tant que je t'aurai pas refilé ces papiers. Et puis, tu sais, Clo, faut que je dise… Depuis la première visite du Polack, je me suis bouclé à double tour, je passe mes jours et mes nuits derrière les fenêtres et j'espinche tout ce qui se passe dans le quartier. Et ben, faut que je te dise… Vendredi, au petit matin, ils sont venus visiter la piaule du Polack.

— Qui ça, « ils » ? Les flics ?

— Les flics ? Non, eux, ils se sont pas encore pointés. Tu les connais, avant qu'ils réagissent, tu as le temps de tuer un âne à coups de figues ! Ils doivent pas encore savoir que c'est le Polack qu'on a fait cramer l'autre nuit. Non, moi je te parle de deux mafalous. Je suis sûr que ce sont les assassins du Polack.

— Des Arabes ?

Je pense à Boualem. Difficile d'envisager qu'il avait des complices, sa vengeance paraissait très personnelle, mais il faut explorer toutes les pistes.

— Non, espèce de raciste ! C'étaient pas des Arabes, c'étaient des Chinetoques.

— Des Chinois ?

— Je crois bien… Ils ressemblaient un peu au neveu de l'Alude, tu le connais ? Le petit Cambodgien que sa sœur cadette a adopté.

— Le neveu de l'Alude est dans le coup ?

Il éclate de rire :

— Mais non, andouille ! Il en serait bien incapable. Je te parle de cet estourdi pour t'expliquer… Quand je dis Chinetoques, ça peut être des Chinois, mais aussi des Cambodgiens, des Viets, des Japonais, des Jaunes quoi… Donc les deux Chinetoques sont venus vendredi matin, très tôt. Il faisait encore nuit. Ils sont restés une petite heure. Je les ai observés.

— Et toi, tu n'as rien dit ?

— Moi ? Qu'est-ce que je pouvais faire contre une bande de Chinetoques ?

Inutile d'approfondir de ce côté-là, même si le terme de bande me semble mal adapté à un groupe de deux personnages seulement. Si je vois mal mon Biscottin jouer les Bruce Lee face au duo de malandrins, il aurait quand même pu alerter les flics ou, au moins, faire un peu de boucan, histoire de dissuader les importuns de poursuivre leur prospection.

Le vieux continue d'ailleurs son récit sans attendre ma réaction :

— Y en avait un qui faisait le guet pendant que l'autre foutait la baraque sens dessus dessous. Ils cherchaient quelque chose.

Je prends un air étonné :

— Et comment tu sais ça ? Tu m'as dit que tu n'étais pas sorti de chez toi.

Gêné, il murmure en se tortillant :

— Ouais, c'est vrai, mais après le passage des deux loubards, je suis allé faire un tour jusque chez le Polack. Histoire de voir…

— Et tu as vu quoi ?

— Qu'ils avaient tout foutu en l'air !

— Ils cherchaient la boîte à godasses, non ?

Il ne répond pas, mais son regard est éloquent. Il se contente d'avaler une lampée de jaunet en bredouillant :

— C'est pour ça que je suis allé la planquer au cabanon. On ira la récupérer à la fraîche si tu veux. Avec cette chaleur, on grillerait avant d'atteindre les Abandonnés.

Il pose son verre et me fixe :

— Tu sais, Clo, j'ai les foies. J'ai peur qu'ils viennent jusqu'ici, les Chinetoques. Avec tout ce que j'ai entendu raconter sur les supplices raffinés des niacoués, les morceaux de bambou qu'ils t'enfoncent sous les ongles, la goutte d'eau qui tombe sur ton crâne jusqu'à ce que tu disjonctes, le chiffon imbibé d'huile qu'ils enroulent autour de tes doigts avant d'y foutre le feu, la cage dans laquelle ils te bouclent avant de la plonger dans l'eau glacée, l'étau dans lequel ils te coincent les arpions et qu'ils referment…

J'interromps sa litanie diabolique afin de tenter de le rassurer :

— Tu sais, s'ils t'en voulaient, s'ils connaissaient l'existence de cette boîte, ils seraient déjà venus te rendre visite. T'en fais donc pas !

— Tu… Tu crois ?

— Sûr !

Effectivement, les deux mafalous sont venus fouiller la baraque du Polack vraisemblablement après l'avoir interrogé – je devrais plutôt dire, torturé.

S'ils ont ignoré Biscottin, c'est que le Polack n'a pas parlé.

Dimanche 12 août, archipel du Frioul

Il y a bien une vingtaine de bateaux mouillés dans un espace circulaire des plus réduits, à mi-chemin entre l'Estaque et le Frioul. J'ai remarqué ce regroupement anormal dès que nous avons dépassé le viaduc de Corbières. Un peu après la sortie du tunnel routier, les voitures étaient garées des deux côtés de la route et quelquefois même, en double file. Avec la canicule, la moitié des quartiers Nord doit prendre d'assaut les petites criques, les rochers et les blocs des jetées du port de la Lave.

Faut dire qu'avec la frénésie de nos dirigeants qui n'hésitent pas à sacrifier les plages sur l'autel de la rentabilité pour couler des tonnes de béton au bord de mer, on s'entasse de plus en plus dans l'anse de Corbières, le seul accès à la mer du coin. Quand on interroge nos élus sur la disparition des plages au profit du béton, on assiste à une partie de bâton merdeux qu'on se refile : c'est pas moi, c'est l'autre, et finalement, ce gâchis c'est la faute à dégun.

Malgré le soleil radieux et la mer calme, aucun des bateaux

entreposés sur les gigantesques étagères métalliques du port à sec de la Lave n'a daigné se mettre à l'eau. Les coquilles de noix en plastoc blanc sont toujours là, impeccablement rangées sur les échafaudages en surplomb de la route et de la mer, comme si leur destinée était invariablement de regarder passer les flots de véhicules, un peu comme les vaches lorgnent, de leur œil morne, les chemins de fer dans les campagnes plus au nord.

Sur les gigantesques étagères, les quelques esquifs qui ont succombé à l'ire incendiaire du MLM ont été prestement remplacés. La demande est paraît-il énorme : ici, tout le monde veut avoir son bateau.

— S'ils ne sortent pas aujourd'hui, ils sortiront quand ? s'est étonnée Alexandra.

Parce qu'elle est loin d'être gourde, ma blondinette ! Évidemment, si les marins d'eau douce ne voguent pas sur les flots bleus aujourd'hui, un dimanche de canicule en plein mois d'août où la mer est calme, ce n'est certainement pas un de ces jours ouvrables et pluvieux de novembre qu'ils le feront !

Je lui explique, avec un peu de rage dans la voix, que toutes ces belles barcasses – j'espère que les yachts à quelques centaines de milliers de roros ne m'en voudront pas d'utiliser ce qualificatif – ne prennent la mer, en moyenne, qu'un jour par an. À croire qu'un bateau, ça sert davantage à parader un verre à la main pour en mettre plein la vue aux copains lors des apéros semi-mondains qu'à se payer une petite partie de pêche à la dorade ou une balade amoureuse avec une galine éclaboussée de soleil qui s'étire voluptueusement sur le pont.

À chacun sa vision de la marine.

Quant à la flottille concentrée en cercle au milieu de la grande bleue, inutile que j'explique à Alexandra que ces morfales sont là pour les maquereaux. Elle le découvrira rapidement car Raf m'a annoncé son intention de pêcher quelques-uns de ces jolis poissons au dos vert et bleu qu'on fera griller sur les rochers blancs de la calanque de l'huile, une anse du Frioul où il a l'habitude de s'ancrer.

Raf a amarré le Mouligas au quai des pêcheurs. Manifestement, il nous attend et semble ravi qu'Alexandra m'accompagne. Raf adore la compagnie des femmes. Au point de vue tenue, Alexandra ne peut rivaliser avec Muriel qui porte en cette saison des robes qu'on pourrait fourrer dans un tube de cachets d'aspirine, mais la sobriété de son paréo de coton ne cache guère ses appas. Le soleil de la calanque de l'Establon a joliment doré ses cuisses et ses épaules. Avec sa capeline de paille blanchie et ses lunettes de soleil de chez Gucci, elle a des airs de starlette cannoise. Mon ami flicaillon en tomberait les mirettes.

— On passe d'abord aux maquereaux ?

Je ne réponds pas tant c'est une évidence.

Le moteur diesel du Mouligas ronronne doucement. Alexandra s'est installée à l'avant, face aux flots que l'on fend, tandis que j'entame la discussion avec Raf. Il est question des maquereaux, du Frioul, mais également – vous l'aurez compris – des assassinats de légionnaires. Avec sa position stratégique à l'Évêché, au cœur de la maison poulaga, mon ami Raf capte pas mal de bruits de couloir et de confidences, des infos de première main qu'il n'hésite jamais à me confier car il sait bien que je les utiliserai proprement.

Bien entendu, il est au courant de mon agression sur le quai de la Lave. Il sait aussi que le lieutenant quelque-chose me cherchait des poux dans les cheveux à ce sujet, mais il me rassure :

— Tu es maintenant hors de cause, Clo. L'hypothèse que tu aies tué le mec carbonisé, puis que tu te sois volontairement assommé pour simuler une agression tombe à l'eau. Ton lieutenant favori a interrogé les toubibs qui t'ont pris en charge à l'hosto. Ils lui ont certifié que, compte tenu de l'impact du choc, à l'arrière du crâne, il était impossible de s'infliger soi-même un tel coup sur le ciboulot. Ça veut dire que tu n'as rien simulé et que tu es en dehors du coup.

Une bonne nouvelle. En retour, je joue la transparence et ne lui cache ni mon intérêt pour les crimes de Boualem, ni l'inquiétante disparition du Polack.

C'est Raf qui m'a appelé ce matin, de bonne heure, pour me proposer une balade en mer. À son ton, j'ai pigé qu'il devait avoir deux ou trois trucs sympas à me raconter loin des oreilles indiscrètes des buveurs de fly, aussi j'ai accepté son invitation. Je lui ai annoncé qu'Alexandra viendrait avec moi – nous sommes un peu inséparables en ce moment – et il a paru ravi. Alexandra aussi. Les gars et les filles de Paris apprécient toujours une virée sur la grande bleue lorsque le temps est au beau fixe et que le soleil calcine les rochers blancs.

Je lance à la belle qui se retourne vers nous :

— En fait, rassure-toi, on ne va pas rester bien longtemps sur le banc de poiscailles. Raf pêche à la mitraillette.

Elle me regarde en esquissant une grimace :

— À la mitraillette ? C'est quoi, ce truc ?

C'est Raf qui réplique en éclatant de rire :

— La mitraillette ? Oh, c'est pas une kalachnikov ! Clo, explique-lui donc.

Plutôt qu'un long discours, je sors la paravane qui traîne à l'arrière du Mouligas, du côté du gouvernail, entre le jerrican de gazole et la glacière où il a dû stocker le pinard.

— Tiens, la voilà, la kalachnikov !

La paravane – j'ignore son nom savant – est une planchette japonaise terminée par des hameçons et des plumes. En fait, une mitraillette à maquereaux se compose de sept hameçons garnis de plumes multicolores, montées en potence tous les cinquante centimètres environ sur un nylon assez fort. Avec cet engin, la pêche à la mitraillette devient une technique à la portée de tous les pêcheurs et de toutes les embarcations.

À l'approche du banc de poissons, Raf ralentit l'allure à moins de trois nœuds. Il tourne doucement en rond, en évitant de perturber les pêcheurs postés là depuis la première heure qui l'observent d'un œil mauvais, tandis que je me contente de tenir sagement la ligne, pincée entre le pouce et l'index. Les touches sont franches et multiples, je ramène une grappe de maquereaux à chaque passage sur le banc.

Alexandra est subjuguée. Elle veut essayer à son tour, mais elle renonce vite, écœurée par le sang noir des poissons qui souillent le pont dès qu'on les décroche.

Tandis que Raf met le cap sur le Frioul et la calanque de l'Huile qui se situe juste en dessous de la station météo visible à partir de l'Estaque, je vide quelques maquereaux et disperse leurs tripes à la mer.

Notre repas de midi…

Raf doit renoncer à jeter l'ancre dans la calanque de l'Huile où tous les plaisanciers du dimanche semblent s'être donnés rendez-vous. Est-ce l'instinct grégaire de nos contemporains qui les incite à se coller ainsi les uns aux autres ? Car voici des gars qui ont quitté leurs appartements ce matin pour s'agglutiner dans une petite calanque polluée par leurs propres rejets – paquets de biscuits vides, mégots de cigarettes, sacs en plastique et autres objets qu'il vaut mieux ne pas identifier – et bourdonnantes de conversations avinées.

Mais la côte dentelée du Frioul offre de multiples possibilités et Raf connaît un coin sympa du côté de la pointe de Carapègue.

L'endroit est désert, sans doute à cause des flots agités qui frappent les rochers blancs déchiquetés et qui effrayent les marins du dimanche. Ici, la mer est profonde et frondeuse. La nature, brûlée par le soleil et rongée par les embruns, s'offre dans une nudité superbe et sauvage, voire inhospitalière. On remarque ici et là, blottis au creux de la pierre, bien à l'abri des vents, de curieux végétaux aux couleurs passées et aux formes triturées par le mistral.

Raf a jeté l'ancre dans l'anse la plus abritée, sous le regard d'un couple de gabians dédaigneux. Ici, nous serons comme des coqs en pâte.

Tandis qu'Alexandra barbote topless dans une eau tiède, nous choisissons une cavité dans la roche blanche afin d'y préparer le feu.

Raf emplit les verres de Bandol glacé.

— Clo, j'ai des nouvelles. Je ne savais pas si je pouvais te parler devant ta gonzesse, alors j'ai attendu qu'on soit en tête à tête.

Il avale une gorgée.

— Putain, ça fait du bien, avec ce cagnard ! Donc, je voulais te dire… Primo, on n'a toujours pas identifié le mec cramé dans le bateau au quai de la Lave, la nuit où tu as pris un coup sur la cabécelle. Je me demande d'ailleurs ce que tu pouvais bien aller foutre là-bas, mais enfin tu me le diras peut-être…

— Pas de problème, on en parlera tout à l'heure. Et secundo ?

Il vide cul sec le reste de son verre.

— Secundo, Boualem est mort.

— Boualem est mort ! Comment ça ?

Il prend un air un peu embarrassé pour m'avouer :

— Ce con s'est suicidé en taule.

— Il s'est suicidé, ou on l'a suicidé ?

— Officiellement, il s'est suicidé. Par pendaison.

La mort de Boualem tiendra une place de choix dans la série des morts suspectes dans nos belles geôles françaises. Zouba m'a raconté le black-out qui entourait le motif des crimes de Boualem et la gêne que l'affichage et la publicité des viols de l'armée française dans les Aurès auraient occasionnée.

Bien sûr, on se suicide de plus en plus dans les prisons françaises. Plus de cent détenus par an. Bien sûr, soixante pour cent des suicidés étaient en attente de jugement et le tiers s'est produit durant le premier mois de détention. C'était aussi le cas de Boualem. Mais je ne peux extraire de mon esprit la sourde menace que représentait un procès public avec un Boualem crachant SA vérité qui n'est certainement pas loin d'être LA vérité.

Alexandra sort de l'eau.

La Vénus de Botticelli, sur fond de roches déchiquetées, aux allures de Bo Derek… Une vraie naïade avec sa peau dorée, sa poitrine ferme sur laquelle elle referme son paréo, son regard clair et ses cheveux blonds collés à sa nuque et son cou.

Elle lisse ses cheveux en affirmant :

— Elle bouge, mais c'est super. Un coin de paradis.

Puis, m'observant :

— Clo, il y a quelque chose qui ne va pas ?

Je secoue la tête et tente d'esquisser un sourire sur mon visage constipé :

— Non, rien, que dalle. Viens t'asseoir près de moi et bois un coup avec nous.

Inutile de m'appesantir sur Boualem. Ce suicide me contrarie et il faudra peut-être que je retourne voir Zouba pour avoir son avis. Mais n'exagérons rien, je ne suis quand même pas chargé de faire la lumière sur cette affaire : c'est uniquement le Polack, avec la menace potentielle qui pèse sur Biscottin, qui m'intéressent.

C'est pour cela que j'explique à Raf la raison de ma balade nocturne de jeudi soir sur le quai de la Lave. Nous fendons les maquereaux en deux afin de les faire griller du côté de la peau. Dans la foulée, je vide mon sac et raconte tout au flicaillon de A à Z : Biscottin, Zouba, le Polack, la boîte de godasses pleines de vieux fafiots, et même les Chinetoques entrevus par le vieux.

— Des Chinetoques ?

On s'était sans doute un peu trop égarés du côté de Boualem et de la guerre d'Algérie, aussi ces Asiatiques inattendus font un peu tache dans le décor. D'où l'étonnement de Raf.

— Oui, des Chinetoques. Biscottin est formel.

— Des Arabes, des Chinois… Putain, mais c'est United Colors of Benetton, la disparition du Polack ! plaisante Raf.

La chair des maquereaux grésille. Il ne faut que quelques minutes pour qu'ils soient parfaitement grillés tout en conservant leur souplesse et leur moelleux.

Raf en déguste un :

— Tu vois, Alexandra, ils sont à point. Faut pas trop les laisser sur la braise, sinon ils se dessèchent. Et puis, quand ils sont petits et frais comme ça, tu pourrais les manger crus, juste avec un filet d'huile d'olive et un peu de citron.

Alexandra a suivi notre conversation sans piper mot. Elle partage un maquereau en deux dans le sens de la longueur avant d'en porter la chair à sa bouche.

— Vraiment extra, les hommes ! J'ai une question à te poser, Raf.

L'œil du flicaillon s'allume. Il la laisse poursuivre :

— Le premier assassinat de légionnaire date de quand ?

Raf réfléchit quelques secondes.

— Attends voir… C'était le… le 30 juillet, je pense. Le crime de la Pointe Rouge. Ensuite, il y a eu trois autres meurtres début août, les premier, trois et quatre août je crois.

Elle termine son maquereau, tend son verre à Raf afin qu'il le remplisse de Bandol rosé, avant de s'adresser à moi :

— Clo, toi, tu as vu Biscottin en début de semaine. Il t'a révélé la date à laquelle le Polack lui a confié la boîte de chaussures ?

Je fouille dans mes souvenirs. Pas facile sous ce cagnard, avec mon crâne endolori et quelques verres de rosé dans le museau.

— Bien sûr… J'ai mangé chez lui lundi dernier, le 6 août. Et il m'a dit que le Polack s'était fait la malle depuis une dizaine de jours et qu'il lui avait confié ses papelards auparavant.

— Une dizaine de jours. Vers le 26 ou 27 juillet, donc. Trois à quatre jours avant le premier crime de Boualem. C'est curieux, non ?

Je comprends son raisonnement :

— Si le Polack s'était senti menacé par la série de meurtres perpétrés contre d'anciens légionnaires, il n'aurait pu réagir qu'après le premier meurtre, c'est-à-dire au mieux le 1er août, date de l'article dans la presse. Or il est allé voir Biscottin cinq jours plus tôt. Ça ne colle pas.

— À moins qu'il n'ait eu l'info bien avant… remarque justement Alexandra.

Raf l'interrompt :

— À moins aussi, et tout simplement, que la disparition du Polack ne soit pas liée à Boualem, mais à une autre cause. Laquelle ? Je n'en sais rien, mais ce qui est certain c'est que le Polack devait avoir drôlement les chocottes pour s'évaporer ainsi. Un légionnaire, même à la retraite, n'a rien d'une poule mouillée. S'il a confié ses papiers à Biscottin, c'est sans doute parce qu'ils présentent quelque intérêt aux yeux de ceux qui le menacent.

Il se retourne vers moi :

— Au fait, Clo, ces papiers ?

Je ramasse délicatement un maquereau qui me semble cuit à point, et lâche, comme si cela n'avait aucune importance :

— Je les récupère ce soir. J'ai rencard avec Biscottin à la fraîche. Le vieux grigou a planqué son trésor dans son cabanon de chasse, du côté de la Galine.

— Tu me diras ?

— Sûr que je te dirai…

La chair souple et parfumée du poisson fond dans ma bouche. Raf raconte quelques conneries sur les filles qui agrémentent actuellement ses jours et ses nuits. Des cagoles. Alexandra en rit à gorge déployée entre deux baignades. Nous faisons des allers-retours incessants dans l'eau tant la chaleur est insupportable et la réverbération du soleil sur la pierre blanche intense.

Les vagues grossissent imperceptiblement du côté du cap Caveaux, à la pointe ouest de Pomègues. Les marins du dimanche qui se sont agglutinés dans la calanque de l'Huile quittent un à un leur mouillage. Ils craignent sans doute que la mer capricieuse ne se lève, comme elle le fait souvent ici, au beau milieu de l'après-midi.

— On laisse partir ces andouilles. On lèvera l'ancre plus tard. On n'est pas bien ici ?

Comme pour souligner son affirmation, Raf sort une troisième bouteille de Bandol frappée de sa glacière.

Sûr, qu'il a raison.

On est super bien ici !

Dimanche 12 août, la Varune

Je ne vous raconte pas notre retour du Frioul !

Une tempête, une vraie tempête comme il n'en existe qu'au large de l'Estaque et, paraît-il, au cap Horn. Les quelques miles qui séparent l'archipel des quais estaquéens furent l'occasion, pour Raf, de démontrer ses qualités de marin. J'aurais préféré, pour ma part, qu'il choisisse d'autres passagers que nous pour prouver son savoir-faire.

Le retour agité nous a un peu gâché le plaisir de la journée.

Alexandra a été malade comme un chien et son teint, qui avait viré au bleu vert – la couleur des maquereaux – m'a laissé quelques doutes sur ses capacités à me rendre la nuit prochaine aussi voluptueuse et torride que les précédentes.

Côté galipettes, j'avais raison, ça ne sera pas le nirvana.

Non pas que la méforme passagère d'Alexandra puisse l'empêcher de m'exprimer pleinement son amour, mais nous avons dans les pattes un invité surprise depuis quelques heures.

Figurez-vous que Biscottin est chez moi, à la Varune !

Et avec le petit vieux qui traîne comme une âme en peine

d'une pièce à l'autre – car à cet âge-là, on ne pionce plus beaucoup – finies les longues et bruyantes étreintes dans la salle à manger ! Il faudra se contenter de la chambre, comme les bourges. Alexandra, qui aime bien rugir pour ponctuer ses orgasmes, devra également se refréner, ce qui gâchera un peu son plaisir et, par-là même, le mien.

Faut quand même que je vous explique comment nous en sommes arrivés là, je veux dire, à recueillir ce vieux Biscottin comme un gosse perdu et à le ramener jusque dans ma garrigue aride et torréfiée par le cagnard.

De retour du Frioul, Raf a accosté à l'Estaque sur le coup de sept heures. Évidemment, c'était le ouaille comme tous les dimanches soirs, avec les joutes sur le port, les automobilistes bloqués par la palanquée de feux rouges qui ont poussé comme des champignons dans ce quartier, et les interminables files de mecs surexcités par la chaleur devant les baraques à chichis. Pourtant, avec ma petite Alexandra qui avait le gobi – Raf m'a même soufflé au cours de la traversée, d'un air complice, qu'elle était sûrement en cloque ! – nous avons pu nous glisser à travers les ruelles qui conduisent vers l'église et la gare.

Le soleil disparaissait peu à peu derrière la colline, du côté de Corbières, mais la chaleur était toujours suffocante.

Nous avons grimpé la rue de la Rascasse et, en débouchant dans la venelle qui conduit à la baraque du vieux, j'ai compris immédiatement qu'il y avait un engambi de première.

Au centre de l'attroupement, l'Alude et le Furoncle gesticulaient. Oui, je sais, ils gesticulent constamment tant le geste est chez eux le complément incontournable de la parole, mais là, ils brasségeaient avec une emphase dramatique.

RoRo tentait manifestement d'expliquer quelque chose aux marins-pompiers qui semblaient préférer, pour leur part, interroger Brahim et Alibacar, deux petits chapacans qui traînent souvent dans le quartier à la recherche d'un mauvais coup.

Je me suis approché du groupe en compagnie d'Alexandra qui avait la tronche à l'envers. Elle n'avait toujours pas digéré les maquereaux.

C'est RoRo qui m'a expliqué.

Ça venait tout juste d'arriver.

En bref, Biscottin avait été agressé alors qu'il rentrait tranquillement chez lui après s'être largement rincé le gosier au Beau Bar. Le vieux avait donc fini par maîtriser la frousse qui le clouait entre ses quatre murs pour se rendre chez Léon. À son retour du bistrot, il avait surpris des cambrioleurs en train de lui mettre la baraque à l'envers, des gars peu avenants qui l'avaient gratifié d'un gros coup sur le ciboulot avant de s'esquiver. Les choses auraient pu sans doute beaucoup plus mal tourner si Brahim et Alibacar, rôdant par-là, n'étaient pas intervenus.

Le Furoncle nous a rejoints, d'une part pour zieuter les formes d'Alexandra de plus près, d'autre part pour nous donner sa version des faits :

— C'est des bicots qui ont fait le coup. Les deux petits merdeux, ils le disent pas parce que ce sont, eux aussi, des bicots. Tous ces crouillats, ils s'entendent comme larrons en foire pour nous dépouiller. De mon temps…

Les vieux fantasmes du Furoncle resurgissent à la moindre occasion. Je le coupe :

— Les flics ? Vous n'avez pas appelé les flics ?

RoRo haussa les épaules :

— À quoi ça sert ? Ils font que dalle, les flics. Faut être mort pour qu'ils enquêtent, et encore… T'as qu'à voir le mec qui a grillé dans le bateau l'autre nuit, ils savent toujours pas qui c'est, alors que c'est un secret de Polichinelle ici. Tout le monde a pigé que c'est le Polack qu'on a dessoudé puis fait cramer. Alors, les flics…

Il ponctua son affirmation d'un mouvement de la main pardessus son épaule. Le geste était désabusé. J'ai compris que ni

RoRo, ni le Furoncle, ni les autres badauds accourus sur les lieux après l'agression ne m'en apprendraient davantage. Ce sont surtout les deux nistons qui me paraissaient intéressants. Eux seuls avaient été véritablement témoins de l'agression.

Dès que les marins-pompiers leur ont lâché la grappe, je me suis approché d'eux :

— C'est vous qui avez fait fuir les cambrioleurs ?

Ils parurent flattés de l'attention que je leur portais et Brahim en rajouta. Il répliqua aussitôt en prenant l'accent et le vocabulaire des banlieues, sans doute pour faire le cake :

— Ouais, des keums trop stokosses. Des Chinetoques.

— Des Chinetoques ? T'es sûr ?

C'est Alibacar qui m'a précisé :

— Ouais. S'il te dit que c'est des Chinetoques, c'est que c'est des Chinetoques. Ils étaient deux. On est arrivés et on a fait un raffut pas possible. On les a dérangés et ils se sont barrés. En plus, on leur a tiré des caillasses dans la tronche. C'est nous qu'on l'a sauvé, le vieux !

— C'est bien les jeunes, c'est bien. Quel âge ils avaient, ces Chinetoques ?

— Ni des djeuns, ni des yeuviés… lâche Brahim.

— Entre les deux, quoi… ajoute Alibacar dont je comprends et apprécie davantage le langage.

Bon, ce n'était pas très précis, mais ça confirmait l'irruption d'un duo d'Asiatiques dans cette histoire.

Après le Polack, c'est Biscottin qui avait morflé.

— Allez, venez, pépé, on peut pas vous laisser là…

Les marins-pompiers tentèrent d'emmener le vieux qui explosa aussitôt, preuve qu'il allait nettement mieux :

— Je veux pas y aller avec vous ! Je suis pas malade, moi. Vous allez m'emmener à l'hosto et là-bas, ils vont m'empoisonner avec leurs médicaments ! Clo, dis-leur que je veux pas y aller…

À l'issue d'interminables tractations avec les sauveteurs, ces derniers se montrèrent disposés à nous abandonner Biscottin, à une condition cependant : qu'il ne reste pas seul chez lui. Aussitôt, RoRo, l'Alude et le Furoncle s'esquivèrent, sans doute par crainte de devoir jouer les gardes-malades, et c'est Alexandra, jusqu'ici fort discrète, qui lança avec un soupçon de naïveté :

— Clo, emmenons-le quelques jours à la Varune, le temps que ça se tasse.

Je l'ai dévisagée sans un mot, avec des yeux ronds.

Se prenait-elle au jeu, elle qui m'avait souvent reproché de l'abandonner pour secourir les uns et les autres ?

Le chef de l'équipe des marins-pompiers se retourna vers moi, vaguement inquiet de mon silence :

— Alors ? Vous le prenez chez vous ou pas ?

Que vouliez-vous que je réponde ? Non ? Impossible.

Alors, forcément :

— OK, il vient avec nous.

Avant de quitter les lieux, j'ai branché Brahim et Alibacar. Je connais leur facilité pour se glisser partout et pour passer inaperçus. Je leur ai demandé de tenter de localiser les deux Chinetoques et je leur ai fait miroiter un billet de cinquante roros. Ils ont regardé la coupure avec un air un peu dédaigneux, comme s'ils en pondaient une tous les matins que Dieu fait, mais ils ont accepté la mission. « C'est pour te rendre service » ont-ils simplement ajouté d'un air entendu avant de s'esquiver, et sans me proposer le moindre rendez-vous pour m'informer de leurs investigations. Je sais bien que je les croiserai forcément un de ces quatre au Beau Bar.

Avec Alexandra, nous avons traîné le vieux de son domicile jusqu'à ma 405 break garée dans la montée de la Sardine. Biscottin a récupéré au passage la clé que le Polack planquait sous un pot de géraniums, il a soigneusement fermé la baraque de l'ancien légionnaire, puis nous avons pris le chemin de la Galine avant de regagner la Varune.

Le cabanon de Biscottin était dans un état lamentable.

La fameuse boîte de godasses du Polack se trouvait coincée sous une poutre vermoulue qui n'allait pas tarder à s'affaisser. Aussi, nous l'avons prestement récupérée sans nous attarder dans cette bicoque dangereuse et nous avons poursuivi notre route par la Galine, puis Caussimon.

On était bien loin des artères goudronnées de nos belles cités. La piste a été ravinée par les violents orages de l'automne précédent, mais on peut néanmoins rejoindre la Varune sous réserve d'avancer au pas sur ces chemins pierreux et de posséder le sésame qui ouvre les barrières posées en travers du chemin afin d'interdire la circulation des véhicules à moteur dans la garrigue, un sésame qui fait évidemment partie de mon attirail d'indigène des collines.

Une fois arrivé at home, j'ai bien essayé de coller Biscottin à sa sœur – je vous ai sans doute révélé que ma voisine Tine est sa frangine – mais ça n'a pas marché. Ils se sont salués du bout des lèvres avec une poignée de mains, car ils sont d'une génération où l'on ne s'embrassait pas en famille. Une coutume qu'on a du mal à imaginer aujourd'hui alors que les cakes se bisent comme des tafioles. Les deux vieux ont bien échangé quelques banalités, pourtant au bout de deux minutes, ils s'insultaient. Je sens bien qu'ils s'adorent mais que, paradoxalement, ils ne peuvent pas se supporter physiquement.

C'est ça, le mystère des familles.

Voilà pourquoi nous sommes maintenant trois à cohabiter dans ma petite baraque de la Varune.

Le souper – ici on appelle « souper » ce que les Parisiens

nomment « dîner » – a été frugal. Est-ce par esprit de contradiction ou en signe de rébellion contre ceux qui nous ont imposé la langue de Molière, assassinant ainsi le parler mélodieux cher à Mistral et à Gélu au début XXe siècle, qu'en Provence et qu'à Marseille, on « déjeune » le matin, on « dîne » à midi et on « soupe » le soir. Ce n'est pas compliqué, mais il faut simplement le savoir sous peine de se mélanger les pinceaux avec les arides terminologies du Nord (qui comme, chacun le sait, commence à Valence, ou, selon certaines sources mieux informées, à Avignon).

La légèreté de ce repas ne gêna personne, les gros appétits n'étaient pas de sortie. Avec Alexandra, nous nous étions gavés à midi et nous n'avions toujours pas complètement digéré les maquereaux de l'ami Raf. Biscottin, encore sous l'effet de l'injection des doses d'analgésique administrées par les pompiers, pensait davantage à son crâne endolori qu'à bâfrer.

Le vieux est ensuite sorti pour prendre l'air et griller une Boyard papier maïs qui traînait dans ma crédence depuis des années. Il voulait profiter de la relative fraîcheur du soir.

Avec Alexandra, nous en avons profité pour ouvrir la fameuse boîte à chaussures du Polack, l'esprit émoustillé par nos découvertes futures.

Alexandra m'aide à classer les documents : d'un côté les photos, de l'autre les lettres.

A priori, ce n'est qu'un amas de souvenirs décatis comme il en pourrit dans toutes les armoires abandonnées et que le temps démode irrémédiablement. Des feuillets parcourus d'écritures manuscrites, des clichés en noir et blanc, des articles découpés dans les journaux, quelques factures, quelques réflexions de comptoir, parfois pertinentes mais toujours rédigées en mauvais français, sur l'ingratitude des hommes et l'iniquité du monde. Du Polack dans le texte, sans doute…

C'est en fouillant dans ce fatras de papelards que j'apprends la véritable identité de celui que tout le monde appelait le Polack : Wilhelm Littbarski. Wilhelm est un prénom polonais qui signifierait, selon Alexandra qui garde la connexion à l'internet à portée de doigt, « protecteur ».

Ma première surprise est de découvrir une correspondance assez volumineuse entre le Polack et une dénommée Lê. De curieux échanges épistolaires constitués d'une part des lettres que ladite Lê lui a adressées et, d'autre part, des lettres que lui-même a rédigées, mais qu'il n'a apparemment jamais expédiées.

Pourquoi ?

Mystère…

Conservez-vous souvent des lettres que vous n'expédiez pas ?

Un autre mystère est ce prénom, Lê. Un drôle de prénom.

Une courte recherche sur le ouèbe et Alexandra, toujours partante pour me donner un coup de main, m'apprend qu'il est d'origine vietnamienne.

Après la Pologne de Wilhelm, le Vietnam de Lê…

Alexandra jubile : grâce à elle, nous venons de comprendre que le Polack correspondait avec une Vietnamienne. Une info qui serait sans doute à rapprocher de la récente visite que quelques Asiatiques – des Viets à coup sûr – ont réservée aux baraques du Polack et de Biscottin.

— Bon les jeunes, je vais pioncer.

Biscottin rentre et file directement dans sa chambre sans nous calculer. Pourtant, il se retourne vers nous, le regard plein de sous-entendus, avant de refermer la porte de sa chambre :

— Et faites pas trop de boucan, les amoureux !

Alexandra rosit imperceptiblement. Deux minutes plus tard, le ronflement de l'ancêtre retentit dans toute la maison.

Les courriers de Lê sont assez anciens.

L'écriture est fine et ronde, le style est soigné. Les lettres datant, pour la plupart, des années 60, se révèlent être empreintes à la fois de reproches et de douceur. Le fameux sucré-salé de la cuisine vietnamienne, sans doute… La violence est exclue de ces propos, mais je devine l'amertume de cette fille que le Polack semble avoir ramenée en France, loin de chez elle, avant de la plaquer et de l'abandonner avec son rejeton, car Lê évoque souvent un enfant prénommé Marcel, un gosse qui me semble être le fruit de leur relation.

Le Polack s'est vraiment comporté comme le dernier des saligauds.

Ce qui est curieux, c'est le nombre de lettres que le Polack a rédigées mais qu'il n'a pas cru bon d'expédier à sa destinataire. L'écriture est maladroite, heurtée. Rien à voir avec celle de Lê.

Est-ce pour cela qu'il les a conservées religieusement dans la boîte ?

Un complexe ?

De la lâcheté ?

De la négligence ?

Extraits de la lettre de Lê, datée du mardi 6 avril 1965

…Voici près de dix ans que nous sommes installés dans ce pays qui n'est pas le mien, ni le tien d'ailleurs, ce pays où je grelotte même au cœur du printemps.

Combien de temps as-tu passé ici avec nous ? Quelques semaines tout au plus, avant de partir pour l'Algérie et ne plus revenir. C'est peu, bien peu.

Ce camp est une vraie prison. Les villageois de Sainte-Livrade qui viennent nous livrer les marchandises nous ont d'ailleurs dit qu'il a toujours servi à la détention de prisonniers de guerre, que les derniers occupants étaient des Ukrainiens qui y furent internés en 1945, et qu'il a été réouvert à notre intention, au lendemain de Diên Biên Phu.

Mon pays est loin, à douze mille kilomètres d'ici et, toi, tu es encore plus loin que lui, puisque tu m'ignores. Ton indifférence à mon égard est cependant moins grave que ta désaffection pour Marcel, ton fils, notre fils.

À ton retour d'Algérie, tu nous avais promis de rentrer dès que tes affaires seraient réglées à Aubagne où la Légion s'est repliée après la fin du conflit.

Cela fait déjà trois ans, et tu n'es toujours pas là.

J'ai bien peur que tu ne reviennes jamais.

Les filles de mon pays sont douces, soumises et fatalistes.

Sans doute est-ce pour cela que je ne suis pas totalement désespérée…

… Je sais que tu vis à Marseille. Avec une autre femme, d'après ce qu'on m'a dit. Ce genre de nouvelles circule bien ! On m'a dit aussi que c'était une prostituée que tu avais ramassée sur les trottoirs du port. Je sais bien que tu n'as jamais pu te passer des filles. Mais, une prostituée pour remplacer la mère de ton fils…

Décidément, tu as de la suite dans les idées !

Tu peux revenir quand tu le voudras, quand tu en auras marre de folâtrer d'une fille à l'autre. Tu sais bien que je t'attendrai le temps qu'il faudra. La fidélité et l'asservissement constituent l'essentiel de nos qualités, ou nos faiblesses, c'est selon.

Parfois, je ne peux me résigner à penser que tu m'as ramenée ici pour m'abandonner dans ce camp où nous sommes traités comme des vauriens, administrés par de hautains fonctionnaires de l'administration coloniale pour lesquels nous ne sommes que des niacoués. Ils se croient toujours dans leurs colonies perdues ! Ici, tout est clôturé, les allées et venues sont filtrées par des barrières, la circulation est soumise à autorisation, le couvre-feu a été institué et les cérémonies « au drapeau » sont obligatoires. C'est un vrai camp militaire.

Faire douze mille kilomètres pour en arriver là !

Tout compte fait, tu aurais mieux fait de me laisser moisir dans mon pays…

À Saigon, je me serais débrouillée. Je me suis toujours débrouillée. La vie là-bas, avec les soldats américains, qui doivent être encore plus riches et plus généreux que les Français, ne peut pas être pire qu'ici.

Quand tu m'as demandé de m'embarquer sur le bateau avec toi, tu étais sincère, j'en suis certaine, mais c'était là-bas, dans un autre contexte. Aujourd'hui, je crains que tu aies honte de moi, car le temps est passé par-là. Une niacouée, une ancienne prostituée par-dessus le marché, c'était sans doute acceptable en Indochine, mais sûrement pas en France.

Ici, nous avons du mal à nous faire comprendre. Les gens du coin nous sont hostiles. Parce que nous sommes différents, nous les dérangeons. J'ai l'avantage de connaître et de bien parler ta langue. Pour moi, c'est plus facile, mais les autres connaissent mille difficultés. La plupart n'ont pas de formation, et ceux qui ont quelques diplômes ne se voient proposer que des embauches comme manœuvres, des travaux éreintants et sous-payés dans les usines de la région.

J'ai réussi à trouver du boulot dans une conserverie. C'est une chance par rapport aux autres qui, comme Tâm, n'ont dégotté que des tâches saisonnières dans les fermes de la région…

… Ton fils, Marcel, souffre de cette situation. Si tu ne veux pas revenir pour moi, fais-le au moins pour lui. Il vient tout juste de se remettre d'une méchante pneumonie et il est encore très fragile. Ici, c'est un mauvais climat pour un gosse de dix ans.

Marcel fréquente l'école primaire installée dans les bâtiments du camp. Tous nos gosses y vont, de la maternelle jusqu'à l'âge de quatorze ans, à la fin des études primaires. Ils vivent dans un monde clos, sans contact avec l'extérieur, avant d'être orientés arbitrairement à la fin de leur scolarité. La plupart se retrouvent en apprentissage, souvent contre leur volonté, dans des professions inintéressantes que les jeunes Français dédaignent. Ils sont malheureux et rejetés par tous.

Je ne voudrais pas que Marcel subisse leur sort et c'est

pour cela que j'aimerais que tu nous rejoignes et que tu nous sortes d'ici.

Par bonheur, Marcel n'est pas tout à fait seul puisqu'il joue avec les deux fils de Hans et de Tâm. Il les appelle ses cousins. Forcément, lorsqu'on n'a pas de famille, il faut bien s'inventer quelques cousins pour ne pas perdre la face devant les autres. Tu sais, c'est une chance pour moi qu'Hans et Tâm soient nos voisins. Marcel considère ton ami Hans comme un père, mais moi, je sens bien que son père, son vrai père, lui manque.

Hier, j'ai redit à Marcel que tu rentreras un jour ou l'autre et je crois que ça l'a rendu heureux.

J'espère bien que tu reviendras car quoi que tu fasses, quoi que tu aies fait, je serai toujours là pour toi…

Extraits de la lettre de Lê, datée du lundi 13 juin 1966

... Je ne sais pas pourquoi je continue à t'écrire puisque tu ne me réponds jamais. Je me résigne à mon sort comme, d'ailleurs, tous les Vietnamiens du camp.

Ici, les hommes vieillissent prématurément, moins à cause de leur âge que du poids des épreuves de la vie. Ils sont déracinés, en charge de familles nombreuses et n'ont aucun moyen de s'établir dans la société française en dehors du camp. En ce qui concerne les veuves ou les femmes vivant seules avec des enfants, c'est encore pire.

Sans doute est-ce pour faire face à cette fatalité que nous rebâtissons peu à peu une vie communautaire inspirée de nos coutumes et de nos traditions de jadis. Nous avons appris, par la force des choses, à vivre en vase clos, entre nous, à l'écart de la société rurale et villageoise de ce pays qui nous a toujours rejetés. Nous cultivons aujourd'hui nos légumes, le concombre amer, le titô, l'aubergine violette, le chou chinois ou le maïs blanc, et nous tentons de nous stimuler au travers de nos traditions culinaires et de nos pratiques religieuses. Il existe même un commerce spécifique qui s'est installé entre nous et qui nous permet de resserrer nos liens.

Mais ce n'est pas pour te raconter cela que je t'écris, le sort de quelques centaines d'Indochinois abandonnés par tous ne doit guère te préoccuper puisque celui de ton propre fils t'indiffère.

En fait, je tenais à te parler d'Hans.

Hans est un homme honnête. Il vit ici avec sa femme et ses deux gosses. Marcel l'adore et le considère un peu comme son père.

Je sais que tu as contacté Hans dernièrement et que tu lui as demandé de te rejoindre à l'Estaque pour quelque temps. Tâm m'en a parlé. Elle m'a avoué également qu'il était question d'une plongée entre vous. Quelle idée ! Hans et toi, vous savez à peine nager ! Tâm n'a pas dû bien interpréter les propos de Hans car je la sens assez inquiète de le voir te rejoindre, et je la comprends.

Je ne sais pas ce que tu as en tête, Wilhelm, mais je te supplie de ne pas briser sa famille comme tu as brisé la nôtre. Tâm a besoin de lui, ses fils ont besoin de lui, et nous aussi, Marcel et moi, avons besoin de lui.

Je crois savoir qu'Hans doit te retrouver à la fin du mois.

Alors, s'il te reste un peu d'humanité, ne l'entraîne pas dans de mauvaises aventures et renvoie-le vite chez lui, ici.

Quant à moi, j'ai pratiquement perdu tout espoir de te revoir un jour parmi nous, mais j'aimerais me tromper.

Si jamais tu changeais d'avis, sache que je serais toujours là à t'attendre…

Lundi 13 août, la Varune

Depuis le lever du jour, Biscottin tournicote dans la cuisine comme une mouche malade. Les vieux, ça ne dort jamais, chacun le sait.

Il s'est réveillé aussi prestement qu'il s'était endormi.

Je l'ai trouvé assis devant un bol de café et il s'est plaint des élancements qui irradient son crâne. J'ai un peu raillé sa sensibilité de jeune fille en lui faisant tâter ma bobosse qui est loin d'être entièrement résorbée, puis je lui ai donné deux comprimés d'Efferalgan qui ont calmé sa douleur.

Mais, depuis, il marmonne :

— Clo, je peux pas rester ici. Je dors pas bien ici. Remarque, c'est pas de ta faute, c'est que je suis trop près de Tine. C'est pas que je l'aime pas, Tine, mais c'est une vraie sartan. On n'a jamais pu vivre l'un près de l'autre. Elle a un caractère impossible, elle doit tirer de tante Pétronille…

Il se libère un peu en me détaillant toutes les saloperies que ladite tante a réservées jadis à sa mère. Tine n'est quand même pas comme ça ! En fait, ce qui irrite mon invité, c'est qu'il sait bien qu'un retour à l'Estaque, où des mecs aux yeux bridés doivent espincher sans arrêt sa baraque, serait risqué et qu'il n'a pas beaucoup d'autres possibilités que de rester à s'emmerder à cent sous l'heure chez moi.

Alexandra dort encore. Elle m'a aidé à déchiffrer le contenu de la boîte à godasses du Polack et nous avons phosphoré une bonne partie de la nuit.

Je dois vous avouer qu'entre son estomac barbouillé et le vieux qui ronflait comme une locomotive à vapeur dans la chambre voisine, elle n'avait pas trop l'esprit à la gaudriole.

Je dois vous confier également que j'ai été un peu déçu par la lecture de la correspondance du Polack.

À la longue, les lettres de Lê, toujours sur le même ton, un soupçon de reproche et une pincée d'espoir dans beaucoup de résignation et de fatalisme, sont un peu exaspérantes.

Si j'ai tout compris, le Polack a rencontré Lê à Saigon au début des années cinquante. Elle bossait dans un bar où elle ne se contentait apparemment pas de servir à boire. Comment en est-elle arrivée là, elle qui paraît avoir reçu une très bonne éducation si j'en crois le style de son écriture ? Mystère. Puis tout s'est enchaîné logiquement, la traditionnelle liaison du guerrier et de la pute, l'attachement de la fille égarée au soldat loin de son sol, le mariage et l'espoir des jours meilleurs, l'arrivée à Marseille, le transfert dans le Lot-et-Garonne et l'installation au CAFI – le Centre d'Accueil des Français d'Indochine, un sigle abscons qui cache la sordide réalité du lieu. Ils étaient mille deux cents rapatriés dans ce camp situé au Moulin-du-Lot, à deux kilomètres de Sainte-Livrade.

Ensuite, il y a eu l'Algérie, le retour des combattants vaincus d'Indochine sur le terrain des opérations. Le Polack a logiquement réintégré son unité avec son copain Hans.

L'Algérie.

Une nouvelle défaite.

Une nouvelle amertume.

L'écœurement et la hargne dûs aux armes qu'on dépose sans avoir été défaits, sur l'injonction des politiques…

Mais, à l'inverse de Hans, le Polack n'est jamais retourné à Sainte-Livrade. D'où les lettres salées-sucrées de Lê, les reproches assourdis mêlés à la nostalgie et aux mots d'amour.

À partir de ce moment-là, je connais la vie du Polack à l'Estaque. En fait, cette affirmation est présomptueuse : que connaît-on vraiment de la vie des autres ?

Ceci dit, je n'ai pas très bien compris pourquoi, à partir de 1962, le Polack avait rédigé plusieurs courriers qu'il n'avait jamais expédiés. La plupart d'entre eux étaient des lettres banales d'un homme qui demandait à sa femme de prendre patience, qui affirmait qu'il avait quelques affaires à régler et qu'il reviendrait bientôt. Le mensonge perlait à travers chacune des lignes tracées d'une écriture heurtée.

J'ai, en fait, retenu deux éléments importants de cette correspondance.

D'abord les lettres du Polack datées du premier semestre 66 : sa promesse de retour devenait plus diffuse, mais il réaffirmait à Lê son amour et sa tendresse pour le petit Marcel. Il prétendait même qu'il lui ferait parvenir, avant la fin de l'année, une somme importante qui lui permettrait de quitter Sainte-Livrade et de s'installer dans une grande ville. Il citait Paris, et non Marseille où il vivait, sous le prétexte que les écoles y étaient de meilleure qualité et que Marcel y trouverait un enseignement sans aucune mesure avec celui du camp du Lot-et-Garonne.

Une somme importante, alors qu'il ne disposait apparemment que d'une faible retraite petitement améliorée par des gâches à droite et à gauche…

Ce magot était-il lié aux séjours du Polack en Indochine et en Algérie ?

En Indochine, les magouilles pullulaient. Certains ont bâti des fortunes rapides avec le trafic de piastres ou celui de l'opium. Mais la guerre terminée depuis plus de dix ans rendait cette hypothèse peu probable.

L'Algérie, c'était plus récent et les coins d'ombre restaient nombreux. L'Algérie, pourquoi pas ?

Le second élément qui m'a étonné était l'invitation envoyée à Hans, un ami qui avait combattu à ses côtés, sous le képi blanc, en Indochine et en Algérie. Lê déplorait amèrement dans sa lettre du 13 juin 1966 que son mari demande à Hans de le rejoindre à l'Estaque.

Pourquoi cet appel assez tardif ?

Était-il lié à la promesse de l'envoi d'une somme conséquente datant à peu près de la même époque ?

J'y ai longuement réfléchi, les yeux grands ouverts dans la nuit étouffante, pendant qu'Alexandra dormait à mes côtés du sommeil du juste. Au petit matin, ce fut évident : si Hans s'est pointé à l'Estaque en juin 66, il devait bien y avoir quelqu'un dans ce foutu quartier pour s'en souvenir.

Le vieux a repris sa déambulation tandis que je me sers une tasse de café.

— Tu veux pas t'asseoir une minute ? J'ai un truc à te demander.

Biscottin s'arrête pour prendre place sur la chaise qui me fait face. Il m'interroge d'un haussement de sourcil un peu désabusé.

Je propose :

— Un café ?

Il me fait part de son refus par un simple signe de tête. Je poursuis :

— Le Polack, je crois que tu l'as toujours connu depuis qu'il s'est installé à l'Estaque. C'était en 64, non ?

— Pardi. C'est quand même normal que je l'aie connu : il habitait à trente mètres de ma piaule !

— Il vivait avec une galine à l'époque ?

— Ouais, au début, il a loué sa baraque avec la Delphine. On disait que c'était une ancienne pute. Y a des mecs qui affirmaient l'avoir croisée lorsqu'elle tapinait rue Poids de la Farine. C'était pas le haut de gamme, la rue Poids de la Farine, mais les mecs, tu les connais, ils parlent souvent pour parler…

— Il recevait des visites ?

— Non. J'ai bien aperçu quelques gars de l'Estaque qui venaient boire un coup ou bouffer des spaghettis. Mais c'était quand même rare. Il m'a invité une fois ou deux… La Delphine, c'était la reine des spaghettis à la puttanesca.

L'évocation de la sauce puttanesca a toujours éveillé en moi des envies irrésistibles de me goinfrer de grands plats de pâtes généreusement accompagnés de cette préparation à base de filets d'anchois, d'ail, de tomates, de câpres, d'olives noires et de piments de Cayenne.

— OK, mais moi je veux parler d'invités étrangers, étrangers à l'Estaque, en quelque sorte…

Le vieux hésite deux secondes, relève la visière de sa casquette en tweed d'un coup de pouce en signe de réflexion.

— Ben… Des estrangers, non… Jamais vu des estrangers chez lui.

— Dans son courrier, il est question d'un certain Hans, un ancien légionnaire comme lui, qui serait venu le voir au début de l'été 66.

— Oh, là, là ! Si tu crois que je m'en souviens ! Ça fait plus de quarante berges, ça.

— Je sais… J'ai une autre indication. Ce Hans est venu et il était question de plongée.

— De plongée avec le Polack ?

— Avec le Polack.

— Té, donne-moi un peu de café. Finalement, ça peut pas me faire du mal… Avec le Polack, la plongée, c'était quasiment impossible, Clo.

— Tu as l'air bien affirmatif.

— Le Polack, il risquait pas de pouvoir plonger. Il savait pas nager, ton gugusse, alors plonger…

— Tu es certain qu'il ne savait pas nager ?

— Sûr et certain. On est sortis deux ou trois fois avec lui, sur le mourre de pouar de Zé. Eh bé, il fallait vérifier qu'on avait un gilet de sauvetage pour lui. Et fallait voir comme il balisait, le bougre, dès que la mer se levait.

Il avale sa tasse de café d'un trait et ajoute, en esquissant le sourire de commisération qu'on pose sur les pauvres tarés :

— La plongée, avec le Polack, c'est impossible. T'as dû te gourer, jeune.

Il est gentil d'ajouter ça pour le cas où je n'aurais pas compris que le Polack n'avait rien d'une naïade. D'ailleurs, j'avais pressenti cela à la lecture de la lettre que Lê lui avait adressée dès qu'elle avait su qu'il invitait Hans à l'Estaque.

Si le Polack parlait de plongée, c'est qu'il avait quelque chose à ramasser au fond de l'eau. Et ce n'était sûrement pas des oursins. De là à imaginer que ce quelque chose était ce qui devait lui rapporter pas mal d'oseille, il n'y a qu'un pas. Et ce quelque chose était quoi ? Un trésor, peut-être…

Pendant que Biscottin m'observe avec de la pitié plein le regard, je fais turbiner mon ciboulot à cent à l'heure, ce qui m'amène à la conclusion suivante : lorsqu'on doit récupérer quelque chose au fond de la flotte, soit on plonge, soit on fait plonger les autres.

Compte tenu des aptitudes nautiques du Polack et de son compère Hans, ils ont forcément choisi la seconde solution.

En 1966 à l'Estaque, les as de la plongée ne manquaient pas, entre ceux qui pillaient les galères romaines non répertoriées et qui allaient vendre leur butin – des amphores – sur la Côte d'Azur, ceux qui ramenaient les colis hermétiques malencontreusement tombés des cargos dans la rade par la faute d'une menotte négligente et ceux qui cueillaient clandestinement le corail.

On avait vraiment l'embarras du choix.

Un as de la plongée peu regardant avait de quoi se faire pas mal de fric.

Je suis un peu jeunot pour me souvenir de tous les rois de l'apnée ou des princes du scaphandre, mais Biscottin doit bien avoir son idée là-dessus.

— Dis-moi, au lieu de me mater avec des yeux de poupre, tu pourrais peut-être me renseigner…

Son regard change. Je lui explique mon raisonnement.

— Tu te souviens peut-être des gars que le Polack aurait pu contacter durant l'été 66 pour une expédition de plongée.

Il fait mine de réfléchir :

— J'en sais rien, moi. Y en avait un paquet… Moi, je pense que le Polack les connaissait pas tous et qu'il a dû demander à quelqu'un du pays.

À la queue leu leu…

Mon portable interrompt ma réflexion.

— Allô.

— C'est Zouba.

Je reste un instant sans réaction. Avec l'histoire de Lê, des réfugiés indochinois et des plongeurs à la recherche d'un hypothétique trésor, j'en avais oublié Boualem, la Kabylie, Zouba et la guerre d'Algérie.

— Zouba ? Oui, bien sûr… Vous avez du nouveau ?

Il prend un ton irrité :

— Comment du nouveau ? Vous ignorez que Boualem est mort ?

Je préfère éviter le mensonge dans lequel je m'enferre trop souvent :

— Oui. On m'a dit qu'il s'était suicidé.

— Suicidé ? Ce sont les flics qui prétendent ça. On l'a liquidé, oui !

L'ancien fellagha semble hyper remonté. Pour lui, c'est évident, les motifs des crimes de Boualem – les viols perpétrés par les militaires français en Algérie – ne pouvaient décemment pas être étalés au grand jour sur la place publique. Conclusion : on a fait taire définitivement Boualem. Ainsi, il n'y aura pas de procès, pas de scandale, et on clôturera le dossier sur un motif de vengeance assez vague.

Zouba me demande de faire éclater la vérité au grand jour. Il doit penser que je suis toujours grand reporter et que j'ai encore mon audience d'antan. C'est sans doute un retour de boomerang assez logique puisque je me suis présenté à lui comme un journaliste d'investigation qui adore jouer les Robin des bois et ferrailler avec la presse du non-dit et de l'info truquée. Ce qui était une bonne couverture pour lui soutirer quelques informations devient un piège qui se referme sur mézigue.

Maintenant, faut assurer…

Je ne lui promets rien, je reste assez vague. Je me contente surtout de le faire parler afin qu'il se libère un peu de son agressivité.

À la fin de la guerre, Zouba et quelques Algériens rêvaient d'un grand procès pour crime contre l'humanité, un procès qui aurait mis la France au banc des accusés. Zouba s'était mis en tête de rechercher et de répertorier tous les militaires français auteurs d'actes de barbarie.

— Il s'agissait, pour nous, d'amasser suffisamment de

documents pour justifier la plainte contre la France devant l'ONU. Nous rêvions en quelque sorte d'un nouveau procès de Nuremberg. La plainte a été déposée en 1990 par le gouvernement algérien.

Je connais l'argumentation des autorités algériennes et l'utilisation du chiffre des « quarante-cinq mille martyrs de Sétif en 1945 » pour justifier la construction d'une mémoire officielle. Je ne sais pas le nombre exact de victimes de la répression sanglante qui a suivi les événements du 8 mai 45 dans le Constantinois. Bien entendu l'évaluation du gouverneur général Chataigneau (1 165 tués) est sans doute sous-évaluée et le chiffre avancé par le gouvernement algérien (45 000) exagéré, mais les dix-sept mille morts et vingt mille blessés relevés par les services secrets américains sont d'un réalisme effrayant.

Zouba a donc récupéré, grâce à des complicités, pas mal de documents dans les archives de la Légion étrangère, à Sidi-Bel-Abbès. Il m'avoue avoir constitué une malle pleine de dossiers officiels, d'ordres de mission, de listes d'effectifs.

Contrairement à ce qu'il m'avait laissé entendre jeudi dernier, Zouba a fourni à Boualem une partie des éléments de base pour entamer sa recherche. Il lui a également communiqué les coordonnées d'un gars, à Marseille, qui a accès au fichier des retraités de la Légion.

Boualem a pu ainsi dresser la liste des adresses actuelles des anciens légionnaires d'Ighassira, des gars qui doivent aujourd'hui compter entre soixante-cinq et quatre-vingt-cinq carats au compteur.

— Bon, tout cela est bien joli, mais quelle que soit la source qui a permis à Boualem d'avoir connaissance de la liste des violeurs probables est finalement sans importance. Je ne vois pas ce que cela apporte au débat ni à l'enquête de police. Boualem a avoué sans problème les quatre meurtres de

Marseille et de Puyloubier. Pour le public, le seul point d'ombre reste, je vous l'accorde, le motif de ses crimes.

— Le motif véritable, je vous l'ai déjà exposé. Vous avez eu la version officielle, celle de la police ?

— Bien entendu. Quatre meurtres et une vague histoire de vengeance.

— En ce qui concerne le motif, nous savons tous les deux ce qu'il en est. En ce qui concerne les meurtres, je vous signale que Boualem n'a pas avoué quatre, mais six meurtres.

— Six meurtres ?

Je le devine satisfait de son effet.

— Le téléphone arabe, comme vous dites… ajoute-t-il pour se justifier.

Je l'entends étouffer un rire. Je rebondis aussitôt :

— Mais s'il y avait eu six meurtres au lieu de quatre, même si la police ne veut pas l'ébruiter pour des raisons qui lui sont propres, le journal en aurait certainement parlé.

— Les journaux en ont parlé. Le seul problème, c'est que les deux premiers meurtres n'ont pas eu lieu à Marseille. Donc la presse locale les a superbement ignorés en vertu de la sacro-sainte règle journalistique du mort kilométrique.

Ce brigand de Zouba fait monter le suspense.

— Si je vous dis où ont eu lieu les deux premiers meurtres, ferez-vous diffuser l'information du véritable motif de Boualem ?

Coincé ! Impossible pour moi, mais je ne peux pas lui dire comme ça… Ce mec est chaud bouillant pour tout me raconter. Alors je lâche :

— Je vous promets de faire passer l'info à qui de droit.

En fait, je ne mens presque pas : j'en informerai Philippe. Quant à savoir si *La République* publiera le scoop, c'est une autre paire de manches et je ne parierais pas un centime de roro là-dessus !

— OK. Le premier meurtre de Boualem à Marseille date du 31 juillet, mais si vous épluchez les éditions des 25 et 26 juillet du journal *Sud-Ouest*, vous découvrirez les circonstances des deux premiers crimes de Boualem.

— Ça s'est donc passé dans le sud-ouest… Du côté de Bordeaux ?

— Pas exactement. Ça s'est passé dans le Lot-et-Garonne.

J'ai comme un pressentiment. Un sale goût de bile emplit ma gorge.

Ma réaction est instinctive :

— À Sainte-Livrade, non ?

Bingo !

Silence radio au bout du fil.

Zouba, interloqué, rétorque enfin d'une voix blanche :

— Comment… Mais comment vous savez ça, vous ?

Mardi 14 août, sur les routes du sud-ouest

On répète souvent que les voyages forment la jeunesse. J'ai beaucoup voyagé, mais cela n'a pas empêché les rides de ronger mon visage et les douleurs de vriller mes articulations.

Je sais surtout que les voyages peuvent contribuer efficacement à la découverte de la vérité. Le téléphone, les mails, les courriers, tout cela est très utile, mais rien ne vaut une visite sur place et le contact avec les autochtones pour s'immerger dans une atmosphère, même si parfois ces entrevues peuvent mal tourner.

Nous sommes partis ce matin à la première heure, à la fraîche, tant je redoute la canicule qui tétanise notre beau pays de France. Les médias déplorent une fois de plus le réchauffement climatique en recommandant aux vieux de boire abondamment.

Un ancêtre qui suit ces sages conseils à la lettre est bien mon ami Biscottin. Depuis que nous l'avons récupéré – je devrais plutôt dire « adopté » – il a bien éclusé ses quatre litres d'eau, ce qui est une moyenne plus que convenable. Le hic, c'est qu'il a mélangé cette flotte à du 51 en respectant la proportion de cinq pour un, recommandée par le fabricant. Il a ingénument justifié cela en prétextant qu'il a horreur du goût de l'eau pure.

À ce rythme-là, ma réserve de jaune va en prendre un sacré coup, et ce d'autant plus que nous avons laissé Biscottin tout seul à la Varune. Là-bas, livré à lui-même, il fait un peu ce qu'il veut.

Vous aurez donc compris qu'Alexandra est à mes côtés.

Finalement, cette fille doit tenir bougrement à moi pour se farcir près de six cents bornes dans mon break 405 qui n'est même pas climatisé. Je suis certain que son avocat parisien possède une superbe allemande – Audi, Mercedes, béemme ? – de forte cylindrée avec tout le confort à bord.

Côté sentiments et crapuleries, il va falloir que je me démène pour lui faire oublier ce fióli !

Elle a glissé une cassette dans l'autoradio de ma vieille voiture. Une vieille cassette de Francis Cabrel dans le vieil autoradio qui ne sait même pas lire les cédés. Finalement, il existe quand même une logique dans tout cela…

Et puis, Cabrel dans le sud-ouest, ça participe toujours de cette satanée logique, ça ne fait jamais tache et c'est amusant de passer fièrement au pied des chevaliers cathares en béton, plantés comme des stàssis sur une aire de l'autoroute entre Narbonne et Carcassonne où l'on s'arrête pour pisser, lorsque l'ami Francis déverse, tel un torrent des Pyrénées, sa rocailleuse nostalgie :

> « Les chevaliers Cathares
> Pleurent doucement
> Au bord de l'autoroute
> Quand le soir descend
> Comme une dernière insulte

Comme un dernier tourment
Au milieu du tumulte
En robe de ciment »

J'aime bien le sud-ouest, les Gascons et leur accent, Cabrel, les magrets, foies gras et autres cassoulets ainsi que les vins qui vont avec, du Madiran au Buzet en passant par le Tariquet. Et je ne vous parle pas du reste…

Aussi, je suis toujours partant pour une virée dans le sud-ouest.

Une balade dans le Lot-et-Garonne, c'est quand même plus sympa qu'une incursion en Germanie !

Carcassonne…

Toulouse…

Cabrel a terminé son concert dans la 405 avec « La Fille qui m'accompagne ».

«… J'ai brûlé tous mes vieux souvenirs
Depuis qu'elle a mon cœur en point de mire
Et je garde mes nouvelles images
Pour la fille avec qui je voyage… »

Alexandra a souri, elle pose sa main sur ma cuisse et resserre imperceptiblement ses doigts.

C'est elle la fille qui m'accompagne, mais qu'y aura-t-il ensuite, que deviendrons-nous à la fin du voyage ?

Je m'en veux toujours d'imaginer le temps d'après, d'après bonheur, devrais-je dire, lorsque je nage dans la félicité. Inutile de me prendre la tête avec ça… À chaque jour suffit sa peine, comme disait l'autre, et mon objectif présent est de rencontrer Lê et Marcel à Sainte-Livrade, tout en profitant au maximum de la présence d'Alexandra. C'est joindre l'utile à l'agréable, en quelque sorte. D'autant plus qu'entre nous, vous l'aurez compris, le temps est toujours au beau fixe.

Je vais ainsi tenter d'en savoir un peu plus sur le Polack et, éventuellement, de comprendre pourquoi les deux premiers meurtres de Boualem ont eu lieu dans ce bled à plus de cinq cents bornes de Marseille.

Existe-t-il un lien entre Boualem, le Polack et ce camp réservé aux réfugiés d'Indochine ?

Si oui, ma virée à Sainte-Livrade pourra peut-être l'expliquer ?

En tout cas, la révélation des deux assassinats de Sainte-Livrade relance les interrogations que j'ai pu avoir à ce sujet.

Agen…

Je quitte le ruban de bitume autoroutier qui traverse des pays aux noms qui chantent. À la sortie d'Agen, la départementale dodeline sur une trentaine de kilomètres jusqu'à Sainte-Livrade-sur-Lot dans un décor de plaines, de vallons, de vergers et de landes.

C'est ici qu'on cultive la prune d'Ente qui donnera le pruneau d'Agen.

C'est ici qu'on organise chaque année vers la fin juillet, dans la foulée, le championnat du Monde débile du cracher de noyaux de pruneaux.

C'est ici que pourrissent depuis plus d'un demi-siècle quelques vieux Asiatiques fripés aux yeux vides et dont tout le monde se fiche.

Nous n'avons aucun problème pour localiser le camp. Il se situe au Moulin-du-Lot, à deux kilomètres à l'ouest de Sainte-Livrade. La route est mal entretenue, mon break bringuebale et ses amortisseurs grincent salement jusqu'à ce qu'apparaissent les baraquements délabrés. Alexandra en compte vingt-six, marqués chacun d'une grosse lettre peinte. Les bâtiments, construits en briques creuses, sont sans charme, alignés et ordonnés autour d'espaces publics, avec une rigueur qui fout le frisson et réveille en moi les vieilles et sordides images d'autres camps de rassemblement qui n'étaient souvent que des camps de concentration.

À l'entrée, une simple pancarte porte l'inscription « Centre d'accueil des Français d'Indochine ». Au centre du parc de sept hectares, un terrain de foot est à l'abandon. Quelques pelouses jaunies achèvent de cramer sous le soleil, une ancienne usine désaffectée est squattée par des hordes de chats, des appentis délabrés abritent les chiottes collectives.

J'ai l'impression que rien n'a changé ici depuis plus de cinquante ans.

Je sais que la municipalité est devenue propriétaire des lieux, il y a plus d'un quart de siècle, et qu'elle cherche à restructurer des logements. Il s'agit de mener cette opération en respectant l'histoire si particulière du camp et en évitant de heurter tous ceux qui, depuis Diên Biên Phu, n'ont connu que cet espace.

Combien ont survécu ?

Une centaine sur les mille deux cents qui débarquèrent à Marseille avant d'être acheminés ici, dans ces baraquements militaires équipés à la hâte.

Une centaine de déracinés, des hommes, des femmes et des enfants qui ont tenté de préserver leurs traditions au bord du Lot, un fleuve impassible dont les rives sont loin, très loin de celles du Mékong.

La légère brise qui nous a accompagnés jusqu'ici – sans doute un des bienfaits des larges méandres de la rivière – a disparu et la touffeur de l'air devient insupportable. Les allées sont désertes. C'est à peine si l'on aperçoit, çà et là, dans l'intimité ombrée des pauvres habitations, quelques vieux à la peau chiffonnée et aux rares cheveux blancs.

Nous tentons de les interpeller, mais aucun de ceux qui daignent nous répondre ne parait connaître Marcel. Je visite trois dénommées Lê sans découvrir celle que je recherche, la femme du Polack.

Pour eux, le nom de Hans semble davantage évocateur.

Un vieil homme m'apprend que le compagnon de combat du Polack est mort récemment et d'une manière tragique, sans m'en dire davantage. Il m'indique cependant le numéro et l'emplacement de la baraque de Tâm, son épouse.

Une chance… Lê évoquait parfois Tâm dans ses lettres. Sans doute celle-ci pourra me conduire jusqu'à Marcel et Lê.

Tâm nous accueille avec révérence.

Je suis toujours mal à l'aise face à l'excessive politesse des Orientaux. On ne sait jamais ce que cela cache.

Je me suis présenté à elle en exhibant ma vieille carte de presse et en prétextant un reportage sur le site du Moulin-du-Lot. Comme il faudra bien que, tôt ou tard, j'évoque Lê et Marcel, je ne lui ai pas caché que je connaissais le Polack et qu'avant de mourir, celui-ci m'avait parlé de la misère du Moulin-du-Lot, ce qui m'avait donné l'idée du reportage. J'ai ajouté que le Polack regrettait de ne jamais avoir rejoint sa femme et son fils, tout en évitant de préciser les circonstances dramatiques de sa probable disparition. Quelques mensonges pour la bonne cause…

Tâm m'a observé avec une attention mêlée de méfiance.

Je crois bien que c'est le fait qu'Alexandra m'accompagne qui l'a rassurée et décidée à se confier à nous.

Mardi 14 août, Sainte Livrade, Tâm

Tâm nous a installés dans la petite salle à manger. On est entrés directement dans la cuisine attenante à cette pièce qui sert aussi de chambre à coucher.

Je remarque, par la porte entrouverte, une seconde chambre transformée en pagode et dédiée au culte de Bouddha. Je sais que les rapatriés ont souvent réservé une pièce de leur logement afin d'y élever de petits autels familiaux et que, dans un premier temps, ils ont même utilisé des poupons en celluloïd pour y faire office de bouddhas.

L'ensemble est tristounet et vieillot.

Tâm s'assoit, face à nous, dans un grand fauteuil d'osier. Avec ses cheveux blancs tirés dans un chignon impeccable, elle semble ne plus rien attendre de la vie. Elle vit seule ici et son habitation est l'un des trois cents logements qui ont été hâtivement aménagés, en 1956, dans des baraquements militaires à la charpente métallique et aux toits de tôle ondulée. Même si, depuis quelques années, on a réalisé des travaux d'urgence visant à apporter un minimum de confort – le chauffage au fioul, l'électricité, des douches, des WC, le remplacement des fenêtres et des portes d'origine – on est loin du grand luxe.

Tâm m'explique, en préparant du thé, qu'à l'époque les cantonnements ont été découpés en appartements de deux, trois et quatre pièces, sans salle d'eau, sans eau chaude, sans chauffage, sans électricité et avec des chiottes à l'extérieur. La remise en état sommaire du camp s'accompagna alors d'une administration, d'un dispensaire, de deux commerces de produits asiatiques, d'une école, d'une église et d'une pagode.

De quoi survivre en circuit fermé, en quelque sorte…

— La première nuit a été terrible. Nous avons rapproché les deux lits et nous nous sommes entassés tous les quatre sur la même couche, pour être moins tristes, pour avoir moins peur. Le camp était entouré de barbelés et, quand nous y sommes arrivés, j'ai demandé à Hans : « C'est ici la France ? ».

Elle marque un temps d'arrêt et serre imperceptiblement ses mâchoires. Oui, c'était bien ici, la France, et ils y sont restés toutes ces années sans comprendre, sans rien dire.

— Au fil du temps, on a ajouté un peu de confort, mais les bâtiments vieillissent mal. Et puis, tous les gens de ma génération meurent les uns après les autres… déplore Tâm, avec une tristesse infinie dans le regard.

J'ai remarqué, en traversant le camp, que même si les habitants s'efforcent d'entretenir soigneusement de minuscules jardinets où ils cultivent des légumes d'origine vietnamienne, certains coins prennent maintenant des allures de friches industrielles. Les grillages et les barbelés rouillés s'ouvrent sur des carrés d'aubergines violettes ou de maïs blanc, et ce ne sont pas les quelques bananiers plantés devant les pauvres façades qui peuvent sauver ce lamentable décor.

Le camp n'est plus que l'ombre de lui-même, les habitants sont âgés, l'État s'est désintéressé de leur sort (mais s'y est-il jamais intéressé ?), l'école a fermé ainsi que la pagode. Aujourd'hui, les vieux survivants, comme Tâm, ont un sentiment d'abandon.

Tâm sert deux tasses de thé noir d'Annam qu'elle nous tend avant de s'en verser une pour elle-même.

— Notre pays, c'est ici, ajoute Tâm comme à regret.

Elle reste, à l'instar de ceux de sa génération, profondément attachée à ce lieu, mais je la devine amère. Des photos en noir et blanc sont punaisées sur les murs où le papier peint bon marché a jauni et est arraché par endroits. Ces clichés prouvent que la vieille asiatique ne vit plus que dans le passé. Elle est submergée par les souvenirs : l'exode, l'exil, l'arrivée en France, le froid et le dénuement, mais aussi les images de son pays d'origine.

Au fin fond de ses petits yeux bridés brûlent encore les vestiges de l'Indochine. Mais les demeures aux volets de bois, aux balcons de fer forgé, aux toits de tuiles rouges et aux façades aux tons pastel, le parc peuplé de tecks aux larges feuilles, de camphriers, d'hévéas, de tamariniers, de flamboyants aux frondaisons sanglantes ou de frangipaniers aux fleurs blanches et jaunes dont le parfum capiteux enivrait les soirs, toutes ces richesses d'une contrée évanouie ont disparu à jamais.

Saigon est loin.

Saigon n'a jamais existé.

Et si elle nous raconte le départ de Saigon, l'interminable traversée, l'arrivée à Marseille, je sens bien que le Vietnam est devenu pour elle un pays fantasmagorique, peuplé de chimères et d'ectoplasmes, un pays davantage rêvé et imaginé que réel, un pays flou et magnifié par la distance et le temps écoulé, un pays disparu. C'est sans doute pour cela que, plus encore qu'aux images brouillées de l'Indochine de sa jeunesse, Tâm s'agrippe au souvenir de son arrivée ici, de son installation avilie par un règlement strict et des conditions sanitaires déplorables.

Elle nous avoue avec fierté faire partie des quelques rares « ayants droit » encore en vie.

La plupart des enfants de rapatriés ont quitté le camp. Seuls, les plus fragiles sont restés. Mais où pouvaient aller les veuves sans revenus, les enfants sans travail, les malades et les handicapés ?

— Actuellement, je vis seule ici. Mes fils sont partis depuis plusieurs années faire leur vie ailleurs. Quant à Hans, mon mari…

Son regard s'embue, même si aucun trait de son visage ne trahit vraiment son émoi. Le petit vieux de tout à l'heure m'a appris qu'Hans était décédé récemment.

Elle se reprend, après avoir avalé sa salive :

— Hans est mort. Il a toujours été exemplaire, Hans. Ce n'est pas comme votre ami Wilhelm.

Elle accentue le « vôtre ». L'œil est brillant, mais c'est maintenant plus de colère que de peine. A priori, elle ne porte pas le Polack dans son cœur.

Je saute sur l'occasion :

— Wilhelm m'a dit qu'il avait une femme et un fils ici, que vous les connaissiez bien.

Elle reprend son ton affable.

— Bien entendu. Ils habitaient près d'ici. Nous étions voisins.

Je remarque son emploi du passé.

— Pourquoi ? Ils n'habitent plus ici ?

— Lê est morte l'an dernier, et depuis, Trunq a déménagé. Il vit toujours dans le camp, mais dans un bâtiment à l'autre bout, du côté des rives du Lot.

Trunq ?

En voici un autre !

— Et Marcel ? Marcel, leur fils.

Elle paraît étonnée par ma question :

— Marcel ? Mais Trunq ou Marcel, c'est du pareil au même !

Elle m'explique que, devant la défection continuelle de son père, Marcel a préféré conserver son prénom vietnamien, Trunq, plutôt que celui que lui avait donné le Polack. Il estimait ainsi se rapprocher davantage de sa mère qui avait assuré, seule, son éducation.

— Vous savez, nos enfants sont presque tous des fils de militaires français, mais ils ont grandi au sein de familles asiatiques. Même s'ils parlent votre langue, ils ont toujours dialogué en vietnamien et ils sont abreuvés de la culture de leurs ancêtres maternels, ajoute-t-elle comme pour justifier le choix de Marcel.

Je poursuis mon bluff :

— Wilhelm m'a raconté qu'il y a une quarantaine d'années – ce devait être en 66 – il avait contacté votre époux Hans afin qu'il le rejoigne à Marseille. Il avait, semble-t-il, une affaire à lui proposer et lui avait promis que cela lui rapporterait beaucoup d'argent.

Ses mâchoires se resserrent imperceptiblement :

— C'est exact.

— Et ils ont vraiment gagné beaucoup d'argent ?

— Puisque Wilhelm vous a raconté qu'il a contacté Hans, il a dû aussi vous dire qu'ils n'ont rien gagné du tout ! En tout cas, Hans ne m'a rien ramené ! Je ne sais pas trop ce que Wilhelm avait en tête, car Hans ne me faisait aucune confidence, mais mon mari est revenu de Marseille au bout de quinze jours aussi pauvre qu'avant. Je crois que leur combine a échoué.

— Leur combine ?

— Oui, je parle de combine, parce que ce n'était pas un truc très clair. Un homme qui fuit ses responsabilités familiales ne peut tremper que dans de sales affaires. Mais, je le répète, je n'étais pas dans leurs secrets. Chez nous, les femmes ne posent pas de questions. Vous savez, Wilhelm et Hans étaient liés par une forte complicité. Ils avaient fait l'Algérie et l'Indochine. La guerre, le danger, la mort, ça crée des liens. Si leur aventure militaire vous intéresse, vous pouvez toujours aller voir Roger, qui habite vers le terrain de football. Roger les a bien connus en Indochine, il pourra vous en dire plus.

Roger. Il faudra le rencontrer. Je retiens le prénom.

J'avale une gorgée de thé noir. Elle me raconte que le Polack et Hans se sont engagés ensemble dans la Légion, dans les années 45-46, et qu'à partir de là, ils ont suivi le même parcours. D'Indochine, ils ont ramené chacun une femme qu'ils ont épousée à Saigon et qu'ils ont installée à Sainte-Livrade avec leur famille, au printemps 56, avant de repartir pour l'Algérie.

En Algérie, à la fin du conflit, Hans a suivi un temps le « quarteron de généraux à la retraite » et les tenants de l'Algérie française, ce qui lui a valu quelques emmerdements et un séjour en prison avant de pouvoir revenir sagement vivre à Sainte-Livrade auprès de son épouse et de ses gosses. Selon Tâm, il paraissait écœuré, voire accablé par moments, par la mainmise de politiques qui, selon lui, avaient tout gâché en volant une victoire promise aux militaires.

En ce qui concerne le Polack, Tâm confirme ce que je savais déjà : à son retour d'Algérie où il avait été blessé, il a vécu un moment à Aubagne – il prétendait qu'il avait à y régulariser sa situation – avant de s'installer à Marseille en 64.

Tâm semble en vouloir énormément au Polack, même si aucun signe de colère ne perce jamais sur son visage.

— Il a abandonné sa famille ! Lorsque nous sommes arrivés ici, Trunq n'avait qu'un an. Il n'a jamais connu son père et, même s'il était très proche de Hans, c'est quelque chose qui l'a marqué dans sa chair. Quant à Lê, elle a attendu jusqu'à son dernier jour le retour de Wilhelm. C'était une épouse dévouée, la bonté même, Lê.

Elle nous apprend que Lê avait fait d'excellentes études car son père était prof de français au lycée de Hanoï, et que ce sont les aléas de l'existence qui l'ont conduite à Saigon où elle s'est retrouvée seule. Maintenant, je comprends mieux le style soigné des lettres de Lê découvertes dans la boîte à chaussures du Polack.

Alexandra a écouté les récits de Tâm sans nous interrompre. Elle observe les photos jaunies et les rouleaux bourrés d'idéogrammes étranges déroulés sur les murs, un vase en bambou verni, et la multitude de petits objets exotiques – et sans doute inutiles – posés sur les étagères en bois blanc.

L'univers de Tâm est un univers étroit qui semble s'être refermé inexorablement sur elle, comme une tenaille, avec les années.

— Et Hans ? A-t-il revu Wilhelm après sa visite à Marseille, en 66 ?

— Non, à ma connaissance, jamais.

— Vous m'avez assez peu parlé de votre époux.

Elle avale sa salive. L'émotion lui noue la gorge. Normal, la disparition de son mari est trop récente. Plutôt que de me répondre, elle se lève sans un mot, sa tasse de thé à la main, ouvre en grand la porte qui donne sur la pièce réservée à Bouddha afin de déposer sa tasse fumante au pied de la photo du défunt mari qui trône sur le petit autel. Ses mains tremblent un peu. Elle allume un bâton d'encens et saisit un chapelet qu'elle serre entre ses doigts.

Je devine que ses journées sont rythmées par les offrandes et les prières autour de cet autel.

Elle lâche enfin :

— Quand Hans était là, malgré les conditions de vie difficile, ça allait. Mais maintenant…

— Vos fils reviennent parfois ?

Son regard devient vague. Elle se sert une nouvelle tasse de thé et reprend sa place dans le fauteuil d'osier.

— Je ne peux pas dire que je ne les vois jamais. Parfois, ils reviennent… Nos enfants passent toujours au camp, pour le nouvel an chinois, pour Noël ou pour la fête annuelle que l'association organise à la mi-août. Ça leur rappelle un peu leur enfance. On organise des concours de cerfs-volants ou d'assemblages de bambous avec le papier journal et la pâte de riz gluant. Mais ils ont leur vie. Ici, il n'y a que des vieux et aucune distraction. Ici, il n'y a pas de boulot pour eux. Remarquez bien qu'ailleurs, dans les villes je veux dire, ce n'est guère mieux, ils n'ont fréquenté que l'école du camp, alors…

— J'ai une question à laquelle vous ne voudrez peut-être pas répondre.

Elle me regarde, impassible, en égrenant son long chapelet de cent huit grains sans rien dire. Manifestement, elle attend mon interrogation.

— Voilà… Je voulais vous demander : de quoi est mort votre mari ?

Son visage, résolument impénétrable depuis le début, se déchire tout à coup et elle se met à chialer, mais à chialer comme ce n'est pas permis.

Mardi 14 août, Sainte-Livrade

En quittant la maison de Tâm, nous tentons de repérer le terrain de football auprès duquel habite le dénommé Roger, le compagnon d'armes de Hans et de Wilhelm.

Alexandra me chambre en souriant :

— Avec ton caractère, c'est une femme comme Tâm ou Lê qu'il t'aurait fallue. Je comprends maintenant pourquoi autant de Français du corps expéditionnaire ont épousé leur congaï. Soumises, dévouées, discrètes, fidèles, ce sont des compagnes idéales pour vous, les machos !

Je hausse les épaules. Elle a sans doute raison, mais l'amour à l'indochinoise ressemble un peu à ces produits du terroir qu'on déguste avec délice sur place et qui semblent avoir perdu toute leur saveur lorsqu'on les ramène à la maison.

C'est peut-être ce qui est arrivé au Polack lorsqu'il a remis le pied sur le sol français, en compagnie de Lê et du petit Marcel-Trunq.

— Clo, tu as vu l'heure ? Il est presque quatorze heures.

La remarque d'Alexandra me touche droit à l'estomac. Nous sommes partis très tôt ce matin et la faim me tenaille.

— T'as faim ?

— Un peu, me répond-elle en souriant.

— Bon, je crois bien que pour dénicher un coin où casser la croûte, il va falloir retourner à Sainte-Livrade ou à Villeneuve. Ici, nous ne trouverons rien.

Le camp ressemble un peu à un village mal entretenu, déserté et écrasé de chaleur. On devine parfois, dans les coins d'ombre, quelques silhouettes mal assurées, des vieillards malhabiles ou des jeunes efflanqués, sans doute destroys et camés, qui recherchent un renfoncement pour pouvoir roupiller tranquillement à l'ombre tout l'après-midi.

Une jolie petite fille aux yeux bridés traverse la rue en sautillant. Elle détonne dans ce décor moisi et son profil juvénile réveille en moi la voix cristalline et chargée d'émotion de Pham Quynh Anh :

« Raconte-moi ma couleur, mes cheveux et mes petits pieds
Qui me portent depuis que je suis née
Raconte-moi ta maison, ta rue, raconte-moi cet inconnu
Les marchés flottants et les sampans de bois
Je ne connais de mon pays que des photos de la guerre
Un film de Coppola, et des hélicoptères en colère »

La petite fille disparaît au seuil d'une épicerie, dans les bras d'une vieille femme qui l'entraîne à l'intérieur.

Alexandra me prend par la main :

— Tu as toujours aimé l'exotisme, non ?

— L'exotisme, oui, mais ici…

Elle me pousse dans l'épicerie qui regorge de produits asiatiques. Manifestement et compte tenu de ses stocks, l'établissement n'est pas réservé aux seuls résidents, de nombreux clients viennent de tout le département pour s'y approvisionner.

Nous y découvrons que l'arrière-boutique fait office de restaurant. Bien entendu, ce n'est pas le grand luxe, mais ici nous sommes certains que la cuisine est mitonnée sur place et non dans un de ces appentis à la propreté douteuse qui fleurissent au fin fond des banlieues moisies de la capitale et qui approvisionnent beaucoup trop de restos chinois à Paris.

— Ça te dit ?

C'est mon estomac qui répond par l'affirmative. Dans la petite pièce, quelques habitués avalent en silence les plats du jour, une soupe ou une assiette de tripes parfumées à la coriandre. Ils posent sur nous des regards méfiants ou étonnés. Nous prenons place à une petite table recouverte d'une toile cirée. Un énorme ventilateur fixé au plafond bourdonne. On est loin du Petit Nice ou même du Beau Bar, mais l'endroit est clean et nous sommes au frais.

Alexandra choisit la soupe aux vermicelles (chinois, évidemment) alors que, téméraire, j'opte pour les tripes. Pas mauvaises du tout, d'ailleurs, ces petites tripes à la coriandre…

Le patron nous branche dès qu'il apprend que nous sommes journalistes. Toujours le même refrain plaintif mouillé de vague à l'âme : rénover les lieux, rendre aux rapatriés d'Indochine leur dignité, leur attribuer les mêmes droits qu'à ceux d'Afrique du Nord.

On en parle.

On en parle depuis longtemps.

En public, tout le monde est scandalisé par les conditions de survie de ce peuple oublié depuis un demi-siècle, tout le monde est d'accord sur le principe, mais dès qu'on aligne les chiffres et qu'on parle fric, il n'y a plus personne.

Cette honte, c'est la faute à dégun, comme on dit à Marseille.

Hypocrites, nous lui promettons d'évoquer tout ça en détail dans notre futur article. C'est sans doute pour nous remercier de cet engagement qu'il revient vers nous pour s'asseoir à notre table et nous offrir une assiette de nougats vietnamiens et un verre de choum.

Dans un coin de la salle du resto, la fillette entrevue tout à l'heure regarde un téléviseur qui diffuse un programme en vietnamien, miracle des antennes paraboliques, tandis que la vieille femme à la peau flétrie et aux yeux fanés – c'est celle qui l'a accueillie dans ses bras – fait défiler les grains d'un chapelet entre ses doigts. Comme Tâm.

— Ma mère… précise le patron qui a suivi mon regard.

Il saute sur l'occasion pour déverser un trop plein d'amertume :

— Elle m'énerve avec son chapelet. Elle fait ça à longueur de journée. Et un pour Jésus, et un pour Marie, et un pour Joseph et tous les autres, les cent cinq autres, pour les Bouddhas.

— Jésus et Bouddha… Ils s'entendent bien, ces deux-là ?

— Bien sûr ! Ici, tout est possible. Quand j'étais gosse, nous allions à la fois à la pagode et à la chapelle. La plupart d'entre nous étaient fils d'un Français et d'une Indochinoise et nous avions un pied dans chacune des deux religions. Mais le curé était un ancien missionnaire du Tonkin et il avait conservé ses vieilles habitudes de redresseur d'âmes. Un jour, il a attrapé ma mère et lui a indiqué que si elle ne nous faisait pas baptiser, on nous supprimerait l'accès à l'école et les allocations familiales. Alors, elle a accepté de lui obéir tout en continuant d'honorer nos ancêtres à la maison. Depuis, sur son chapelet, Bouddha a droit à cent cinq prières et Jésus à trois seulement !

Son sourire dévoile des dents jaunies. Maintenant qu'il me semble en confiance, je peux passer aux choses sérieuses. J'aborde donc les cas de Tâm et Hans, de Lê et Trunq, de Roger.

— Hans était un brave homme, un homme honnête. Ce n'est pas comme ses vauriens de fils mais, grâce à Dieu, je crois que ces deux-là ont trouvé du boulot près de Toulouse. Toujours est-il qu'on ne les revoit plus que deux ou trois fois par an, et c'est bien assez. Si c'est pas une honte de voir deux garçons aussi indifférents au sort de leur mère ! Lê était, comme Tâm d'ailleurs, une bonne épouse, mais son mari était un gredin. Vous savez, je ne l'ai jamais vraiment connu, on s'est seulement croisés une fois ou deux dans ce camp au tout début. Même s'il n'a pas été le seul à abandonner femmes et enfants une fois revenu en France, il n'avait pas le droit de laisser tomber Lê comme il l'a fait. Quant à Roger, lui, il est un peu comme vous et moi. Sa femme est morte il y a cinq ou six ans, ils n'avaient pas d'enfants. Vous pouvez aller voir Roger, il a la nostalgie de son pays et il vous prendra un peu la tête avec ça, mais il ne vous cachera rien.

— Et Trunq ?

— Trunq ? C'est un gentil garçon un peu timide, qui a toujours eu des problèmes de santé. Il doit bien avoir la cinquantaine maintenant. En fait, contrairement aux fils de Hans, il s'est toujours bien occupé de sa mère, et il habite toujours ici. Je ne sais pas si vous en tirerez grand-chose. Il vit seul et refermé sur lui-même. J'ai l'impression qu'il boit un peu, mais il faut le comprendre… Il est handicapé, il boite salement, et ça ne facilite pas les choses.

Mardi 14 août, Sainte-Livrade, Roger

Dès que Roger nous ouvre sa porte, je conçois par quel bout l'aborder, comment l'amadouer pour l'amener aux confidences. Le mur de sa salle à manger est recouvert de photos et de couvre-chefs. Le traditionnel chapeau conique des Vietnamiens côtoie un casque colonial usé et un képi de soldat français. Les photos – des groupes de militaires – confirment la fierté et la mélancolie du vieil homme aux yeux bridés.

Après les présentations d'usage – je lui ressers le coup de la carte de presse qui fonctionne toujours très bien – c'est par son passé de soldat de l'armée française que je l'aborde.

Comme je l'ai deviné en entrant, c'est un super point d'accroche.

Roger ne se fait pas prier pour me raconter son itinéraire, de la scolarité à l'école des enfants de troupes de Dalat – une ville romantique dans les montagnes vietnamiennes – à son engagement volontaire pour cinq ans dans l'armée de terre. Pour le jeune homme frais émoulu de Dalat, ce fut aussitôt l'engrenage de la guerre, puis la cuvette de Diên Biên Phu.

Natif du Tonkin, il a vécu en quelque sorte la guerre d'Indochine de l'intérieur.

— Mon père était déjà militaire au 9e régiment d'Infanterie Colonial. C'était un Français de Grenoble. Il a épousé ma mère, une paysanne vietnamienne de la région de Tien Giang. Moi, je suis né à Hanoï et j'ai été fortement marqué par la culture indochinoise de ma mère. Il faut vous dire que nos pères militaires étaient trop occupés par ailleurs pour s'impliquer dans notre éducation. Le mien a été tué le 9 mars 45, lors de l'attaque surprise des Japs contre la garnison française.

La suite est classique : l'orphelinat, l'école des cadets de Dalat, l'engagement, les grandes opérations militaires du second semestre de l'année 53 – les opérations Hirondelle, Mouette et Brochet – qui visaient à détruire les bases logistiques de l'ennemi afin de l'empêcher d'infiltrer le Delta, puis de le nettoyer, et Diên Biên Phu pour terminer.

— C'est dans la cuvette de Diên Biên Phu que j'ai rencontré Wilhelm et Hans. Ils étaient légionnaires. Vous savez, nous nous sommes tous battus comme des diables. Malheureusement…

Il marque une pause :

— Vous prendrez bien un verre de vin ? Je dois avoir une bonne bouteille par là.

Alexandra décline poliment l'invitation, mais je crains qu'un refus de ma part ne le vexe :

— Volontiers.

Il pose sur la table une bouteille de vin à demi pleine et deux verres en pyrex qu'il remplit à ras bord. Il vide le sien cul sec et entame aussitôt une diatribe en saisissant son vieux képi qu'il plaque contre lui comme un trophée.

— Malheureusement, nous avons été trahis ! À cause des Français de là-bas qui se prenaient pour les empereurs de Chine et qui ne respectaient rien, et surtout pas nous. Tous nos malheurs viennent de là. Je vais vous donner un exemple entre mille, celui d'un de mes amis saigonnais qui était allé faire ses études de droit à Paris. En France, il était intégré, il discutait d'égal à égal avec ses camarades de fac, il était reçu chez ses professeurs, il était respecté par des hommes éminents, comme tous les autres étudiants de sa promotion. Mais une fois revenu au pays, il n'était plus qu'un vulgaire coolie inculte. Il a été insulté et humilié par des fonctionnaires coloniaux sans éducation ni culture, abrutis par l'alcool et l'opium. Ces gratte-papier arrogants l'ont bousculé, méprisé et traité comme leur boy. Mon ami avocat n'était invité nulle part et ne pouvait fréquenter aucun Européen. Alors ce qui devait arriver arriva, il est passé chez Hô Chi Minh ! Si les Français de là-bas avaient été corrects et un minimum respectueux, tout cela ne se serait pas produit et nous serions toujours là-bas.

Il ne prononce jamais les mots Indochine ou Vietnam, il dit toujours « là-bas ». Je sens qu'il pourrait parler avec amertume et colère des méfaits de la colonisation en Indochine durant des heures.

Dans son discours, c'est tantôt l'influence de la mère – le détachement poli des Asiatiques – tantôt celle du père – la colère voire la brutalité des militaires – qui affleure.

Dans le cas présent, c'est le côté militaire qui domine.

Je le ramène vers notre sujet initial :

— Vous avez donc connu Hans et Wilhelm à Diên Biên Phu, au printemps 54.

— Hans, Wilhelm et les autres… Nous avons été faits prisonniers par le Vietminh. Un calvaire. Sept cent cinquante kilomètres sur des routes boueuses pour finir dans un camp en pleine jungle, loin de tout, dans un camp où la vie n'avait plus aucune valeur. Beaucoup de mes camarades sont morts de dysenterie ou de malnutrition. Et je ne vous parle pas des tortures ou des lavages de cerveau avec autocritique systématique en public que nous avons dû subir. Seuls, les plus costauds ont survécu et ont été libérés à la suite des accords de Genève de 1955.

Diên Biên Phu fut sans doute à la décolonisation ce que la prise de la Bastille de 1 789 fut à l'Europe. Les camps viet-minh brisèrent le rêve des Français séduits par l'érotisme latent de l'Indochine.

Est-ce pour cela que me reviennent en mémoire quelques paroles du groupe Indochine ?

« Blow up ! Au temps des splendeurs coloniales
Blow up ! La senteur d'un parfum amoral
Un dimanche à Saigon
La clarté jaune de nos confusions,
Ouh ! Yeah !
Les yeux bridés, les yeux fermés, eh !
Les yeux bridés, les yeux fermés
Marcher sur les flammes au Vietnam
Vingt ans après le sang versé, eh !
Vingt ans après, le sang versé ne vaut plus très cher en affaire »

— Vous êtes rentré en France avec Hans et Wilhelm ?

Je pose mes lèvres sur le rebord du verre de pinard. C'est un picrate de grand garçon, du gros rouge qui tache. Pas dégueu au demeurant, mais qui doit bien titrer ses quatorze degrés. Après ça et avec une chaleur pareille, la sieste sera obligatoire !

— Oui, au printemps 56, après quelques mois passés à Saigon où nous avons sympathisé, après avoir fait la connaissance de nos familles respectives. Notre départ de Saigon, c'est comme si c'était hier. Nous n'avons pu embarquer que quelques souvenirs, dix kilos de riz et une marmite. Le port était situé à quatre-vingts kilomètres de la côte, au confluent de la rivière de Saigon et du canal Kinh Te. Cela permettait quand même aux paquebots de venir mouiller en plein centre-ville. Ce jour-là, nous nous sommes entassés sur un grand bateau blanc qui a descendu la rivière à allure réduite jusqu'au cap Saint-Jacques. Je me souviens des rives opulentes peuplées de palétuviers, j'ai compris que je ne les reverrais plus jamais.

Son regard se mouille, ses mains se crispent un peu plus sur la visière du képi.

— Ensuite, nous sommes passés par Singapour, puis nous avons traversé l'océan Indien jusqu'à Colombo. Le bateau a fait escale à Djibouti pour se ravitailler en eau. Dans notre malheur, nous avons quand même eu de la chance car nous avons pu emprunter le canal de Suez. Les rapatriés qui nous ont rejoints à la fin 56 ont été contraints, eux, de faire le grand détour par le Cap à cause du conflit provoqué par la nationalisation du canal par Nasser. Notre traversée a quand même duré un mois. C'était un déchirement, nous ignorions où tout cela finirait. Ma femme était désespérée, elle découvrait au hasard des escales un monde inconnu et vaguement menaçant. Tandis que nous restions sur le pont, elle se réfugiait au fond du bateau pour pleurer.

— Vous êtes arrivés à Marseille ?

— Oui. De là, on nous a conduits dans un camp du Var où nous sommes restés vingt jours, sans doute pour donner aux autorités un délai suffisant pour préparer celui de Sainte-Livrade. Pendant tout ce temps, nous sommes restés ensemble, Hans, Wilhelm et moi, avec nos épouses et nos gosses. Cette arrivée en terre inconnue nous soudait irrémédiablement.

— Ce n'était pas une terre inconnue pour Wilhelm et Hans. Ils étaient quand même partis de Marseille avec le corps expéditionnaire quelques années auparavant, remarque Alexandra.

— Bien entendu, Madame.

La présence d'Alexandra paraît l'intimider. Il a perdu sa superbe et sa colère de tout à l'heure. Chez lui, c'est l'Asiatique qui reprend le dessus. Il se sert à nouveau un plein verre de vin qu'il vide d'un trait en nous racontant que Hans et Wilhelm avaient conservé un très mauvais souvenir de leur départ de Marseille pour l'Indochine.

À l'époque, le matériel de guerre, les munitions et les approvisionnements devaient obligatoirement transiter par ce port pour être acheminés vers le corps expéditionnaire. Pour beaucoup de Marseillais, c'était une guerre colonialiste, une guerre impopulaire. Certains déploraient que les troupes qui avaient libéré le pays de l'emprise nazie puissent se retourner ainsi contre le peuple d'Indochine.

Au début de l'année 51, les dockers marseillais lancèrent le boycott des cargos qui livraient le matériel de guerre, et on exigea le retour immédiat du corps expéditionnaire. L'action des dockers entraîna toute une série de grèves dans le pays. La métallurgie, les mines, les chemins de fer, furent paralysés.

C'est sous les huées que Hans et Wilhelm embarquèrent à Marseille, c'est dans une hostilité glaciale qu'ils y accostèrent en 56, avec femmes et enfants, cette fois.

— Hans et Wilhelm n'avaient vraiment aucun attachement en Indochine, mais ce n'était pas mon cas. Mon pays me manquait. Il manquait à ma femme. Seuls, les gosses se sont faits rapidement à la vie du camp. Savez-vous que sur les mille deux cents personnes transférées à Sainte-Livrade, il y avait près de sept cent cinquante gosses ? Ils avaient les yeux bridés et portaient tous des noms et des prénoms bien français.

Il étouffe un rire nerveux. Il nous raconte sa vie d'avant, la maison construite dans le delta du Mékong, au pays de son épouse, où il avait projeté de s'installer avec sa famille, l'achat d'une rizière pour ses vieux jours.

Il nous décrit Saigon en pointant parfois de l'index une des vieilles cartes postales punaisées sur le mur. Pendant quelques minutes, nous nous baladons entre la rue Catinat, cette longue avenue qui part du port et rejoint la place Lam Som, le théâtre municipal et l'hôtel Continental qui trône sur cette place. De vieux clichés du boulevard Bonnard, de l'Hôtel de Ville, de Ben Thanh, l'immense marché couvert, de la cathédrale Notre-Dame, de la pointe des Blagueurs, égayent ses souvenirs.

L'Indochine d'il y a plus de cinquante ans…

Je connais un peu ce fameux hôtel Continental où stagnait jadis la fumée brune de l'opium. J'y suis descendu dans une autre vie, à la fin des années quatre-vingt. J'y ai croisé les fantômes de Dorgelès, de Malraux, de Graham Greene et Somerset Maugham, de Jean Larteguy et de Lucien Bodard. J'ai découvert, à cette occasion, un autre Saigon qu'on appelle officiellement Hô-Chi-Minh-Ville, même si ses habitants continuent d'employer l'ancienne dénomination.

Inutile que je rappelle à Roger que les rues de « sa » ville ont été systématiquement débaptisées. La rue Catinat est devenue Dong Khoi et les boutiques de souvenirs y ont remplacé les bars à filles peuplés de militaires. Lê Loi est le nouveau nom du boulevard Bonnard, l'Hôtel de Ville a été repeint d'une surprenante couleur ocre. Seul le marché couvert de Ben Thanh n'a guère changé, il est toujours submergé par les senteurs de poissons et d'épices, et ses boutiques bruissent comme avant.

Il suffit d'avoir lu quelques pages d'un des auteurs fidèles au Continental et de se balader dans les rues bordées de tamariniers et de manguiers pour imaginer la Saigon de Roger, les troufions et les matelots flânant devant les vitrines de souvenirs, s'attablant dans les bars à putes, harcelés à chaque pas par les petits vendeurs de cacahuètes grillées et de graines de pastèques.

Dès qu'on s'égare à la tombée de la nuit dans la ruelle où fleurissent de jeunes femmes, vêtues de robes légères et colorées, de longs pantalons blancs de soie souple, Hô-Chi-Minh-

Ville redevient Saigon. Ses rues grouillent à nouveau au sortir du répit de l'après-midi, l'air s'encanaille et devient vénéneux. Les néons criards papillotent, les démarches deviennent lascives, on s'assoit sans façon sur les pelouses, sous les flamboyants couverts d'or et de sang, tandis que d'immenses fleurs inconnues dispensent des exhalaisons capiteuses.

Je comprends donc la nostalgie de Roger qui vide le fond de la bouteille dans son verre.

L'alcool reste le remède le plus répandu pour soigner le spleen.

Est-il le plus efficace ?

That is the question…

— Vous savez, Wilhelm et Hans étaient loin d'être des enfants de chœur, c'étaient des guerriers. Je ne sais pas trop où ils avaient traîné leurs guêtres avant d'entrer à la Légion, ces choses-là ne se disaient guère, même entre hommes, mais c'étaient des durs à cuire. Pourtant, ils ont immédiatement succombé aux charmes de l'Indochine et de Saigon. Je crois même qu'ils s'intéressaient plus au pays qu'à la guerre. Je ne sais pas ce que le Vietnam est devenu aujourd'hui, mais à cette époque-là, tout baignait dans la corruption, le mystère et l'érotisme. C'était étrange, la plupart des Européens étaient pathétiques, intoxiqués par le magnétisme de la vie orientale et surtout par l'opium qui circulait librement. C'étaient des ratés qui pourrissaient dans le climat fétide d'une colonie mourante, de petits trafiquants sans envergure qui se la jouaient mais qui étaient incapables de maîtriser leurs épouses débauchées. Pour ces bourgeoises, chacun des grands bals donnés par le gouverneur était prétexte à la dépravation. Comme tous les militaires du corps expéditionnaire, Hans et Wilhelm ont largement profité de cet environnement lors de leurs perms, avant de trouver des congaïs et de se caser. Lê et Tâm étaient des filles soumises, dévouées, attentives à leur moindre caprice. Ils ont été séduits et ils les ont épousées, mais une fois revenus en France, le parfum de l'exotisme avait disparu. D'ailleurs, beaucoup de ces épouses indochinoises ont été lâchement abandonnées par leur mari français. Peu de temps après leur retour en France, Hans et Wilhelm sont repartis au combat, en Algérie cette fois.

— Vous ne les avez pas suivis ?

Il raccroche en soupirant son vieux képi au clou planté dans la cloison et récupère une autre bouteille de vin. Il libère la capsule avec la pointe d'un couteau et emplit à nouveau son verre sans m'en proposer.

— Moi ? Non. Vous savez, j'ai combattu en Indochine parce que c'était mon pays. Je me battais pour ma maison, mes enfants et leur avenir. L'Algérie ne représentait rien pour moi. Je ne voudrais pas que ce que je vais dire soit mal interprété, mais Hans et Wilhelm étaient, en quelque sorte, des mercenaires. Leur métier, c'était la guerre. Ils ne défendaient aucun idéal en Indochine et, pour eux, l'Algérie ou l'Indochine, c'était du pareil au même. Ce n'était pas le cas pour moi, alors je suis resté ici, avec les autres. Nous étions entre nous. Et puis, ma femme est morte il y a quelques années. Je vis seul comme un con dans ce camp où on nous a abandonnés comme du bétail. Pourtant, on ne demande pas grand-chose : être reconnus et traités de la même manière que les Harkis d'Algérie. C'est trop demander, vous croyez ?

De la même manière que les Harkis…

Quand on connaît les conditions de survie de ces derniers, on se dit que ce n'est vraiment pas trop demander !

Sur Wilhelm et Hans, il ne sait pas grand-chose d'autre. Avaient-ils des secrets ? Sans doute, tous les engagés dans la Légion ont quelque chose à cacher.

— Il y a une anecdote qui me revient. Remarquez, je ne sais pas si cela a une quelconque importance… Lorsque nous avons été libérés du camp vietminh, c'était en 55, nous sommes restés quelque temps à Saigon avec nos épouses pour tenter de nous retaper. Un soir, Wilhelm a été agressé par deux autres légionnaires. Ils l'ont tabassé en criant « Tu vas nous le dire ! Tu vas nous le dire ! ».

— Leur dire quoi ?

— Ça, justement, j'en sais fichtre rien ! En fait, je n'ai même pas assisté à la scène, on me l'a racontée.

— « On » ?

— C'est Hans qui me l'a racontée. C'est grâce à lui d'ailleurs, et à un autre légionnaire, que Wilhelm s'en est sorti sans trop de mal. L'autre gars s'appelait Klaus, Klaus Löw. D'ailleurs, vous pourrez lui demander s'il est toujours en vie. Et puis, je suis certain que ce Klaus connaissait Hans et Wilhelm beaucoup mieux que moi, il était leur sergent-chef, et il a fait l'Algérie avec eux. Hans lui écrivait parfois.

— Vous savez où nous pourrions trouver ce Klaus ?

— Hans m'a dit que Klaus vivait dans la maison de retraite de la Légion qui se trouve dans votre région.

Le regard d'Alexandra s'intensifie. Deux des victimes de Boualem n'étaient-elles pas originaires de cette maison de retraite ?

Comme moi, elle a lu les articles sur le domaine du Capitaine Danjou, à l'est du village de Puyloubier, à deux pas de la Sainte Victoire. Cet établissement a été construit à l'époque de la guerre d'Indochine, en 1953, et il accueille depuis les anciens légionnaires.

— D'ici à ce que Klaus soit l'un des deux macchabées en question…

J'ai réfléchi à haute voix.

— De quoi parlez-vous, m'interrompt Roger.

— De rien, de rien… Je pourrais avoir un autre verre de pinard ?

Son visage s'éclaire et il emplit à nouveau nos verres à ras bord :

— À la santé du camp des oubliés !

Mardi 14 août, Sainte-Livrade, Trunq

L'accueil de Trunq est un peu différent de celui de Tâm et de Roger.

Dès que l'homme entrouvre sa porte, je le devine inquiet, sur ses gardes. Il nous observe et crache, faussement agressif :

— C'est pourquoi ?

J'ai beau montrer ma carte de presse, balbutier – sans doute l'effet de la chaleur torride sur les verres de vin ingurgités chez le bon Roger – que nous venons de la part de Tâm et lui resservir la salade à deux balles déjà utilisée pour amadouer celle-ci, rien n'y fait. Il faut dire, à sa décharge, qu'il a toujours vécu ici, dans un enfermement pesant, et qu'il n'a pas forcément adopté les civilités de notre société.

Tandis que je me casse les dents sur le rétif, Alexandra s'avance et m'écarte doucement :

— Monsieur Trunq, nous sommes venus vous parler de la mort de votre père. Il vient d'être assassiné.

Touché ! Je sens le gars se ramollir. Son regard s'éteint et il entrouvre un peu plus sa porte.

Il balbutie :

— Mon père ? Assassiné ?

Je laisse réagir Alexandra. Elle me semble avoir trouvé le bon bout.

— Oui, votre père a été assassiné il y a quelques jours à Marseille. Nous savons que vous aviez peu de relations avec lui, mais nous avons pensé que…

— Entrez donc !

L'appartement de Trunq est encore plus minable que celui de Tâm. Les murs sont sales. Un vieux poster élimé représentant les gratte-ciel new-yorkais en constitue l'unique décoration.

Le sol est cradingue, ça schlingue la transpiration et le vieux pipi.

De plus, on étouffe dans la petite salle à manger. Trunq doit s'en rendre compte car il se redresse en traînant la patte et entrebâille la fenêtre qui donne du côté de la rivière.

— Je crains les courants d'air, prétexte-t-il en guise d'excuse.

Nous prenons place autour d'une table basse en bambou, tandis qu'il ouvre la porte du frigo et en sort trois canettes de 333.

— De la « ba ba ba », ça vous va ? C'est tout ce que j'ai… explique-t-il en décapsulant les bouteilles.

Dans un coin de la pièce, un amas impressionnant de bouteilles vides de bière vietnamienne – des 333, mais aussi des Tiger beer et des BGI – prouve que Trunq suit, à l'instar de Biscottin et de Roger que nous venons de quitter, les recommandations de la faculté qui invite nos concitoyens à boire abondamment pendant cette période de canicule. Malgré ma bouche empâtée par le choum de l'épicier et le pinard de Roger, j'apprécie l'agréable fraîcheur de la ba ba ba. Ma chemise trempée de sueur me colle à la peau, et Alexandra utilise la carte routière du département comme un éventail pour se donner un peu d'air.

— Donc mon père est mort…

Curieusement, Trunq paraît ému, presque abasourdi par la nouvelle. Alexandra a entrevu immédiatement sa vulnérabilité, elle enfonce le clou en détaillant les circonstances tragiques de la mort du Polack, sans évoquer toutefois les menaces que ce dernier pressentait.

Il l'interrompt, le cœur serré et la voix mal assurée :

— Vous savez, c'est étrange. J'en voulais à cet homme de nous avoir abandonnés. Je lui en voulais à mort. Il faut voir la vie que nous avons eue ici, enfermés dans ce camp comme des pestiférés, entre des barbelés qui étaient là davantage pour nous contenir que pour nous protéger. Ma mère a dû se débrouiller toute seule. Heureusement que nous avions Hans.

L'homme a les yeux bridés, le teint pâlichon. Une mauvaise cinquantaine… Il me paraît solitaire, malade et introverti, pourtant il réagit vivement.

Ce gars aurait-il besoin de s'extérioriser ?

— Vous avez vu Tâm… Tous les vieux qui ont déserté leur pays en 56 et qui sont venus croupir ici sont d'une fatalité désespérante. Ils m'épuisent ! Ils ont toujours accepté leur sort. Quand ma mère est arrivée ici, je n'avais qu'un an. Le camp était dans un état lamentable. Nous avons été, en quelque sorte, les premiers rapatriés de l'histoire de France.

Les premiers rapatriés de l'histoire de France…

C'est bien tout le problème d'une France victorieuse dix ans auparavant qui a dû accueillir un certain nombre de ses ressortissants boutés hors de ses colonies, un troupeau exotique et égaré, matérialisant l'échec de la grande nation, la fin de l'Empire. En plus, c'étaient des Annamites qu'il fallait à tout prix dissimuler afin d'oublier au plus vite cette débâcle indochinoise qui prenait trop concrètement l'image de ces visages aux yeux bridés.

À un moment où l'orage grondait en Algérie, tout ce qui pouvait rappeler l'humiliation de Diên Biên Phu devait être banni.

Trunq développe, en tétant sa ba ba ba, le règlement du camp qui visait essentiellement à maintenir la discipline collective et à prévenir les troubles de l'ordre public.

— Ce n'étaient que des obligations et des interdictions, comme pour nous rendre la vie impossible. Et où vouliez-vous que nous allions ? Que nous retournions au Vietnam ?

Il hausse les épaules. Il faut éviter qu'il ne s'égare en s'énervant trop. Je le recentre sur le Polack.

— Je connais tout ça… Nous parlions de votre père. Il vous a abandonné et sa défaillance a été indigne, c'est évident. Mais que savez-vous de lui ?

— J'en sais ce que ma mère m'en a dit. Elle l'a constamment couvert. Elle l'aimait sincèrement et elle l'a toujours aimé, jusqu'à la fin. Elle a pensé jusqu'au dernier moment qu'il reviendrait ici. Elle prétendait qu'il nous prendrait avec lui et nous emmènerait à New York. New York, quelle blague ! C'est une ville que je ne connaîtrai jamais… Pourtant, elle savait qu'il était volage, qu'il avait refait sa vie avec une autre femme, du côté de Marseille.

— En fait, ça n'a pas duré. Il a fini seul.

Il pose sur moi un regard délavé :

— Seul… Ma mère aussi a fini seule, et moi, aujourd'hui, je suis seul dans ce coin moisi, avec un boulot de merde qui me rapporte des clopinettes ! Vous savez, curieusement, je n'ai pas eu une enfance vraiment malheureuse. Nous n'avions pas de confort, c'est vrai, mais comme nous n'en avions jamais eu auparavant, cela ne nous a pas manqué. Nous vivions ici dans des conditions difficiles, mais nous étions tous égaux devant cette situation qui a permis le développement d'une véritable entraide. Nous nous retrouvions tous dans la même école, lors des mêmes fêtes, avec des traditions et des souvenirs communs. Je me souviens que pendant les vacances d'été, nous accompagnions les mères ou les grands-mères dans les travaux des champs. Et puis, il y avait les haricots… Des sacs de jute bourrés de haricots à équeuter étaient livrés au camp le matin et devaient être prêts pour le soir. Les femmes passaient des heures à les équeuter et toute la famille s'y mettait. Des années durant, nous nous sommes échinés à cueillir et à équeuter les haricots. Les paysans appréciaient les « Chinoises », comme ils les appelaient. Elles étaient soumises, discrètes et elles n'abîmaient pas les plantes. Ils nous payaient de la main à la main, cinq francs le sac de vingt-cinq kilos. Ça nous permettait de gagner quatre sous, de quoi pouvoir s'habiller, acheter des livres et des cahiers pour la rentrée des classes. Bon, on était loin de New York ou même de l'Indochine, mais c'étaient quand même des petits bonheurs…

Ses traits se décrispent, il s'attendrit. Pour lui et pour ceux de son âge, le Vietnam reste un pays assez abstrait. Ses souvenirs sont ici, mais son père en est exclu. C'est pourtant l'ombre de ce père qui lui colle à la peau. Paradoxalement, c'est un peu comme si la mort lui avait rendu un père jusqu'ici inexistant.

— Mon père a été totalement absent. C'est Hans que je considérais comme mon vrai père. J'étais toujours fourré chez lui. Je jouais continuellement avec ses deux fils, Ai Quôc et Quy. Je disais à tout le monde que c'étaient mes cousins.

— C'était votre seule famille ?

Il esquisse un sourire dépité.

— Même pas ! Hans et mon père étaient très proches. Ils avaient été militaires ensemble. Tâm et ma mère étaient également amies et travaillaient dans le même établissement de Saigon. Leurs liens ont perduré jusqu'ici.

Je mens :

— Votre père me parlait souvent de vous. Il vous appelait Marcel.

Trunq sourit à nouveau.

— Marcel… C'est vrai qu'on m'appelait Marcel quand j'étais gosse. En fait, j'ai repris mon prénom vietnamien par fidélité à ma mère. Vous savez, pour moi, Marcel n'existe plus depuis belle lurette ! Je suis quand même étonné que mon père vous ait parlé de moi.

Je lui raconte la correspondance découverte dans la boîte à godasses, les lettres maladroitement rédigées et jamais envoyées. Il m'interroge sur la vie de tous les jours de son père, sa maison, son boulot, ses fréquentations, ses passe-temps. J'exagère un peu sur l'attention que le Polack portait à son fils, ça semble l'émouvoir et le détendre, avant de passer aux questions sérieuses.

— Vous n'avez aucune idée sur ce qui aurait pu provoquer l'assassinat de votre père ?

— Comment voulez-vous que… Au fait, dites-moi, comment est-il mort ?

Je lui raconte qu'on a retrouvé son corps carbonisé dans un voilier incendié, que la police n'a pas officiellement identifié la victime mais que tout l'Estaque sait qu'il s'agit du Polack.

Il grimace.

— Ah ! Bon…

— Ça vous étonne ?

Il jette sa bouteille de bière vide sur le tas qui s'amoncelle dans un coin de la pièce.

— Ce n'est pas ça. Je posais la question parce qu'on a eu deux assassinats ici, le mois dernier. Tâm vous a-t-elle parlé de la mort de son mari ?

— Elle n'a pas pu.

— Normal, c'était horrible. Hans a été assassiné le 24 juillet et il y a eu un second crime le lendemain, un ancien légionnaire qui, comme Hans, avait épousé une Vietnamienne et vivait dans la région après être resté pas mal de temps dans le camp.

Les deux premiers crimes de Boualem…

Je comprends les pleurs hystériques de Tâm, car je sais ce que Trunq va me décrire. Le sourire kabyle. Les victimes poignardées avant d'être égorgées et abandonnées, les testicules dans la bouche.

La signature de Mourad Boualem !

Jeudi 16 août, la Varune

Biscottin a vidé la moitié de ma cave sans rien faire d'autre que de me pourrir la baraque de fond en comble. Ce gros saligaud a laissé traîner ses affaires dans toutes les pièces de la maison et je vous avoue que la découverte d'un slip kangourou de coton bleu élimé dans un frigo n'a rien de très appétissant !

Heureusement que Milou a assuré une fois de plus en prenant soin du troupeau. Avec une chaleur pareille, il n'était pas question de grandes balades dans la garrigue, alors Milou a sorti les bêtes à la fraîche – enfin, façon de parler, car la fraîcheur est très relative en ces périodes de canicule – et, surtout, il les a fait beaucoup boire. Biscottin a bien proposé de lui donner un coup de main, mais son manque d'enthousiasme et sa maladresse ont contraint Milou à le renvoyer rapidement dans ses foyers temporaires qui sont, en fait, mes foyers.

— Quand on a jamais travaillé de sa vie, on peut pas commencer à quatre-vingts balais ! m'a précisé Milou, avec son solide bon sens, comme pour s'excuser d'avoir décliné l'aide de mon invité.

Il m'a avoué également que ça avait pas mal chauffé entre Biscottin et Tine. Le frère et la sœur se comportent toujours comme chien et chat et leurs aimables discussions virent systématiquement à l'aigre au bout de cinq minutes.

Après deux journées passées en amoureux sur les routes du sud-ouest, le retour à la Varune nous replonge, Alexandra et moi, dans la cruelle réalité de la vie de tous les jours.

Pour nous, l'urgence serait de ramener Biscottin chez lui, à l'Estaque, avant que nous pétions un plomb. Outre le fait que nous n'avons plus aucune intimité, le vieux se mêle de tout, et surtout de ce qui ne le regarde pas. Mieux : il n'hésite pas à venir me relancer, même en pleine nuit et dans ma chambre, sous le prétexte qu'il s'emmerde à mourir parce qu'il n'a rien à faire.

Comme s'il faisait grand-chose chez lui !

En fait, je crois bien que c'est l'ambiance, les jaunets et les ragots du Beau Bar qui lui manquent.

Notre journée d'avant-hier à Sainte-Livrade a été riche d'enseignements et j'ai quitté ce coin perdu du Lot-et-Garonne le cœur serré. On y laisse pourrir ces femmes et ces hommes pour mieux dissimuler les errements d'une République qui a singulièrement manqué de courage. Les premiers rapatriés de notre empire colonial nous font honte. Pire, ils sont rejetés par tous. Dans les alentours du camp, les « Chinois » n'ont jamais été bien considérés, et à la misère du lieu, au désespoir de l'arrachement s'est ajouté le traditionnel racisme. Bien sûr, les autochtones mâles du coin n'auraient pas craché sur une nuit en compagnie d'une de ces jolies demoiselles eurasiennes, fruits de l'union du soudard français et de l'Indochinoise, quant aux garçons, c'est davantage la bastonnade que l'embauche qui les accueillait au sortir du camp. Et, évidemment, on avait fait sa réputation à cette « sale race ». Même la presse locale s'y était mise à l'époque des blousons noirs en inventant le terme « blousons jaunes » bien adapté, selon elle, aux exactions commises par les « Chinois ».

En ce qui concerne notre affaire, je suis rentré avec l'intime conviction que les assassins du Polack – les Chinetoques de Biscottin – sont certainement liés de près ou de loin à cette bourgade. Pour en avoir le cœur net, j'ai emprunté à Trunq toute une série de photos – photos de classes, photos d'équipes de foot, photos prises lors de la fête de l'association, du Têt Nguyên Dang (le nouvel an) ou du Lê Trang Nguyen (fête du Premier Lauréat) – en espérant que le vieux pourra y reconnaître un de ses agresseurs. Cet espoir est mince car rien ne ressemble plus à un Chinois qu'un autre Chinois, même si les Chinois en question ne sont que des Vietnamiens !

Avec Trunq, nous avons également échangé nos numéros de téléphone. Pour le cas où…

La journée de mercredi a été plus cool, car entièrement consacrée au farniente, à l'amour et à la détente.

Nous avons dégotté une petite auberge dans un coin perdu et ombragé des bords du Lot. Je sais que les plus curieux et les plus pistachiés d'entre vous aimeraient bien que je leur détaille les longues heures voluptueuses passées en tête à tête avec Alexandra. Cela les changerait un peu de l'univers glauque du camp de Sainte-Livrade et des errements de notre République chérie en Indochine et en Algérie, mais comme cela ne ferait pas avancer le schmilblick et que je tiens à garder quelques secrets sur ma vie très privée, mieux vaut se concentrer sur notre affaire.

Sachez simplement que cette journée de répit m'a tout de même offert quelques instants de réflexion et l'occasion de me creuser les méninges.

Existe-t-il une relation entre les assassins présumés du

Polack et les Viets de Sainte-Livrade ?

Existe-t-il une relation entre Mourad Boualem et les réfugiés de ce camp ?

Pour la seconde question, les éléments recueillis sur place prouvent bien que les deux premiers assassinats, ceux des 24 et 25 juillet derniers dans le Lot-et-Garonne, visaient d'anciens légionnaires – dont Hans – et que le meurtrier a utilisé la même mise en scène macabre qu'à Marseille.

Donc, Zouba a certainement raison en affirmant que Boualem en était l'auteur.

À l'occasion, il faudra que je me retourne vers Raf afin de savoir si cette info est bien confirmée dans les couloirs de la maison poulaga. Compte tenu de la force des motivations de feu Boualem, ce dernier n'a pas dû dissimuler bien longtemps sa virée dans le sud-ouest !

J'étale les clichés devant Biscottin qui éprouve une certaine difficulté à se concentrer because il a bu toute la sainte journée, persuadé d'obéir sagement aux directives d'un ministre de la Santé inquiet de devoir faire face à une hécatombe de pépés comme en 2003.

Il faut bien une demi-heure pour que le vieux, une loupe à la main et le nez collé aux clichés, se prononce.

Oui, il est formel : ses agresseurs figurent bien sur une des photos. L'ennui, c'est qu'il en reconnaît cinq alors qu'ils n'étaient que deux !

Je savais bien que l'identification des Asiatiques poserait des problèmes.

Par contre, la mémoire semble lui revenir sur un autre point :

— Clo, je voulais te dire… Les plongeurs…

— Les plongeurs ?

— Ouais, tu m'as dit que le Polack recherchait des mecs

pour plonger à une époque.

— Alors ?

— Alors, file-moi d'abord un coup à boire, y a que ça qui m'aide pour la mémoire.

Je lui sers un 51 léger. Il grimace, mais l'avale cul sec.

— Il a aucun goût, ton fly ! Voilà, ça m'est revenu… Faudrait que tu ailles voir RoRo, c'est lui qu'était dans le coup.

— C'est RoRo qui a plongé ?

— Non, mais c'est RoRo qui a présenté les plongeurs au Polack. Et moi, les plongeurs, je les connaissais bien. C'étaient des gars que je croisais souvent le matin, très tôt, sur le quai des pêcheurs.

Il me raconte que RoRo avait aiguillé le Polack vers la bande des chapacans.

— C'était une bande de jeunes qui plongeaient sur les épaves pour remonter des amphores qu'ils allaient ensuite revendre sur la Côte d'Azur. À l'époque, je veux dire dans les années soixante, tout ça, c'était moins surveillé qu'aujourd'hui.

— Ces chapacans, tu les connais ? Ils sont toujours à l'Estaque ?

Il prend un air désolé pour me lâcher :

— Je t'ai dit que je les connaissais bien, ça oui ! À l'époque, j'allais souvent pêcher avec un collègue, Zé, qui avait un mourre de pouar. On croisait parfois cette bande. Ils sortaient avec une barque marseillaise qui appartenait au père d'un d'entre eux et ils mouillaient au-dessus des épaves. Oui, je les connaissais bien, mais tu pourras rien tirer de ce côté-là.

— Et pourquoi ? Si je vais les voir, ils me diront peut-être…

Il m'interrompt avec un zeste d'agressivité :

— Ils te diront que dalle ! Ils sont plus là, ils sont presque tous morts il y a quelques années. Je crois bien qu'il y en a qu'un qui est pas mort, mais il est parti en Amérique.

Il me raconte qu'ils étaient cinq et se souvient même de leur identité : Tony Morfalacci qui est devenu flic, Étienne Babalacci qui a pris une pizzeria à Mourepiane, Loulou Quiquempoix qui a succédé à son père à la tête d'un office notarial, Paulo Fécamp qui a monté une entreprise de maçonnerie et Jacky Malaval, un prof d'éducation physique.

Et ils seraient tous morts. Curieux, non ?

— Raconte-moi…

— À part Jacky qui a refait sa vie du côté de Philadelphie, ils ont tous passé l'arme à gauche il y a cinq ou six ans. Assassinés pour la plupart, mais ça n'a rien à voir avec notre affaire*, me précise-t-il à nouveau.

— Tu en es certain ?

— Certain.

Puisqu'il l'affirme…

Il ajoute :

— Pour le Polack, comme je te l'ai déjà conseillé, tu devrais aller interroger RoRo. RoRo, il connaissait bien le Polack puisqu'il travaillait avec, et il doit savoir si la fameuse plongée a eu lieu ou pas. Et puis, RoRo, il était super copain avec Loulou Quiquempoix, un de la bande, cet enfoiré de notaire de merde de Saint-André. Encore un qui croyait sortir de la cuisse de Jupiter, sas !

* Voir *Le Dernier des Chapacans*

Jeudi 16 août, l'Estaque

J'ai quitté la Varune pour l'Estaque en laissant Alexandra dans mes collines, en compagnie de Biscottin. Elle tente de ranimer sa mémoire afin qu'il identifie plus précisément ses agresseurs sur les photos prêtées par Trunq.

La chaleur est accablante et je regrette un peu de m'emmêler les pinceaux dans cette affaire à la mords-moi-le-nœud. Je serais sans doute bien plus à l'aise au bord de la grande bleue, sur les rochers de la gare du Rove, en m'exerçant à redécouvrir la géographie d'Alexandra entre deux plongées dans la baille.

Malgré l'heure apéritive, le Beau Bar est dépeuplé. Quelques rares accros s'agrippent mollement au comptoir et Léon verse avec une lenteur solennelle la liqueur anisée dans les momies. On vit au ralenti, sans doute parce que toute précipitation déchaînerait des suées tant la chaleur est oppressante.

Seul le lecteur de CD, qui diffuse une rengaine de Quartiers Nord bien adaptée à la situation météorologique du moment, ne paraît pas anesthésié par la canicule :

« Ah ! putain, putain, putain, qu'il fait beau !
Ah ! putain, putain, putain, qu'il fait chaud !
Ici même les mouettes bronzent,
Ah ! putain, de loin on dirait des corbeaux ! »

Muriel grimpe toutes les dix minutes dans ses appartements du premier pour se doucher abondamment. Afin de mieux conserver l'humidité sur son corps, elle évite de se sécher entièrement et son tee-shirt collé à la peau ne cache rien de la plastique de ses superbes nibards. Pourtant, cela ne semble plus exciter personne. Ici, moins on en fait, moins on transpire, alors on pensera aux choses de l'amour et on donnera libre cours à ses érections lorsque le thermomètre daignera afficher des températures plus convenables.

L'Alude et RoRo se trouvent à l'emplacement même où je les ai abandonnés le lundi précédent. À croire qu'ils n'ont pas bougé d'un pouce ! Assis à l'une des tables proches de la fenêtre, ils ont simplement troqué les demis pour des 51 dans un grand verre et, si j'en crois leurs regards vides et leurs gestes las, ils doivent bien en être à leur deux cent millième partie de belote.

RoRo a néanmoins la force de soulever une paupière avec une lenteur toute reptilienne :

— Alors, Clo, où on en est avec le Polack ? Ils ont fini par l'identifier, les condés ?

— J'en sais rien, RoRo. Tu sais, ça demande du temps.

— Quand c'est pour nous emmerder et foutre leur radar en bas de Saumaty pour nous flasher à cinquante à l'heure, ils ont le temps, ces bordilles !

L'Alude épanche son aversion bien compréhensible pour les flics. En fait, on ne peut guère demander à l'Alude, qui n'aime rien ni personne, de les adorer.

En guise de salut, je pose sur leur table trois verres de 51, un pour chacun de nous, tandis que RoRo compte les points de la mène. Il distribue les jetons, puis se retourne vers moi.

— Toi, Clo, t'as un truc à nous demander.

— Bien vu.

— Toujours au sujet du Polack.

— Exact !

— Putain, mais tu es devenu amoureux de cette épave !

J'ignore la remarque et le rire gras de l'Alude. Inutile de s'enferrer dans des digressions sans fin. L'efficacité avant tout :

— RoRo, tu connaissais bien Loulou ?

— Loulou ?

— Loulou Quiquempoix, le notaire de Saint-André.

— Ah ! Loulou ! Pour sûr ! Les mecs du coin l'aimaient pas trop parce qu'il avait des airs de pisse-froid, mais tous les deux on a bringué comme des saligauds !

Je l'aborde franco. Je lui révèle que j'ai appris que le Polack et un de ses amis – Hans en l'occurrence – ont dû aborder l'équipe à Loulou aux alentours de l'été 66 pour leur proposer une plongée.

— Tu parles si je suis au courant ! C'est moi qui les ai présentés. Le Polack m'avait parlé de ça quand on bossait pour le ferrailleur du Rove. Il savait que beaucoup de jeunes plongeaient à l'Estaque et il m'a demandé de le mettre en contact avec quelques-uns d'entre eux. En fait, il recherchait des gars capables de descendre à une trentaine de mètres. Faut dire que le Polack, comme tous les mecs du Nord, il était même pas capable de ramasser des moules à un mètre de profondeur !

La vanité reprend toujours le dessus chez des cacous comme RoRo. L'avantage, c'est qu'il suffit de les caresser dans le sens du poil pour qu'ils se déboutonnent.

— Et alors, tu as eu l'idée de leur présenter Loulou et ses collègues, la bande des chapacans.

— Et ouais…

— Ils ont plongé ?

— Même pas. Ça a pas marché.

— Pourquoi ? Ne me dis pas qu'ils ont eu les foies !

— Eh ben, tu serais étonné si je te disais que oui. En fait, si j'ai bien pigé ce que m'a raconté plus tard Loulou, le Polack leur a proposé un peu de blé pour plonger sur une épave. Et ils ont refusé.

— Plonger sur une épave… C'est pourtant bien ce qu'ils faisaient tous les jours ou presque. Ça ne devait poser aucun problème pour eux.

— C'est vrai, mais eux, ils plongeaient sur les épaves de la baie de Marseille, dans la Méditerranée. L'épave du Polack, c'était différent, elle était au fond d'un lac.

— D'un lac ?

— Ouais, dans un lac. Et en Autriche, en plus.

En voici une autre !

L'Algérie, l'Indochine, et maintenant l'Autriche…

Où va-t-on s'arrêter ?

RoRo fait mine d'en connaître plus qu'il n'en sait :

— Ouais, tu comprends, Loulou m'a ensuite expliqué : lui et ses collègues avaient l'habitude de la mer, les lacs c'était autre chose. Un lac, c'est plein de vase, c'est une eau très différente, verte et trouble. C'est pas qu'ils avaient les chocottes, mais ils avaient déjà connu des accidents de plongée, un de leurs collègues y était resté cinq ou six ans plus tôt. Alors, tu comprends, ils se sont montrés gourmands. Ils ont demandé du fric au Polack, beaucoup de fric…

— Et le Polack n'a pas suivi.

— Voilà, t'as tout pigé. Faut dire qu'il roulait pas sur l'or.

J'admets la réticence de la bande à Loulou et son enchère. Ce que je pige moins, c'est ce que vient faire un lac autrichien dans cette foutue histoire.

— Les chapacans ont refusé l'offre du Polack. Ce dernier a peut-être contacté un autre groupe de l'Estaque qui aurait accepté, non ?

— Je pense pas. Ça se serait su. Surtout à l'époque.

— Donc on peut affirmer qu'il n'a trouvé personne ici pour effectuer cette plongée.

— Ouais, on peut le dire comme ça.

L'Alude a suivi notre conversation sans piper mot. Il s'est contenté de hocher mollement la tête en signe d'assentiment à chacune de nos répliques.

Les confidences de RoRo et la discrétion de l'Alude méritent bien une récompense. Un one again fly, évidemment.

C'est au moment où je me dirige vers le comptoir pour refaire le plein de nos trois mominettes que je les aperçois.

Deux Chinois – deux Chinetoques, comme dirait Biscottin – m'observent fixement à travers la fenêtre. Des sales tronches, des mecs pas rigolos avec deux plis à la place des yeux et une bouche en forme de cicatrice, le genre de gars qu'on éviterait d'emmener en vacances avec soi.

J'ai quand même le temps d'imprimer leurs faces de croque-morts avant qu'ils ne s'esquivent.

Je pose les momies sur le comptoir et sors en courant sur le trottoir, mais ils ne sont déjà plus là. Les deux Asiatiques se sont évaporés dans l'air en fusion.

Mais ces deux-là, je les reconnaîtrai désormais entre mille.

Jeudi 16 août, la Varune

— Tes Chinois, j'ai vu tes Chinois !

Mon excitation est telle que j'en ai oublié que les Chinois en question étaient sûrement vietnamiens.

— Les Chinetoques ? Où c'est que tu les as vus ? À l'Estaque ?

Dès qu'il a entendu le ronronnement du moteur diesel de ma Peugeot, Biscottin s'est précipité vers moi en trottinant, suivi par Alexandra. Il espère des nouvelles fraîches de l'Estaque-les-Bains et il ne va pas être déçu !

Je saisis la belle par le bras :

— Alexandra, tu as les photos ?

— Sur la table, mais Biscottin n'a toujours pas pu identifier ses agresseurs. Il hésite entre cinq ou six gars.

— C'est que c'est pas facile, Clo, ils se ressemblent tous, ces Chinetoques, prétexte le vieux.

Dans la salle à manger, la chaleur est à peu près supportable. Sans doute un miracle que l'on doit aux épais murs de pierre. Alexandra choisit une des photos. C'est un groupe qui pose dans une vaste pièce décorée. Le cliché paraît relativement récent, au dos on peut lire « Lê Trang Nguyen », la fête du Premier Lauréat qu'on célèbre traditionnellement le quinze du premier mois lunaire. Le cliché date du 20 février dernier.

Biscottin m'indique, de la pointe d'un Laguiole, les cinq gars qu'il soupçonne.

— Çui-là, çui-là, çui-là, çui-là et çui-là. Le compte est bon !

Ben, non, le compte n'est pas bon puisqu'il n'avait que deux agresseurs !

J'examine à mon tour la photo à la loupe. C'est vrai qu'ils se ressemblent tous, mais je n'ai aucun doute, mes deux espincheurs de l'Estaque sont là, côte à côte, au deuxième rang. Ils fixent l'objectif avec des regards de pisse-vinaigre.

Trunq a porté les prénoms au dos du cliché, un peu comme on le faisait jadis sur le verso de nos photos de classe.

« Ai Quôc » et « Quy ».

Deux prénoms qui me disent quelque chose…

Je compose le numéro de téléphone de Trunq et lui explique ma découverte.

— Ai Quôc et Quy ? Impossible, ce sont mes cousins !

— Tes cousins ?

— Oui. Je vous ai raconté que, gamin, j'étais constamment fourré chez Hans et Tâm et que je considérais leurs deux fils, Ai Quôc et Quy comme mes cousins.

Les fils de Hans !

Il poursuit :

— Ai Quôc et Quy sont actuellement dans le sud-ouest, du côté de Toulouse, à la recherche de taf. Difficile de croire que ce sont eux que vous avez aperçus. Et puis, pourquoi fouilleraient-ils dans les affaires et le passé de mon père ?

— Ils ont fait plus que fouiller dans ses affaires, ils l'ont certainement descendu et fait cramer !

Silence à l'autre bout du fil. Je m'en veux d'avoir été aussi brutal, mais il est quand même surprenant, ce Trunq. Il paraissait vouer une haine féroce à ce père qui l'a abandonné, pourtant l'annonce de la mort de celui-ci semble l'émouvoir au-delà du raisonnable.

Je reprends :

— Es-tu certain qu'ils sont toujours dans le sud-ouest ? Tu les as vus récemment ?

Il doit convenir que non. En fait, il m'avoue que ça fait un mois qu'il ne les a plus rencontrés, mais qu'ils ont téléphoné il y a deux jours, juste après mon départ du camp, à Tâm. Ils étaient alors à Toulouse. Enfin, il me répète simplement ce que Tâm lui a affirmé. Et puis, avec les portables, les lieux ne sont plus vraiment identifiables pour le commun des mortels.

À l'autre bout du fil, Trunq me paraît désemparé. Il manque quand même des pièces au puzzle : comment les deux fils de Hans pouvaient-ils connaître le Polack qui n'avait fait qu'un bref séjour à Sainte-Livrade il y a plus de cinquante ans de ça ?

Trunq est donc, comme moi, un peu paumé.

Il anticipe ma réaction :

— Je ne comprends pas le lien qui pouvait exister entre mon père et mes cousins…

— C'est forcément par leurs parents, car Hans et Tâm le connaissaient tous les deux. Compte tenu de la discrétion de Tâm, j'ai tendance à penser que c'est Hans qui les a mis sur la piste de votre père. Intentionnellement ? C'est loin d'être évident. Et pourquoi faire ? Mystère quand on sait que vos pères ne se sont plus rencontrés depuis belle lurette.

— Mes cousins auraient tué mon père…

J'ai le sentiment que Trunq ne m'écoute plus. Son esprit reste englué dans les circonstances mystérieuses de la mort de son pater et le rôle que ses chers « cousins » y ont certainement joué.

Il répète :

— Mes cousins auraient tué mon père…

Avant d'ajouter, d'un ton plus ferme :

— Clo, je compte sur vous. Vous allez me dire pourquoi ils ont fait ça, n'est-ce pas ?

Pardi, puisque j'y suis !

Trente et un, trente-deux, comme on dit dans le bas-monde marseillais…

Vendredi 17 août, le Panier

À midi, l'air semble s'épaissir et devient véritablement irrespirable. Une température caniculaire anesthésie la ville. Sans doute est-ce l'effet pervers de l'empilement de la pierre, du béton et de l'asphalte, agrémenté par les échappements de milliers de véhicules, dans une cité qui a omis de se ménager quelques espaces verts.

Même la brise faiblarde qui chiffonne la surface du bassin du jiquatre proche ne parvient pas jusqu'à la place des Treize Cantons.

J'ai abandonné mon break 405 dans la rue de l'Évêché et ma belle blondinette à la Varune. Elle a préparé à Biscottin une brouillade avec les tomates du jardin, mûres à souhait, et les œufs des poules de Tine. Le vieux doit s'en lécher les babines !

Quant à Alexandra, elle semble se prendre au jeu. C'est une bonne chose : tant qu'elle aura l'esprit monopolisé par l'histoire du Polack, elle ne pensera pas à Paris, son job et son avocat. Ce serait idéal si elle ne négligeait pas ces caresses dont j'ai tant besoin au profit d'interminables digressions sur l'Indochine, l'Algérie, la Légion étrangère et la misère du monde, mais on ne peut pas tout avoir…

Elle m'a promis de profiter de ma virée marseillaise pour dépouiller scrupuleusement toute la correspondance du Polack. Il est vrai que, jusqu'à présent, nous nous sommes surtout focalisés sur les courriers de Lê et les réponses non expédiées de son légionnaire de mari. Alexandra va tenter d'analyser le reste des papiers et les quelques photos. Si le Polack a confié cette boîte à Biscottin, c'est sans doute parce qu'elle contient des documents d'une tout autre importance que les bribes de l'histoire d'amour ratée du Polonais et de la Saigonnaise. Avec son œil neuf, Alexandra peut y découvrir des éléments jusqu'ici ignorés.

Raf m'a appelé ce matin de bonne heure.

Nous nous prélassions au pageot, profitant de la balade matinale de notre invité pour échanger enfin quelques câlineries. Avec Biscottin dans les pattes et l'intérêt porté par ma belle à l'affaire, nos moments d'intimité deviennent de plus en plus rares, je dois même les provoquer.

J'avais ainsi projeté une petite virée au bord de mer, en amoureux, à la calanque des Pierres Tombées. Ça nous aurait permis de nous retrouver en tête à tête, d'oublier Zouba, Tâm, Trunq et compagnie, et de décompresser un brin, mais me voici, dégoulinant de transpiration, dans la chaleur moite du quartier du Panier, à la recherche de Raf.

Le bar des Treize Coins présente l'avantage de n'être qu'à un jet de pierre de l'Évêché et du bureau où mon ami flicaillon veille à la sécurité des contribuables. Raf m'a averti ce matin qu'il n'aurait pas beaucoup de temps à me consacrer : « Tout le monde est en congé et faut que j'assure », m'a-t-il confié en m'octroyant généreusement une demi-heure de son planning pour me mettre au parfum de ses dernières découvertes.

L'escalier qui relie la rue de l'Évêché à la place des Treize Cantons sent un peu la pisse – une odeur plus répandue que celle des posidonies dans l'été marseillais – et le feuillage chiche de trois arbres rachitiques protège la terrasse du bistrot des dards d'un cagnard implacable. Quelques touristes égarés au visage poupin et cramoisi sont au bord de l'apoplexie, une bonne excuse pour ingurgiter des camions-citernes de bière afin de se requinquer. Les cols blancs venus s'encanailler – si peu ! – dans le quartier, ont opté plus sagement pour du Perrier.

Raf est attablé devant la fresque colorée qui court sur la façade rouge du bistrot. Une carafe d'eau et une assiette d'olives sont posées devant lui et, un grand verre de fly à la main, il lape à petits coups le divin breuvage. Son regard court et s'allume parfois sur quelques cagoles à la peau délicieusement dorée, au langage coloré, et dont il essaye vraisemblablement de deviner les centimètres carrés de peau dissimulés par des robes taillées dans des mouchoirs de poche.

— Tu vois, Clo, l'été, on crève de chaleur, mais ça a au moins ça de bon : les galines, elles peuvent pas tricher. C'est déballage général dans notre bonne ville de Massalia !

La discrétion n'ayant jamais été le fort de mon ami, les deux jouvencelles de la table voisine – cheveux peroxydés, lunettes de soleil Dolce et Gabbana, lèvres botoxées, tatouages coquins au creux des reins – lui décochent un regard venimeux.

— Je comprendrai jamais ces galines qui font tout pour nous allumer et jouent les vierges effarouchées dès que tu les complimentes ! chuchote le flicaillon à mon oreille.

Trois mauresques plus tard, il me confirme que Boualem avait bien avoué le double assassinat de Sainte-Livrade, la dernière semaine de juillet. Je l'avais informé de cette probabilité avant de partir dans le sud-ouest. L'info est donc vérifiée, mais non publique, car les flics doivent penser que la mort de

Boualem a clôturé son dossier.

Du côté de l'assassinat du Polack, le corps carbonisé du quai de la Lave n'a toujours pas livré son secret.

— On n'a retrouvé qu'un rôti de cochon, fallait voir ça ! Le mec est impossible à identifier. Pour tes amis de l'Estaque, c'est le Polack qui a été liquidé, mais il faudrait pratiquer une analyse ADN. Si seulement il avait de la famille, ce con. Avec ce qu'il courait les galines, il aurait pu faire au moins quelques minots ! avance Raf.

Des minots ?

Marcel, alias Trunq, ne détiendrait-il pas la clé de l'identification du cadavre ?

Je raconte aussi sec à Raf ma virée à Sainte-Livrade et ma rencontre avec le fils du Polack. Il fourre l'adresse de Trunq dans sa poche en me promettant d'avertir discrètement l'équipe chargée de l'enquête. Je ne serais pas étonné de croiser Trunq dans les parages un de ces prochains jours. Il pourrait être invité par la maison poulaga locale à donner un peu de sa salive et quelques renseignements sur son père.

Et comme on n'a rien à cacher à un ami, je l'informe de l'agression dont a été victime Biscottin et des curieux Chinetoques qui semblent se plaire énormément à Marseille.

Il en sait maintenant autant que moi.

En fait, je devrais dire « presque » autant que moi. Car, conscient qu'à partir d'un certain niveau les confidences faites aux flics deviennent de la délation, je ne lui ai pas parlé de ce vieux Zouba qui m'a contacté ce matin et que je dois rencontrer dans moins d'une heure.

Vendredi 17 août, rue Saint-Fé

Difficile de reconnaître le petit homme usé et fripé par le soleil, le vieil Algérien que j'ai entrevu il y a une semaine à peine dans la pâtisserie tunisienne de la rue d'Aix. Il est vrai que notre lieu de rendez-vous – le café du second étage du Virgin Megastore de la rue Saint-Fé – est un peu différent du sympathique estaminet du haut du cours Belsunce.

Bien entendu, le personnage n'a pas pris dix centimètres ni perdu vingt ans en quelques jours, mais le port est altier. C'est un autre homme qui se tient très droit dans un élégant costard de laine froide anthracite.

Il se dirige vers la table où j'ai pris place il y a cinq minutes à peine. C'est à ses yeux – de petits yeux noirs très mobiles au fond des orbites profondes – que je le reconnais.

— Vous avez pu vous libérer. C'est bien… lâche-t-il en guise de formule de politesse en me tendant la main.

Je dois vous avouer que lorsque Abdel Zouba m'a appelé au téléphone en fin de matinée, j'avais déjà pris la décision de rencontrer Raf au Panier. Le fait de regrouper les deux rendez-vous dans la même virée urbaine me permet de limiter mes déplacements au cœur de la canicule marseillaise. C'était toujours ça de gagné !

Il commande un café et un verre d'eau.

Son propos au téléphone était mystérieux et assez flou : « J'ai deux ou trois choses à vous raconter sur Boualem. Ça pourrait vous intéresser. » Comme je suis un peu dans le bleu dans cette affaire qui ressemble de plus en plus à de la chakchouka – avec ce mélange abracadabrant de Boualem, du Polack, de Biscottin, de Trunq et de quelques Asiatiques assez mal intentionnés – je saute sur la moindre occasion.

Zouba m'avait déjà paru, lors de notre première rencontre, comme un personnage bien plus important que son aspect de vieil Arabe vêtu comme un vendeur de cacahuètes dans les souks, pouvait le laisser présager. Quand on a été un des responsables de la Willaya I durant la guerre d'Algérie, quand on a été un proche d'Aït Ahmed au Front des Forces Socialistes, on ne devient jamais quelqu'un de négligeable, même si le pouvoir en place vous a laminé.

— J'ai mené ma propre enquête sur Boualem.

— Sur son suicide ?

J'ai sans doute parlé trop vite. Il se redresse nerveusement :

— Son suicide n'est qu'une déplorable mise en scène, crache-t-il.

Il avale une gorgée de café avant d'ajouter, sur un ton nettement plus aimable :

— Lorsque nous nous sommes rencontrés la semaine dernière, je vous ai confié que je pensais que Boualem avait consulté les archives algériennes afin de localiser l'unité de l'armée française qui a mis à sac le douar d'Ighassira en décembre 1960. Je vous ai raconté, lundi au téléphone, que j'ai moi-même récupéré, à l'époque et à Sidi-Bel-Abbès, des tas de documents – des comptes rendus officiels, des ordres de mission, des listes d'effectifs – relatifs à la Légion Étrangère. Mais cela ne pouvait en aucun cas lui suffire, car il est évident que ces vieilleries ne donnent aucune information sur les adresses actuelles des militaires. Et Boualem avait besoin de ces adresses pour localiser ses futures victimes et satisfaire sa vengeance. Il a donc bénéficié de certaines complicités pour obtenir la liste des violeurs potentiels de sa mère.

— Vous m'avez déjà raconté tout ça.

Mon ton est sans doute désabusé. Est-ce pour cela qu'il plaque sur la table, avec une certaine brusquerie, une feuille pliée en quatre.

— Bien entendu, et je suis ravi que vous m'ayez prêté attention. Mais je ne vous ai jamais donné ça !

Je déplie la feuille. C'est une liste manuscrite, en arabe.

— C'est quoi ?

— Des noms et des adresses.

— La liste de Boualem ?

— Exact.

— Tous les militaires cités étaient à Ighassira en décembre 1960 ?

Il sourit :

— Ça, ce n'est pas évident du tout ! La liste authentique était sans doute impossible à établir à partir des archives. Mais cela importait sans doute peu pour Boualem. Cette liste est une liste des légionnaires susceptibles d'avoir été présents à Ighassira. Boualem s'en est contenté. L'important, pour lui, c'était de venger sa mère, de crier son motif à la face du monde, d'exorciser en quelque sorte l'ignominie de ses origines. Alors, que la liste soit exacte ou pas… Ce qui est certain, c'est que Boualem s'est attaché à rendre SA justice à partir de CETTE liste.

Des croix ont été tracées en face de certaines lignes. Je les pointe du doigt :

— Les gars que Boualem a assassinés ?

— Bien entendu. Comptez-les : il y en a six. Connaissiez-vous leurs identités ?

Il va bien, lui ! Même si je connaissais les identités, comment voulez-vous que je les repère sur la liste. C'est de l'arabe !

— Non, les journaux ne les ont pas citées. Et puis, je ne sais pas lire l'arabe.

— Un manque de culture, mon cher ami.

Il me charrie…

— Sans doute. Vous pourriez au moins me traduire…

— Avec le monde que vous connaissez, vous vous débrouillerez bien pour cela. Alors, prenez cette liste, faites-la traduire et vérifiez les noms des victimes avec un de vos amis journaliste ou flic. Vous devez bien avoir également quelques contacts dans la police, je présume…

Effectivement, j'ai un excellent contact dans cette institution respectable. Je viens d'ailleurs de le quitter il y a une demi-heure à peine, mais cela ne regarde pas Zouba.

— C'est sans doute inutile que je vous demande comment vous avez eu cette liste.

Il sourit :

— Qu'importe… Vous savez bien que tous ces anciens militaires perçoivent une retraite et qu'il suffit de consulter les fichiers idoines pour retrouver leurs coordonnées actuelles.

— Ce n'est quand même pas donné à tout le monde de farfouiller là-dedans.

— Bien entendu, mais quand on le veut vraiment, quand on y met le prix, ça ne pose pas de problème pour un homme déterminé, et Boualem était vraiment déterminé. Il a ainsi récupéré les noms et les adresses et les a transcrits en arabe. Vous pouvez garder la liste.

— Pourquoi faites-vous cela ?

— Je vous l'ai dit lundi dernier, lorsque j'ai été averti du suicide de Boualem. Je compte sur vous pour faire éclater la vérité, c'est tout. Il n'y a pratiquement que vous qui puissiez faire cela. Vous me l'avez promis, non ?

Il pointe sur moi un index vaguement accusateur. C'est vrai que je lui ai promis. En fait, j'avais surtout promis de transmettre toutes ces infos à Philippe, à *La République*, sans préjuger du sort que le canard local réserverait au scoop.

Je bafouille, en guise d'excuse :

— Vous savez, jusqu'à présent, je n'ai vraiment pas eu beaucoup de temps pour ça.

Il se lève et me regarde droit dans les yeux.

— OK. Mais maintenant, faites-le !

Son regard est devenu glacial, le ton est autoritaire. Il se retourne sans attendre ma réponse, ni me tendre la main.

J'observe sa démarche souple jusqu'à ce qu'il disparaisse dans l'escalier qui conduit aux rayons du premier étage bourrés de best-sellers nord-américains.

Samedi 18 août, soirée, l'Estaque

Ceux qui se plaignent à longueur de journée de la lenteur de la police ont tort. Trunq m'a appelé de Marseille en fin d'après-midi. Les flics l'ont convoqué pour l'analyse ADN, ce qui prouve que l'info a super bien circulé, car je l'ai donnée à Raf hier seulement.

En fait, cette analyse aurait pu attendre la semaine prochaine, on n'était plus à quelques jours près, mais c'est Trunq qui a insisté pour se rendre immédiatement à Marseille dès que les flics l'ont contacté. Depuis notre visite de mardi dernier, l'annonce de la mort de son père semble le tarabuster. Il ne me l'a pas caché en m'avouant qu'il était impatient de voir où vivait le Polack. Il semble se régénérer en voulant retrouver les traces de la vie de son père défaillant.

— Et puis, il y a autre chose. J'ai une lettre à vous montrer, ajouta-t-il.

— Une lettre de qui ?

— De mon père.

— Mais je croyais que vous vous ignoriez, qu'il ne vous écrivait jamais.

Un silence au bout du fil, puis :

— C'est vrai. Je n'avais jamais eu de nouvelles de lui. Jusqu'au mois dernier.

Il était décidément curieux, ce Polack ! Voilà un gars qui se souvient au bout d'un demi-siècle qu'il a un gosse, enfin quand je dis « gosse », c'est sans doute un qualificatif mal adapté lorsqu'on découvre le look de Marcel-Trunq, qui tient davantage du vieillard que du niston.

— Elle contient quoi, cette lettre ?

— Je vous la montrerai.

Nous avons passé, Alexandra et moi, une journée délectable au bord de la grande bleue.

Nous nous sommes alloués quelques heures de répit et de vraies vacances. Après tout, n'est-ce pas la tradition, au mois d'août ?

Un pan bagna pour grand garçon et une bouteille de Bandol rosé très frais peuvent transformer un simple samedi d'été en une journée de vrai bonheur pour peu que vous les dégustiez, les pieds dans l'eau, à l'ombre odorante de quelque pin tortueux. La compagnie d'une blondinette qui vous tient à cœur, bronzée comme une déesse grecque et qui maîtrise à merveille les deux ou trois trucs qui font craquer les bonshommes, constitue un « plus » appréciable dans de telles circonstances.

Et puis, comment qualifier le bonheur de flotter sur une eau claire et vivifiante lorsque l'été déverse ses cataractes d'air brûlant sur notre pauvre Provence ? C'est comme une nouvelle naissance, la découverte du premier matin du monde…

Depuis que nous sommes immergés dans cette histoire, cavalant de Marseille à Sainte-Livrade, passant de Zouba à Trunq et du Polack à Tâm, nous oublions un peu les gestes qui ont le don de rapprocher l'homme et la femme depuis la nuit des temps.

Alexandra est chez moi depuis une dizaine de jours et elle a l'air de s'y plaire, même avec un Biscottin qui tournicote autour de nous comme un cochon malade. Elle transpire le bonheur et j'ai peu à peu oublié mes craintes du début, l'avocaillon, Paris, le luxe de la capitale, la vie trépidante qui risquaient de me l'enlever du jour au lendemain.

Je me dois donc de lui réserver quelques journées paradisiaques pour soutenir cet enchantement sans nuage qui risque de ne pas s'éterniser. Mais cela ne sert à rien de penser continuellement aux petits lendemains maussades.

Après le 15 août, les jours raccourcissent d'une manière de plus en plus perceptible. Le viaduc de Corbières a revêtu son habit de lumières blanches et bleues et la traditionnelle brochette de voitures sagement alignées le long du côté droit de la route prouve que la nuit ne va pas tarder.

J'ai donné rendez-vous à Trunq devant les baraques à chichis. J'ai trouvé ce lieu préférable au sempiternel Beau Bar, car il est plus discret. En fait Trunq souhaite deux choses : visiter la maison et le quartier où vivait son père, me remettre la lettre que ce dernier lui a adressée en juillet.

La plupart des bistrots ont déjà tiré le rideau. Ils visent essentiellement la clientèle en col blanc de la zone franche et les repas à quinze roros de la mi-journée. Dès que le soir arrive, terminarès, on ferme. Adieu, les petits bistrots de quartier, et merci à Léon et au Beau Bar de faire de la résistance !

L'Estaque ne brille guère par sa vie nocturne, ce qui me permet de repérer immédiatement la silhouette de Trunq. L'homme est légèrement voûté, il porte une sacoche bon marché en toile et pose discrètement des regards inquiets sur tous ceux qui passent. Manifestement, la mauvaise réputation de Marseille en général et de l'Estaque en particulier a dû percer jusqu'à Sainte-Livrade. Aussi, il paraît rassuré de m'apercevoir. Il en sourirait presque !

— Vous êtes là depuis longtemps ?

— Oh, un petit quart d'heure. J'ai pris le bus 35 à la Joliette, m'avoue-t-il d'un air triomphant comme si ça relevait de l'exploit.

Je lui demande simplement de m'accorder trois minutes, le temps de contacter Kader que j'aperçois au comptoir de Léon.

Je vais lui confier une copie de la liste de Zouba. Kader est un maçon, un habitué du Beau Bar qui possède quelques diplômes qui ne valent pas un clou sur le marché du travail – surtout pour un Algérien ! – mais aussi et surtout la pratique écrite de la langue arabe.

Kader me propose de repasser au bistrot demain matin. Il va rentrer chez lui pour suivre le match de l'ohème sur Canal et attaquera la transcription ensuite.

Biscottin m'a prêté sa clé ainsi que celle du Polack qu'il avait récupérée sous le pot de géraniums. Ainsi, je pourrai faire visiter la baraque à ce gars qui n'a jamais connu son père.

Nous grimpons les ruelles vers l'église qui domine le port. La chaleur est encore accablante. Les fenêtres sont grandes ouvertes et la majorité des téléviseurs manifestement branchés sur Téeffe-un qui diffuse une de ces séries ineptes dont les Français raffolent. Dans quelques salles à manger de rupins qui s'offrent Canal Plus, on se regroupe pour la présentation du match de foot.

Nous croisons quelques regards mauvais – ici, on n'aime guère les inconnus – et, bientôt, la clé grince dans la serrure.

Je ne connaissais pas la maison du Polack, mais le moins qu'on puisse dire c'est que c'est le super ouaille. Tout est sens dessus dessous. Remarquez, c'est normal après la visite des deux Chinetoques aperçus par Biscottin.

Trunq reste un instant immobile sur le pas de la porte. Il

parcourt l'étroite salle à manger des yeux.

— Ainsi, c'est là qu'il vivait…

Ce n'est pas beaucoup plus grand que les appartements du camp de Sainte-Livrade, mais l'environnement est nettement plus convivial. Une petite fenêtre donne sur la rue et, à l'étage, l'unique chambre comporte un fenestron qui laisse deviner un bout de mer au-delà de l'enchevêtrement des toits de tuiles roses.

De temps à autre, Trunq saisit un objet, l'examine soigneusement avant de le reposer.

— C'est dommage qu'on ne se soit jamais rencontrés, vraiment dommage… marmonne-t-il.

J'ai quand même du mal à comprendre son émotion dénuée de rancune. Pour moi, le Polack a été le roi des saligauds d'abandonner sa femme et son fils, loin de tout et sans ressources.

— Faudrait pas trop tarder, ce qu'on fait n'est guère légal.

Il esquisse un sourire un peu forcé d'Asiatique qui a l'air de me dire : « Cause toujours, tu m'intéresses… »

En fait, Trunq prend son temps, c'est un peu comme s'il voulait s'immerger dans l'atmosphère de la petite maison. Je le laisse déambuler, sans l'interrompre, entre les monceaux de papelards et les débris de toutes sortes qui jonchent le sol.

Il ramasse un cliché encadré.

— Vous croyez que je peux le prendre ?

J'examine la photo en noir et blanc. Le Polack, l'air martial, le képi de la légion avec la visière légèrement recourbée au-dessus d'un regard d'aigle. On devine qu'il sentait bon le sable chaud…

— Pourquoi pas ?

Il fourre le petit cadre dans sa sacoche et lâche sans me regarder :

— Bon, je crois qu'on peut y aller maintenant…

Je referme soigneusement la porte d'entrée de cette baraque qui ne doit plus contenir de grands secrets. Selon moi, le Polack a transmis à Biscottin tout ce qui pouvait être d'un quelconque intérêt. D'ailleurs, Alexandra doit être en train de terminer l'examen des papiers de la boîte à godasses afin de tenter d'en découvrir le mystère.

— Je vous ramène ?

— Volontiers. Ça ira plus vite qu'en bus. Et puis, la nuit, le bus…

Trunq ne termine pas sa phrase, comme pour me laisser sous-entendre le danger d'emprunter les transports en commun nocturnes. Il préfère me confier avoir réservé une chambre dans un petit hôtel proche de la gare Saint-Charles. C'est loin d'être le grand luxe, mais quand on a vécu au camp de Sainte-Livrade toute sa vie, la notion de luxe devient très relative.

Nous empruntons le viaduc autoroutier qui surplombe le port, les bassins de radoub avec les yachts en révision et la forêt des grues illuminées en vert et bleu. À droite, un halo rougeoyant couronne le bâtiment des archives départementales et l'impressionnant habit aux reflets métalliques de l'aiguille de la CMA-CGM surgit d'un lacis de passerelles pour mieux percer le ciel noir.

Trunq a ouvert sa sacoche. Il observe longuement le visage du légionnaire de la photo avant d'extirper d'une grande enveloppe deux feuillets froissés et un dessin sur du papier calque :

— La lettre de mon père, celle dont je vous ai parlé tout à l'heure, au téléphone.

Nous quittons le viaduc à la Joliette et je m'engage dans le boulevard des Dames, en direction de la gare.

— Pourquoi ne m'avoir rien dit sur cette lettre quand je suis venu au camp ?

— Vous en avez de bonnes, vous ! Vous arrivez un beau jour sans prévenir et vous voudriez que je vous confie tout ce que je sais ! Je ne vous connaissais pas assez pour ça.

— Et maintenant ?

— Maintenant, c'est différent, je pense que vous êtes un gars honnête. Et puis, vous êtes le seul lien entre mon père et moi. Alors, si cette lettre peut vous aider et aider à connaître la vérité sur le meurtre de mon père, tant mieux.

Je le dépose devant la porte étroite de son hôtel moisi.

— Vous repartez quand ?

— Demain en début d'après-midi.

Je saisis l'enveloppe dans laquelle Trunq a remis la lettre du Polack et le calque :

— Je vous la renverrai.

— Merci.

— Le papier calque qui est à l'intérieur, c'est pourquoi ?

— Lisez la lettre, vous comprendrez peut-être. Moi, je n'ai rien compris, mais c'est sans doute parce que je n'ai jamais connu mon père. C'est sans doute aussi parce que, contrairement à ce qu'il affirme, il ne m'a jamais vraiment aimé. Bonsoir.

Je ne vois pas trop le rapport, mais qu'importe.

Il me tend la main, le visage impassible, et disparaît dans la cage d'escalier décrépite d'un pas pesant.

Extrait de la lettre du Polack à Marcel, postée en juillet

(…) Mon petit Marcel, tu dois être drôlement étonné de recevoir ce courrier. En fait, je t'appelle mon petit Marcel car la seule image que je garde de toi est celle de notre installation au camp de Sainte-Livrade. Pour moi, tu es resté un gosse même si bien des années ont passé depuis ce printemps de 1956.

Tu dois avoir un peu plus de cinquante berges aujourd'hui. Tu n'es plus un gosse et c'est sans doute pour ça, parce que beaucoup d'eau a coulé sous les ponts, que tu pourras me pardonner de vous avoir abandonnés, ta mère et toi.

Tu sais, je ne suis pas très fier de moi.

Je sais que ta mère est morte l'an passé et je suis désolé de ne pas l'avoir revue. Contrairement à ce que tu peux croire, il existait quelque chose de très fort entre nous. Avant de la rencontrer, j'étais pire qu'un animal, je ne savais faire qu'une chose, tuer. Je l'ai aimée, je te le jure, mais j'ai été vite dépassé par le rythme infernal de la vie. Tout s'est trop vite enchaîné, l'Indochine, le camp, l'Algérie…

À mon retour, les choses avaient changé.

S'il n'y avait pas eu l'Algérie, je serais sans doute resté avec vous deux.

Tu pourrais m'opposer qu'à mon retour d'Algérie, j'aurais pu revenir vers vous, comme Hans. Mais j'étais sans doute incapable de m'occuper d'une famille. J'avais trop longtemps vécu dans l'odeur du sang et de la mort, avec les images des camarades mutilés, égorgés, réduits en lambeaux, pour devenir un père de famille honorable. Alors je suis resté à Marseille, j'ai bu, j'ai fréquenté des femmes sans jamais les aimer. Ta mère et toi, vous étiez pour moi dans une autre galaxie. J'ai vite compris que nous étions désormais trop loin les uns des autres, qu'il valait mieux que chacun fasse sa vie de son côté.

Ce que je regrette vraiment, c'est de ne pas vous avoir mis à l'abri du besoin, de ne pas vous avoir au moins donné la possibilité de quitter ce camp pourri, de vivre ailleurs, alors que j'aurais certainement pu le faire.

Ne crois pas que je cherche des excuses à ma défection ou que je sollicite ton pardon, je tente simplement de t'expliquer les choses.

Pourquoi ? Pourquoi maintenant ? vas-tu me demander.

Parce que c'est le moment. Il est temps. Il est encore temps.

Je suis vieux, seul, usé par la vie. J'ai atteint un âge où l'on ne compte plus en années, mais en mois. Combien de mois me reste-t-il à vivre ?

Et puis, j'ai quelque chose à te dire : je me sens menacé. Peu importe par qui, cela ne te servirait à rien de le savoir. Peu importe pourquoi aussi, car je ne crains pas la mort, je l'ai trop longtemps côtoyée.

Mais j'ai aussi quelque chose à te donner, le plan qui figure sur le calque que j'ai glissé dans l'enveloppe.

Je t'ai écrit plus haut que je regrettais sincèrement de n'avoir pu vous offrir l'argent qui vous aurait permis de quitter le camp. J'avais une piste pour mettre la main sur un magot. C'est un projet que j'ai tenté de concrétiser avec Hans, dans les années soixante, lorsque je lui ai demandé de me rejoindre à Marseille, mais ça n'a pas marché.

Je ne peux pas t'en dire plus dans cette lettre, car je ne sais pas entre les mains de qui elle peut tomber.

J'espère pourtant qu'il n'est pas trop tard pour t'apporter un peu d'aisance, sinon la fortune, pour que tu vives mieux.

Viens vite me voir pour que je t'explique tout ça en détail, et s'il m'arrivait malheur entre-temps, utilise ce calque et recherche *La Madone à la grenade*. C'est un tableau de Botticelli.

Hans m'a toujours dit que tu étais éveillé et intelligent. Alors, tu comprendras vite.

À bientôt, peut-être, mon fils.

Et, quoi qu'il arrive, souviens-toi : le calque et Botticelli.

Ton Père.

Samedi 18 août, La Varune

En rentrant de ma virée nocturne avec Trunq, j'ai récupéré Alexandra chez Tine. Il était assez tard et ma vieille voisine était venue la débaucher pendant mon absence. Elle avait besoin d'un coup de main pour mettre sa confiture en pots. Alexandra a alors dû abandonner illico l'analyse du contenu de la boîte à godasses du Polack pour se consacrer à la cuisson des abricots.

Si je n'étais pas intervenu, Alexandra passait sa nuit là-bas. J'avais oublié la manie de Tine qui mijote, tous les étés au mois d'août, des kilos de confiture d'abricots qu'elle ne consomme d'ailleurs jamais. Habituellement, elle demande de l'aide soit à Milou, soit à moi, mais nous étions tous les deux trop occupés, lui avec les chèvres, moi avec Trunq. Seuls Biscottin et Alexandra étaient disponibles et, compte tenu de ses relations avec son frérot chéri, je ne m'étonne pas qu'elle ait choisi de faire appel à ma blondinette adorée pour la mise en bocaux.

Ce travail manuel avait mis Alexandra d'agréable humeur.

Elle chantonnait sous la douche une chanson qui devait dater de l'an pèbre :

« Une étoile d'amour
Une étoile d'ivresse
Les amants, les maîtresses
Aiment la nuit, le jour
Un poète m'a dit qu'il était une étoile
Où l'on aime toujours »

C'était sans doute l'influence de Tine qui avait dû fredonner pour se donner du cœur à l'ouvrage. Et Tine ne puise pas son répertoire dans les sixties ou les seventies. Pour elle, Radio Nostalgie, c'est bien trop moderne. Elle préfère les « vraies chansons » – c'est ce qu'elle affirme volontiers – celles de Reda Caire ou d'André Claveau.

— C'est bien, non ? me demanda Alexandra entre deux couplets.

— Une superbe chanson. C'est du Rika Zaraï ?

Elle a pouffé de rire avant d'entamer un autre couplet.

Moi, j'aime bien la voir comme ça.

Nous nous installons dans la salle à manger afin de déchiffrer les feuillets remis par Trunq et d'échanger longuement au sujet de Botticelli sans vraiment comprendre ce que vient faire ce Florentin du XVe siècle dans la missive du légionnaire. En fait, c'est surtout une de ses toiles, *La Madone à la grenade*, qui semble se situer au cœur du problème.

Alexandra, toujours fana du clavier et de la souris, s'empresse d'interroger l'internet à ce sujet et me rapporte quelques éléments assez troublants.

Figurez-vous que dans les années 1480, le bon Botticelli s'est mis en tête de produire quelques peintures sur bois – dont la fameuse *Madone à la grenade* chère au Polack – assez particulières car fortement marquées par le mysticisme de Savonarole.

Un drôle de coco, ce Savonarole…

Dictateur théocratique de Florence, auteur du bûcher des vanités, pourfendeur des Médicis et de la corruption morale du clergé, il fut arrêté, torturé, pendu et brûlé. Il fait cependant, depuis sa mort en 1498, l'objet d'une dévotion particulière de la part du petit peuple de Florence. D'ailleurs, une plaque commémorative apposée sur la Piazza della Signoria indique l'emplacement du bûcher qui le consuma, à l'endroit même où le dominicain avait élevé le bûcher des vanités un an auparavant.

— Le prédicateur influença notablement Botticelli qui ne peignit jamais plus de nus au lendemain du bûcher des vanités, mais cela est allé encore plus loin : le peintre passe pour avoir appartenu au mystérieux prieuré de Sion. On prétend également que la grenade mûre et bien ouverte que l'enfant Jésus tient en main est le symbole masculin de fécondité et qu'elle annonce la descendance de Jésus, la lignée du Graal !

— Oh, Alexandra, tu ne serais pas en train de nous refaire le coup du Da Vinci Code ?

Elle prend son air le plus innocent :

— Clo, ce n'est pas ma faute si Botticelli était un fou d'ésotérisme. On lui attribue le premier jeu de tarots connu. Quant au prieuré de Sion, il l'aurait même dirigé comme d'autres noms célèbres tels Nicolas Flamel, le roi René, Léonard de Vinci ou Nostradamus.

— OK, je veux bien, mais revenons au Polack. Je l'ai quand même suffisamment connu pour savoir que ce n'était pas le genre de gars à se masturber l'intellect avec l'ésotérisme ou la peinture du XVe siècle. Imprime-moi quand même une copie du tableau. On verra le reste plus tard.

L'imprimante couleur crache sur une feuille de format A4 la copie de *La Madone à la grenade*. J'observe cette reproduction dont l'original est une détrempe sur bois de forme ronde. L'enfant Jésus, confortablement installé dans les bras de sa mère, semble me faire coucou de sa menotte droite tandis que, mine de rien, il tripote de la gauche la grenade mûre et éclatée que la Vierge arbore. Six ados aux cheveux longs et aux airs angéliques entourent sagement la *Madone* et paraissent complètement indifférents à la méditation stérile qui me mange le cerveau.

Je connais ce tableau, c'est évident, mais je m'étonne qu'avec sa forme très particulière, mes souvenirs ne soient pas plus précis.

— Cette œuvre se trouve à la galerie des Offices, à Florence, me précise Alexandra qui a remarqué l'intensité de ma réflexion.

Florence…

C'est sans doute là-bas que je l'ai vu, mais je me souviens davantage du *Printemps* ou de *La Naissance de Vénus*, peints par ce même Botticelli, que de cette *Madone*. D'autre part, ma dernière visite en Toscane remonte bien à cinq ans, et je suis certain de l'avoir aperçue bien plus récemment.

Je m'endors dans les bras d'Alexandra. Pourtant, je passe une nuit épouvantable à errer comme une âme en peine dans les vieilles ruelles florentines qui donnent sur la Piazza della Signoria. J'ai du mal à respirer tant elles sont enfumées par le feu du bûcher où le corps de Savonarole se consume lentement, avec d'insupportables odeurs de poulet grillé, tandis que le bourreau hurle en ricanant : « Celui qui a voulu me brûler est maintenant livré aux flammes ! »

Au loin, de l'autre côté de la place, Machiavel et les Médicis assistent à la mise à mort du dominicain en s'enivrant au vin de Toscane et en me lançant des regards noirs.

Sûr qu'ils ont le projet de me faire cramer, comme Savonarole à Florence ou comme le Polack sur le quai de la Lave.

Dimanche 19 août, l'Estaque

Kader m'attend devant un café et un grand verre d'eau. Il a étalé *La République* sur le plateau de marbre et prend connaissance avec une gourmandise certaine, des commentaires dithyrambiques célébrant la victoire de l'ohème.

À huit heures et demie, le soleil est déjà brûlant. Le parking de la calanque de Corbières est archi-comble et on fait la queue pour traverser l'Estaque en direction de la Côte Bleue.

Le dimanche promet d'être difficile car bon nombre de Marseillais, ayant terminé leurs vacances d'été, ont regagné la cité phocéenne. Ils chercheront sans doute à passer cet ultime jour de congé les pieds dans le bouillon du côté de Carry ou de La Couronne.

Au Beau Bar, RoRo et l'Alude sont déjà en position pour les dizaines de parties de belote découverte qui les mettront aux prises aujourd'hui. Du côté du comptoir, les bouteilles au col argenté ne sont pas encore de sortie, c'est un encore peu tôt pour le fly.

Je pose mon café sur la table, face à Kader.

— T'as vu l'ohème hier ? Quel match ! On s'est régalés,

non ? me demande-t-il en me tendant la main.

— Un beau match, vraiment, je réponds en lorgnant le score étalé à la une : cinq à un. Comme au temps de Tapie !

En fait, c'est inutile de lui révéler que je n'ai même pas la télé et que, de toute façon, avec mon Alexandra débordante d'affection at home, je n'ai nul besoin de l'ohème pour me « régaler » comme il dit.

Faut dire aussi qu'hier soir, en découvrant notre obstination à déchiffrer la lettre que le Polack a adressée à son fiston le mois dernier, Biscottin a fait trois fois le tour de la baraque et de la bergerie avant d'aller se pieuter, ce qui nous a laissé quelques libertés.

Kader reprend :

— Bon, je sais que c'est pas l'ohème qui t'intéresse, mais le papelard que tu m'as refilé.

Il sort deux feuillets pliés en quatre de la poche de sa chemisette et les pose sur le journal en les dépliant soigneusement :

— Clo, elle est vraiment idiote, ta traduction, ce sont que des adresses !

Sur le second feuillet, il a effectivement porté la transcription en caractères latins des noms et des adresses.

Une seule chose m'intéresse : le Polack fait-il partie du lot ?

« Wilhelm Littbarski » est bien là, avec pour adresse la traverse de Port-de-Bouc à Marseille 16e. C'est bien lui.

Bingo !

Je marque un temps d'arrêt. Ainsi, le Polack figurait sur la liste. A-t-il pour autant participé à la prise du douar d'Ighassira, et aux viols qui ont suivi ? Pas sûr, car Zouba m'a bien précisé hier après-midi qu'il n'existait aucun moyen de retrouver l'identité exacte des légionnaires violeurs de la mère de Boualem. Mais ce n'est pas pour autant que le Polack n'a pas quelques dizaines de viols dans d'autres douars algériens à son actif.

— Un truc qui va pas ?

Kader a remarqué ma cogitation.

— Non, je réfléchissais… Bon, faut que j'y aille…

J'avale mon café, serre la main de Kader qui reprend sa lecture des exploits olympiens.

— Merci Kader, je te revaudrai ça.

Il sourit et se contente de hausser les épaules en murmurant :

— Oh, c'est rien. Te casse pas le bol pour si peu…

Un clin d'œil à Léon et à Muriel qui essuient les tasses, et je quitte le bistrot, les deux feuillets à la main.

En retournant vers le parking de l'espace Mistral où j'ai garé ma Peugeot, j'aperçois Brahim et Alibacar. Je leur avais promis cinquante roros s'ils parvenaient à localiser les deux Viets. Les deux lascars semblent me guetter.

Ont-ils du nouveau ?

— Ouais, Clo. Tu peux abouler les cinquante roros. On a l'adresse.

Alibacar m'indique que les deux Chinetoques, comme il les appelle, logent dans un hôtel de la zone d'activité de Saumaty et qu'ils se déplacent dans un pick-up Mitsubishi immatriculé 31.

Je dois donc me délester d'un joli bifton de couleur ocre avant d'ouvrir la portière de mon break 405.

Chose promise, chose due…

En échange les deux garnements me proposent de surveiller un peu les allées et venues du pick-up. Ça me coûtera un autre bifton de cinquante roros, mais en ce bas monde, tout a un prix, n'est-ce pas ?

Je parviens avec quelques difficultés à m'insérer dans le flot des chignoles bondées, entre une Clio surchargée et une béemme cabossée qui porte mal ses vingt ans. Dans chaque véhicule, c'est le même équipage : les parents qui se font la gueule, deux ou trois gosses qui échangent des baffes, la belle-mère qui ronchonne en écopant accidentellement de quelques torgnoles destinées aux chérubins, le clébard qui grogne et une demi-douzaine de baguettes entassées et écrasées sur la plage arrière. Tout ce petit monde suffocant va se tremper les fesses dans la grande bleue.

J'abandonne la caravane en route vers les plages et vire sur la droite, en direction de la Varune, en espérant qu'Alexandra est encore alanguie au pageot, dans l'attente de mon retour victorieux.

Dimanche 19 août, la Varune

— Alors ?

— Il y est.

— Avec une croix ?

— Non, mais c'est normal. Le Polack a été descendu après l'incarcération de Boualem.

Alexandra a étalé le contenu de la boîte à godasses sur la table de la salle à manger. Elle s'est servi un grand bol de café, sans doute pour se donner le courage d'analyser le tas de papiers et de terminer le boulot que nous avons entrepris hier soir.

— Et Biscottin ?

— Il est par-là, il va et il vient comme une âme en peine. Je crois qu'il faudrait le ramener rapidos chez lui. Il s'emmerde ferme ici, et un vieux qui s'emmerde…

— Un vieux qui s'emmerde emmerde tout le monde, je sais. OK, je vais lui en parler.

Je m'assois face à elle, saisis son bol pour avaler une gorgée de café et la fixe droit dans les mirettes.

— Bon, si je résume la situation, on peut dire deux choses. Primo, le Polack était une victime potentielle de Boualem, mais celui-ci n'a pas eu le temps de le descendre. Deuzio, le Polack était certainement au courant des intentions de ce même Boualem puisqu'il a fait part de ses craintes dans la lettre adressée à son fils, une lettre antérieure aux premiers crimes à Marseille.

— Comment et par qui a-t-il pu être averti ?

— Ça, je n'en sais fichtre rien. Sans doute par quelqu'un qui était au parfum du projet de Boualem et qui a repéré l'adresse du Polack dans la liste.

— Donc quelqu'un de l'Estaque qui devait bien le connaître. Un client du Beau Bar ?

— Pas forcément. Mais c'est vrai que le Polack sortait peu, il se contentait de cheminer en traînant la patte de sa baraque au bistrot et du bistrot à sa baraque. Il a pu être alerté par téléphone. Qu'importe… Ce qui est crucial, c'est la lettre de Trunq et le calque et Botticelli.

La lettre du Polack à Trunq, le calque et la copie de *La Madone à la grenade* ont rejoint, sur la table de la salle à manger, les tas de documents retirés de la boîte à godasses et classés par catégorie : une pile pour la correspondance entre le Polack et Lê, une pile pour les photos, une pile pour les factures, une pile pour les coupures de journaux, une pile pour tout le reste, les archives diverses et inclassables.

Les photos représentent essentiellement des groupes de militaires, sans doute des souvenirs des campagnes d'Indochine et d'Algérie. Les factures ne me paraissent pas d'un grand intérêt. Les articles de journaux concernent essentiellement le camp de Sainte-Livrade, preuve que le Polack, contrairement à ce que nous pensions, n'avait pas tout à fait oublié sa femme et son fils. Quelques coupures évoquent également une émission de la chaîne américaine CBS et la

Oceaneering Advanced Technologies, une société qui nous est totalement inconnue.

— J'ai envisagé de la rechercher sur l'internet, mais c'est au moment où Tine est intervenue. Elle avait un urgent besoin de mon aide pour sa confiture d'abricots, prétexte Alexandra.

— Je sais. Ça t'a plu ?

— La confiture ? Oui, c'était super, ça me change un peu de ma vie et de mon boulot à Paris.

Aïe, depuis son arrivée, elle n'avait jamais évoqué sa vie à Paris. C'était un peu comme si cela était oublié, si cela n'avait jamais existé.

A-t-elle en tête d'y retourner ?

Et quand ?

Avec l'embrouille du Polack et nos réflexions communes, j'en étais arrivé à oublier la vie parisienne de mon Alexandra.

Clo, un de ces quatre, faudra te réveiller !

Le retour d'Alexandra dans la capitale, ce sera quand même pour plus tard tant elle semble excitée par notre petite enquête, car elle enchaîne aussitôt :

— On va voir ce que cachent les coupures des journaux sur CBS et l'Oceaneering Advanced Technologies. Décidément, les manies de ton Polack sont de plus en plus étranges. L'Indochine et l'Algérie, les femmes, c'était normal voire logique pour un ancien de la Légion étrangère. Mais les angelots de Botticelli, CBS et cette société au nom à coucher dehors, ça l'est quand même beaucoup moins. Et pour terminer, cerise sur le gâteau, j'ai trouvé ce dépliant.

Elle extirpe de la pile des documents inclassables – papiers d'identité, cartes diverses, attestations… – un catalogue de locations touristiques vantant la région de Bad Aussee, en Autriche.

— Et alors, il avait bien le droit de se balader et de prendre des vacances ?

— Sans doute, mis à part le fait qu'il n'a jamais quitté l'Estaque selon Biscottin que j'ai questionné à ce sujet hier soir. Remarque, on peut envisager qu'il ait récupéré cette documentation n'importe où, à la Foire de Marseille par exemple. La plupart de ceux qui rêvent devant les prospectus enluminés de jolies photos des farés de Bora-Bora n'iront jamais en Polynésie.

— C'est évident. Qu'est-ce qui te dérange, alors ?

— Deux choses. Primo, pourquoi a-t-il conservé cela dans sa boîte à godasses qui semble ne contenir que des documents qu'il jugeait importants ? Secundo, ce dépliant est quand même assez ancien, il date de 1965, et n'importe qui l'aurait jeté à la poubelle. Le tourisme en Autriche a dû pas mal évoluer en plus de quarante ans !

La porte d'entrée grince. Biscottin avance d'un pas lent et fatigué. Il n'est pas encore onze heures et le vieux paraît épuisé par sa promenade. Avec son *shangai* délavé, ses charentaises rouges et sa casquette marseillaise en tweed, il n'a pas dû avoir froid !

Il rajuste la visière de sa casquette :

— Cette chaleur, les jeunes, cette putain de chaleur… Té, je vais boire un coup. Dis-moi, Clo, ça te dérange pas si je mets un peu de 51 dans le verre d'eau ?

— Quelle question ? D'habitude, tu me demandes la permission ?

Sa poire se fend d'un sourire édenté et il trottine, l'œil brillant, vers le buffet où je range mes bouteilles au col argenté. Au passage, il jette un coup d'œil sur le plateau de la table.

— Qué bordel ! Atchidenti, mais qué bordel vous avez foutu, les jeunes ! Même chez moi, y a pas un bordel pareil !

— Ça va, on a pigé, mais tu…

Il m'interrompt et cale ses lunettes de l'index :

— Ça alors, qu'est-ce que vous foutez avec ça ?

Alexandra me fixe, interrogative. Elle ne comprend pas plus que moi la réaction de notre invité. Le vieux nous fixe alternativement, puis hausse les épaules devant notre perplexité. Il nous écarte sans ménagement pour saisir la copie papier de *La Madone à la grenade*.

— Tu… Tu connais ce tableau ?

— Pardi, Clo. Et toi aussi, tu le connais !

— Ça, je le sais bien que je le connais. J'en ai le sentiment diffus depuis hier soir, mais je suis incapable de…

Il ne me laisse pas continuer :

— Vise un peu ce niston. Il semble nous dire : « Bonjour, c'est moi que je suis le petit Jésus. » Ça m'a frappé dès que je l'ai vu pour la première fois.

Comme je sais que Biscottin n'est jamais sorti d'un territoire délimité par Aubagne et Martigues d'est en ouest, et la Durance et l'Estaque du nord au sud, j'imagine que ce n'est pas à Florence qu'il a remarqué l'œuvre de Sandro Botticelli.

— Tu l'as vu où ?

— Où ? Mais où tu veux que je l'aie vu ? À l'Estaque pardi !

— À l'Estaque ?

— Oh ! Clo, tu t'es fait greffer une cervelle de pouprion ou quoi ? Je t'ai connu plus gaï, sas ! C'est même moi que je te l'ai montré, l'autre jour, le jour de la bouille… Bon, en fait, c'est pas tout à fait le même. Celui-là est rond, le mien est rectangulaire, mais pour le reste c'est kif kif.

La forme du tableau !

C'est évidemment ce qui m'a troublé et induit en erreur. Je me souviens bien que lors de notre bouille-party, Biscottin m'avait avoué le but véritable de son invitation en m'apprenant que le Polack avait disparu depuis dix jours et qu'il lui avait confié, auparavant, la fameuse boîte pleine de fafiots mais aussi un tableau.

Jusqu'à présent, on s'est surtout focalisés sur les documents au détriment du tableau, et c'est peut-être un tort.

Je revois bien cette toile d'un format rectangulaire, un format P10 ou P12, et c'était bien *La Madone à la grenade* qui y était représentée. J'avais remarqué que le copiste était nettement moins doué que le peintre – Botticelli pour ne pas le nommer – mais l'intention y était.

Tandis que j'explique tout ça à Alexandra, Biscottin s'empare prestement de la fiole de 51 et file dans la cuisine remplir un grand verre d'eau troublé par le divin breuvage.

— Essaye de l'économiser, c'est ma dernière.

Il se fout de mon observation à laquelle il répond par un grognement.

Il se fout aussi de la superbe *Madone à la grenade* et du bon Botticelli comme de l'an quarante.

Le manque de culture, c'est une des plaies de notre société, ne croyez-vous pas ?

Dimanche 19 août, l'Estaque

La météo a prévu des orages pour la fin du mois.

— Avec une chaleur pareille, ça va péter un de ces quatre, a confirmé Biscottin, fort de ses décennies d'expérience en milieu aride.

En attendant, la chaleur lourde, l'absence du moindre courant d'air et le ciel trop bas nous tétanisent.

Avec Alexandra, nous nous sommes offert une soirée au bord de la grande bleue pour recharger les accus. Faut dire qu'en ce moment, à force de courir à droite et à gauche, je la néglige un peu. Même si l'enquête semble la passionner et la scotcher à la Varune, il me faut redresser la barre sous peine de la voir s'éclipser du côté de la capitale un de ces quatre.

Compte tenu de la température de l'eau et du risque de pollution, j'ai renoncé à faire quelques moules pour l'apéro – on sait que les moules sont porteuses de toutes les saloperies possibles et imaginables dès qu'il fait trop chaud – mais je n'ai rien perdu au change car Alexandra avait décidé de prendre les choses en main et de suivre scrupuleusement les recettes de pique-nique de Gérald Passédat. Depuis que le chef marseillais est triple étoilé au Michelin, elle ne jure que par lui, mais comme mon portefeuille ne me permet guère de l'emmener au Petit Nice tous les mois, elle se contente de ses recettes. On a donc remplacé les moules et les maquereaux grillés par deux salades estivales. La première mêlait fèves, têtes d'asperges et lamelles de fenouil, judicieusement éclaboussées d'une vinaigrette à la sauce soja et au vinaigre de cidre. La seconde avait des airs plus asiatiques – sans doute l'influence des Indochinois de Sainte-Livrade – avec des vermicelles de riz, des petits cubes de tomates et des pousses de soja, aspergés, non moins judicieusement, par une vinaigrette au jus de citron, à l'huile d'olive et par des plantes aromatiques – persil, estragon, menthe – cueillies dans le jardin.

Si j'ajoute qu'Alexandra avait un petit besoin de câlins et que j'avais mis au frais un Pibarnon rosé de derrière les fagots, vous conviendrez que le roi n'était pas mon cousin !

En fin d'après-midi, Tine a pourtant bien tenté de récupérer son aide cuisinière. Mon infernale voisine avait terminé le remplissage de ses bocaux de confiture onctueuse et dorée, mais elle s'était mise en tête de fabriquer du coulis de tomates, « comme elle le faisait ma mère » déclara-t-elle pour donner plus d'importance et d'authenticité à son projet. Il est vrai que les tomates sont abondantes et mûres à souhait mais, connaissant la méthode et la durée de fabrication de son coulis maison, j'ai préféré l'avertir qu'Alexandra ne serait pas disponible. La blondinette en fut un peu contrariée jusqu'à ce que je lui expose mon projet d'une soirée en tête à tête au bord de l'eau.

Elle semble apprécier de plus en plus les joies simples et rudes de la cuisine de nos campagnes profondes.

Tant mieux. Tout ce qui peut l'éloigner de Paris, de son job, de son amant avocat, et la rendre heureuse à mes côtés est bienvenu mais, connaissant la fragilité du bonheur, je tiens quand même à profiter le plus possible de sa présence.

Je n'ai pas eu grand mérite à lui démontrer qu'elle serait bien mieux au bord de l'eau, à regarder le soleil qui ensanglante le ciel en mourant derrière le rocher du moulon, à se baigner comme au premier jour du monde dans l'eau calme et désertée à la tombée de la nuit, que dans la remise de Tine. Là-bas, l'atmosphère surchauffée par la cuisson des tomates rend le travail d'autant plus difficile qu'il s'agit d'insérer la chair rouge des solanacées par le col étroit des bouteilles au moyen d'un entonnoir dans lequel on dépose les tomates cuites et d'un bâton destiné à en propulser la pulpe vers le fond.

Elle en a convenu en soulignant qu'un peu de distraction nous permettrait une meilleure analyse de la situation. À force d'avoir le nez constamment fourré dans les papiers du Polack, nous nous égarons souvent dans des détails accessoires et négligeons ce qui est peut-être une évidence.

Les « provençales », ces beaux nuages blancs semblables à des montagnes de chantilly, ont envahi le ciel derrière le massif de Marseilleveyre. Elles annoncent traditionnellement le beau temps. La pluie sera donc pour plus tard.

Le crissement strident et lancinant des cigales a accompagné la disparition du soleil.

Après avoir pris le temps d'admirer quelques perséides striant le ciel noir, nous abandonnons notre petite calanque, non pas pour rentrer à la Varune mais pour descendre jusqu'à l'Estaque, chez Biscottin. J'ai besoin d'y récupérer la piètre reproduction du tableau de Botticelli que nous avons délaissée un peu trop vite.

L'énorme embouteillage s'est dilué. Le flot continu des véhicules des baigneurs du dimanche a pourtant été bloqué quatre heures durant, à l'Estaque, par la cascade de feux tricolores qu'une grosse tronche a conçue dans l'atmosphère stérile de son bureau. Les amateurs des plages de la Côte Bleue doivent maintenant être arrivés chez eux et s'être copieusement enduits de Biafine afin d'atténuer la brûlure perfide du soleil.

Nous dénichons un emplacement idéal, devant le Beau Bar.

À l'intérieur du bistrot, RoRo et l'Alude résistent. Ils tapent toujours le carton sous l'œil mauvais de Muriel qui tente de se donner une contenance en essuyant nerveusement les verres. Manifestement, elle n'a qu'une hâte : se débarrasser de ces deux parasites et tirer le rideau.

Alexandra plaisante gentiment sur les charmes largement exposés de la bistrotière en me demandant, d'un ton narquois, combien de fois j'ai cédé à ses avances. Une question insidieuse à laquelle je peux répondre sans avoir besoin de mentir, car elle sait très bien que dans ce domaine je ne marche jamais sur les plates-bandes des collègues. Et comme Léon est un collègue…

Les braillements de Bruce Willis résonnent dans la rue de la Rascasse et la montée du Cercle. Téeffe-un propose pour la énième fois *Die Hard 2, 58 minutes pour vivre* et l'on entend, entre deux bastonnades, le glou-glou des canettes de bière qu'on vide en matant l'efficacité de l'inspecteur John McLane.

— Ah ! Si Bruce était là, il nous sortirait certainement de la merde.

Alexandra sourit à cette vérité tandis que je parviens devant la maison de Biscottin.

La porte est entrebâillée…

Mauvais signe, la baraque a donc reçu de la visite. À l'intérieur, le spectacle ressemble à celui entrevu samedi soir chez le Polack. C'est un vrai ouaille !

« Ils » sont donc revenus.

Je me précipite dans la salle à manger. Comme je le craignais, la copie de *La Madone à la grenade* a disparu.

On a donc piqué cette toile. Mais qui est-ce « on » ? Des

petits casseurs qui comptent la revendre à vil prix ? Ou des mecs bien informés – de type asiatique par exemple – qui en connaissent l'importance ?

En remontant vers la Varune, nous faisons un point rapide. Avec ce vol du tableau, la situation n'est pas brillante, mais Alexandra a le don de positiver.

— Il y a un atout que nous n'avons pas encore utilisé, remarque-t-elle.

Je la regarde, un peu étonné. Où veut-elle en venir ?

Elle poursuit son raisonnement :

— Lorsque nous sommes allés à Sainte-Livrade, Roger nous a indiqué le nom d'un sergent-chef de la Légion, un dénommé Klaus Löw qui connaissait bien Hans et Wilhelm puisqu'il les avait eus sous ses ordres en Indochine et en Algérie. La guerre, ça crée des liens… Je ne sais pas si ce Klaus sait quelque chose, mais ça vaudrait quand même le coup de le contacter. Il faudrait lui présenter les photos de la boîte à godasses. Si elles ont une quelconque signification, lui seul pourra nous l'indiquer. Roger nous a dit qu'il résidait en Provence, dans la maison de retraite de la Légion.

— À Puyloubier, je sais. Mais c'est un gars qui ne doit pas être de première jeunesse, et d'ici à ce qu'il soit décédé…

— C'est sûr, mais ça vaut quand même le coup d'essayer, non ?

Elle a raison. Les deux Viets ont certainement chouravé la copie de *La Madone* de Botticelli et ils ont pris de l'avance. Klaus apparaît donc comme une de nos ultimes chances de comprendre les origines de cette affaire et de les rattraper.

— Bien entendu. Aujourd'hui, c'est un peu tard, mais demain à la première heure on téléphone au domaine Danjou. Et si par bonheur on arrive à voir ce Klaus, on lui parlera aussi de Botticelli et de cette société américaine*. Au fait, tu n'as pas interrogé l'internet à ce sujet.

— Le manque de temps, Clo, le manque de temps. Tu exiges trop de moi !

Je pose ma main sur sa cuisse brûlante.

— Et ce n'est pas fini… Demain, avec Klaus, on y verra plus clair, mais la nuit n'est pas terminée… Nous ne sommes plus à deux heures près.

Lundi 20 août, la Varune

À la queue leu leu…

C'est mon portable qui nous réveille un peu avant huit heures. Biscottin est déjà debout depuis belle lurette. Je l'ai entendu sortir très tôt, et il s'est certainement évaporé du côté de l'avanade si j'en crois les bêlements effarouchés de mes protégées cornues.

Tandis que je saisis mon portable, Alexandra enfile un tee-shirt long et ouvre les volets en grand, sans doute pour m'aider à émerger de ma trop courte nuit.

J'ai du mal à ouvrir les yeux tant la lumière est crue.

— Clo, c'est Raf !

Le flicaillon est excité comme une puce.

Au dehors, la garrigue paraît pétrifiée par la canicule. Tandis que je me lève et tente de refermer les battants de la fenêtre, l'autre s'énerve au téléphone :

— Mais où t'es ? Tu dors ou quoi ? J'ai du nouveau, Clo, du vrai sensationnel !

J'ai la même vivacité que Doc Gynéco après son dixième chichon.

— Du vrai sensationnel ?

— Putain, Clo, écoute-moi ! Ouvre tes esgourdes, mon vieux. Je viens de voir le résultat de l'analyse ADN.

— Pour le Polack ?

— Oui et non. En fait, c'est pas pour le Polack, parce que, tout simplement, c'est pas le Polack qu'on a assassiné et qu'on a fait griller comme une merguez.

— Quoi ?

— T'es sourdingue ou quoi ? Je te dis que c'est pas le Polack qui a été assassiné !

Il m'explique que les analyses faites à partir des prélèvements effectués sur Trunq et le cadavre sont formelles : le mec rôti sur le quai de la Lave n'est pas le Polack !

Lorsque Raf raccroche, je suis tout à fait réveillé. Dans mon petit cervelet enfin désembué, deux questions s'entrechoquent et résonnent douloureusement.

Un, si ce n'est pas le Polack qui a cramé, c'est qui ?

Deux, puisque le Polack n'est pas la victime, où se planque-t-il donc ?

J'avale le café brûlant qu'Alexandra a préparé.

— Clo, arrête de te masturber l'intellect avec ça, on avisera plus tard. Téléphone plutôt à Klaus. C'est ce que nous avions prévu, non ?

Elle me tend le numéro de la maison de retraite qu'elle a dû récupérer sur le site ouèbe des Pages Jaunes.

Je commence à être tout à fait à l'aise dans le mensonge et je ressers à Klaus, qu'on a fini par joindre, l'histoire du journaliste, ami du Polack et inquiet de sa disparition, au moment où Tine frappe au volet. Elle a encore besoin d'aide pour les tomates et vient détourner Alexandra.

Je ne sais pas quel est le niveau d'information de Klaus, alors, pour démontrer ma bonne foi et le convaincre de m'aider, je lui dévoile un certain nombre de choses, l'identité de Mourad Boualem par exemple. Mon objectif est surtout de le mettre en confiance et de l'amadouer suffisamment pour lui arracher un rendez-vous.

Il m'écoute sans broncher jusqu'à ce que j'aborde le motif de ses six meurtres.

— La vengeance suite à des viols ? Je veux bien, mais j'en ai marre qu'on remette sans arrêt le viol et la torture sur le tapis, comme si nous avions été les seuls à les pratiquer !

Je suis assez d'accord sur le sujet, même Zouba a reconnu les excès de part et d'autre, mais ce n'est pas pour ça qu'il convient de les excuser.

Klaus poursuit son raisonnement.

— Avez-vous entendu parler de Melouza et ElHalia ?

— Non.

Je mens, car je connais les événements d'El-Halia :

— Évidemment, on ne parle guère de ces épisodes. Le 28 mai 1957, six sections de l'Armée de Libération Nationale, la branche armée du FLN ont convergé sur Melouza. Trois cent cinquante hommes armés jusqu'aux dents ont encerclé le douar. Ils ont massacré à coups de pioches, de couteaux, de haches, plusieurs centaines de villageois – des Arabes exclusivement – dans des ruelles transformées en abattoirs. À El-Halia, le 21 août 1955, deux cent quarante habitants, pour la plupart européens, ont été massacrés dans des conditions atroces. Les hommes ont été égorgés après avoir assisté au viol de leurs femmes et de leurs filles et avoir été émasculés, les femmes ont été éventrées et plusieurs victimes ont été dépecées vivantes. Alors, quand on arrive dans ces villages et qu'on découvre ces spectacles, on a quelque raison de perdre son humanité !

Klaus est étonnant de précision, mais ce sont toujours les mêmes arguments qui sont avancés. Comme reconnaissait

Paul Aussaresses : « J'étais indifférent : il fallait tuer, c'est tout et je l'ai fait. »

Rien n'est pire que le meurtre banalisé.

Inutile que je rétorque à Klaus que les événements d'El-Halia se sont soldés par plusieurs milliers de morts algériens à Philippeville dans les jours qui ont suivi. Le bilan officiel avance mille deux cent soixante-treize morts alors qu'on estime à environ douze mille le nombre des victimes de l'armée et des milices privées constituées à l'appel du maire, un bilan difficile à préciser puisque les dépouilles ont été ensevelies dans des fosses communes creusées au bulldozer.

On pourrait ainsi avancer indéfiniment les pions : un coup pour moi, un coup pour toi. L'horreur appelle l'horreur, comme s'il s'agissait d'une justice répondant à une injustice.

Je laisse Klaus épancher ses aigreurs sans le contredire. L'important, pour moi, est qu'il accepte de me rencontrer cet après-midi.

— À quinze heures, au Tholonet. Ça vous va ?

Il m'explique qu'il ne souhaite pas que je me pointe à sa maison de retraite, que le Tholonet n'est pas très éloigné de Puyloubier et qu'il conduit encore sa vieille 4L sur de petites distances.

Donc va pour le Tholonet.

Il y a des lieux bien plus dégueus dans le département !

Lundi 20 août, le Tholonet

Klaus ressemble à n'importe quel homme de quatre-vingts balais qui a eu une vie compliquée par pas mal d'aventures et qui a du mal à assumer l'érosion des années. Il traîne avec difficulté son imposante carcasse et ses mains, grandes comme des battoirs, tremblent légèrement. Je n'ai pourtant aucune difficulté à l'imaginer l'arme au poing, sous le feu des Viets ou des Fellaghas, guerroyant à la tête de son groupe dans les territoires inhospitaliers. Une longue et profonde cicatrice à l'avant-bras et le détachement qui flotte dans son regard d'un bleu acier prouvent que sa vie n'a pas été un long fleuve tranquille.

Des accents nordiques roulent dans sa voix grave altérée par l'abus d'alcool et de tabac.

— Vous savez, je ne sais pas si je pourrai vous aider.

Il me répète ce qu'il m'a dit ce matin au téléphone : il ne refuse pas de me rencontrer, mais c'est sans garantie.

Klaus constitue sans doute une de mes dernières chances d'y voir à peu près clair.

Je dois avouer qu'après les résultats de l'analyse ADN et quelle que soit la victime du quai de la Lave, je suis en pleine panade. De plus, le vol de La *Madone*, chez Biscottin, me force à réfléchir deux fois plus vite. Les deux Viets – ce sont sûrement eux qui ont dérobé le tableau – ont désormais une bonne longueur d'avance sur moi.

Klaus m'a donné rendez-vous sur le vaste promenoir ombragé par d'immenses platanes qui prolonge la perspective du château du Canal de Provence. Un endroit du Tholonet cher au bon Cézanne et que j'ai peint dans une autre vie sans prétendre le moins du monde à imiter le maître.

Klaus est arrivé au volant d'une vieille Renault 4 qu'il a garée le long des terrains de tennis.

— Je conduis encore un peu à mon âge, mais je ne vais plus très loin. Pas question de descendre à Aix, par exemple, m'indique-t-il comme pour s'excuser en allumant une Gitane.

Au Tholonet, l'impression de fraîcheur domine agréablement lorsqu'on s'est braqué l'autoroute nord dans une guimbarde non climatisée. Ici, l'eau et l'ombrage généreux des arbres centenaires nous plongent dans une autre Provence, un pays d'eaux et de prospérité, très éloigné de ma Provence à moi, celle qui court de collines sèches en vallons arides, celle qui borde la Méditerranée.

Je tends ma carte de journaliste, histoire de confirmer ma présentation de ce matin au téléphone, et lui sers à nouveau ma traditionnelle salade, ma recherche du Polack, ma virée à Sainte-Livrade.

— Wilhelm et Hans… Bien sûr que je les connais. Je crois que ce sont les seuls survivants de mon groupe. Vous savez qu'on a fait Diên Biên Phu ensemble ? Quelle histoire ! J'avais pas trente ans quand les Viets nous ont faits prisonniers et nous ont parqués dans des camps. Fallait voir ce qu'on a dégusté !

Croyez-moi, on vieillit vite dans des conditions pareilles. Après, on a connu l'Algérie. C'était autre chose…

Sa gorge se noue. Je sens que Klaus aime bien évoquer le passé, comme tous les vieux que plus personne n'écoute. C'est un peu leur raison de vivre dans un monde qui évolue trop vite et où ils égarent peu à peu leurs repères en perdant en chemin, au fil des jours, tous ceux qui ont partagé leurs aventures passées.

Sa vie est tout autre aujourd'hui, au domaine Danjou de Puyloubier, avec une maigre retraite – huit cents euros après avoir servi dix-sept ans dans la Légion – et un environnement quotidien d'une petite centaine de pensionnaires qui vivent dans l'aile blanche de l'institut. On est loin de l'Indo et de l'Algérie. Le domaine n'est plus qu'une terre de solidarité peuplée par des groupes de diabétiques et de cancéreux qui viennent mourir dans la garrigue et les vignes de l'adret de la Sainte Victoire. Bien sûr, il y a ce paysage superbe, les petits appartements ouverts sur les monts Auréliens, les ateliers de réinsertion, la céramique, la reliure ou la viticulture, mais Klaus connaît son sort : il finira sa vie à Puyloubier et aucun membre de sa famille n'assistera à ses obsèques dans la chapelle.

Klaus est donc le client idéal, en quelque sorte, pour un mec curieux et malin comme moi qui a compris combien l'évocation du passé était importante pour lui.

— Vous avez connu Wilhelm en Indochine ?

— Oui. J'ai combattu avec lui. J'ai également rencontré Lê et j'ai même assisté à leur mariage à Saigon. Idem pour Hans. Hans et Wilhelm étaient très amis et leurs épouses étaient comme deux sœurs.

— Ils les ont connues où ?

— À Cholon, évidemment, comme la plupart des autres.

— Vous pouvez me raconter ?

Bien sûr qu'il peut me raconter ! Il pourrait même m'en parler durant des heures.

En fait, je n'ai pas de questions très précises, j'aimerais tout savoir pour tenter de découvrir un indice dévoilant le pourquoi de cette affaire.

Alors, Klaus me parle de Cholon, de ses rues encombrées, pleines d'odeurs, de sensualité et de vie, Cholon où palpite l'éternel fantasme chinois, la ville du jeu et de l'opium, la cité ouverte à tous les désirs.

— Quand vous aviez combattu des jours et des nuits contre un ennemi invisible mais d'une cruauté inimaginable, Cholon apparaissait comme une récompense. On y buvait, on y fumait, et puis il y avait les filles…

Dans cet univers vénéneux, l'assouvissement du désir était constamment rendu possible. Klaus me décrit les congaïs, ces fillettes moitié servantes, moitié maîtresses, qui s'attachaient à eux et paraissaient ainsi compléter le mobilier standard de l'Européen. Je n'ai pas besoin de beaucoup l'encourager pour qu'il me raconte avec gourmandise les longs doigts agiles, les seins menus et les poitrines nues sous la soie légère et colorée des robes, les mains moites brûlantes de fièvre, les parfums mouillant la peau et diffusés par les éventails, les bouches obscènes, les pubis glabres et les corps dociles offerts sans pudeur sur des nattes, derrière des persiennes à claire-voie ou des stores de coton qui ne cachaient rien de l'agitation des rues ou des chuchotements des chambres voisines.

Il en a la voix qui tremblote.

— Tâm et Lê travaillaient au Lotus Bleu. C'étaient de braves filles. Elles avaient connu des fortunes diverses et partageaient unc petite chambre du côté du bâtiment des douanes qui détenaient, à l'époque, le monopole de la vente de l'opium. Je pense d'ailleurs qu'elles ont facilité quelque temps l'approvisionnement du Lotus Bleu en drogue. Puis Wilhelm et Hans sont arrivés et sont devenus de plus en plus assidus, ils passaient toutes leurs perms à picoler au Lotus Bleu.

Ma dernière visite à Saigon, il y a déjà quelques années, m'a conduit à passer une seule journée à Cholon. Je me souviens uniquement de quelques restos typiques, du temple Tien Hau et du marché Binh Tay qui regorgeait de curieux fruits et légumes. Des étals y proposaient les racines et les animaux séchés qui sont à la base des médicaments chinois.

Je n'y ai donc pas connu la touffeur de la nuit, même si d'autres journalistes m'en ont raconté la magie délétère. Mon souvenir n'est émaillé ni des enseignes électriques criardes et clignotantes en caractères chinois, ni des va-et-vient des prostituées en robe fendue, mais seulement des coups de klaxons continuels, du vrombissement des nuées de cyclomoteurs parcourant les longues avenues ombragées où la colonisation a légué de luxueuses demeures, des monuments et des jardins d'un exotisme touffu.

Nous marchons à pas lents sous le couvert des platanes vers le château du Canal de Provence qui porte encore les traces de l'incendie qui l'a ravagé au début 2008.

Je propose :

— Si on allait boire un coup ? Avec cette chaleur…

— Pour sûr !

Le relais Cézanne n'est qu'à quelques dizaines de mètres et il reste quelques tables bien calées à l'ombre des marronniers.

J'ai conservé de Cholon le sentiment d'une cité oscillant sans cesse entre l'odeur et le bruit. À l'époque de Klaus, d'Hans et du Polack, cette exubérance devait être décuplée.

Cela me rappelle une chanson des années trente, reprise par les soldats de l'infanterie de marine du corps expéditionnaire qui en avaient fait un chant militaire.

« Dans le port de Saigon
Il est une jonque chinoise
Mystérieuse et sournoise

Dont nul ne connaît le nom.
Et le soir dans l'entrepont
Quand la nuit se fait complice
Les Européens se glissent
Cherchant des coussins profonds. »

Je m'en ouvre à Klaus afin d'exciter sa nostalgie. Ça marche : il esquisse un sourire un peu tristounet. Bien sûr, il connaît cette complainte mélancolique et lancinante qui vante les mérites de l'opium.

— Pendant la guerre d'Indochine, les soldats du corps expéditionnaire partaient pour trois ans, loin de leur ville et de leur village. Là-bas, l'opium se vendait à guichets ouverts. C'était d'ailleurs d'un excellent rapport pour la régie nationale qui en avait le monopole, on parlait de quinze millions de piastres par an. Alors, mettez-vous à la place des jeunes militaires un peu déboussolés, oscillant sans cesse entre les dramatiques et sanglantes opérations militaires dans le Tonkin et les journées de perm à Cholon, avec ces filles en apparence faciles et surtout cette drogue en vente libre…

Il ne termine pas sa phrase et fredonne le refrain d'une voix de tête mal assurée.

« Opium, poison de rêve,
Fumée qui monte au ciel
C'est toi qui nous élèves
Aux paradis artificiels
Je vois le doux visage,
Les yeux de mon aimée.
Parfois j'ai son image
Dans un nuage de fumée. »

Il sourit à nouveau :

— Je chante faux, n'est-ce pas ?

L'âge a dû lui apporter l'humanité qui lui faisait défaut à l'époque. Bien entendu, Klaus n'a pas la voix de Jacques Dutronc qui a interprété une version de ce chant vers la fin des années quatre-vingt, mais il a l'air heureux de pouvoir dérouler ses souvenirs de jeunesse.

Nous nous installons à une table un peu à l'écart d'un groupe de cyclotouristes bruyants et rouges comme des pommes d'amour. Ils arrivent sans doute de Saint-Antonin.

— Faire du vélo par un temps pareil, c'est tout juste bon pour se faire péter le cœur, souligne Klaus.

Nous commandons deux Heineken. Il a l'air en bonne forme, j'en profite pour une confirmation :

— Lê et Tâm travaillaient au Lotus Bleu. Qu'y faisaient-elles ?

Il sourit :

— Et qu'est-ce que vous voulez qu'elles y fassent ? Le tapin, bien entendu !

— Hans et Wilhelm les ont quand même épousées ?

— Mais oui ! Faut comprendre l'ambiance de l'époque… Aujourd'hui, c'est difficile d'admettre ça, mais Tâm et Lê étaient des épouses exemplaires et respectables, bien plus estimables que les fausses bourgeoises qui bouffent des hosties tous les dimanches dans les églises et qui se font sauter par tous les mâles de leur quartier. J'en ai tant connues à Saigon…

— Vous avez revu Tâm et Lê après leur arrivée en France ?

— En France ? Non. Moi, je ne me suis pas marié. Après l'Indo, il y a eu l'Algérie, puis j'ai longtemps bossé à droite et à gauche, en Afrique surtout. J'avais besoin d'exotisme.

« Bossé comme mercenaire ? » ai-je envie de lui demander, mais j'étouffe vite ma question. Peu importe la réponse. Ça n'apporterait rien au débat et ça risquerait de le braquer et de gâcher notre échange.

— Et les enfants de Wilhelm et de Hans, vous les avez connus ?

— Je les ai côtoyés lors de notre départ de Saigon. Nous sommes quand même restés un mois sur le paquebot qui nous a conduits à Marseille. On ne peut pas dire que je leur ai prêté beaucoup d'attention. Je n'aime pas les gosses. En fait, je crois que je suis trop maladroit avec eux. Quand on est habitué aux militaires et à la guerre, c'est difficile de jouer les nounous. Mais vous n'êtes sans doute pas venu jusqu'ici pour me faire raconter des souvenirs qui n'intéressent personne.

Son ton déterminé et son esprit vif contrastent avec le corps courbatu et la démarche presque chancelante. L'homme aurait du mal à gambader, mais il n'a pas perdu la tête ni la mémoire. Tant mieux pour moi !

Je lui rapporte mon intérêt pour le Polack et sa disparition, mais aussi pour les mobiles de Boualem.

Bien sûr, il a son idée sur les crimes de Boualem. Deux des pensionnaires de la maison de retraite n'en ont-ils pas été victimes ?

— Je suis certain que moi aussi j'étais visé. Si le gars n'avait pas été arrêté à temps, j'y passais, c'est sûr !

Je lui rétorque que ce n'est pas évident, mais je sais bien – parce que je l'ai vérifié avant de venir – que son nom figurait sur la liste déchiffrée par Kader.

— Toute cette merde, c'est à cause des politiques. Ils ont fait dégénérer le conflit en Algérie. Vous savez, les militaires se combattent à mort mais ils se respectent, alors que les politiques gâchent tout. Ils nous ont soutenus avant de nous abandonner. Ils nous ont enfermés dans une spirale infernale au cœur de laquelle la violence appelait la violence. Bien entendu, nous avons violé, bien entendu nous avons torturé. Et les fellouzes, eux, non ?

Il jette son mégot à terre et l'écrase nerveusement sous sa semelle.

— Ils ont fait comme nous, pire que nous. Quand vous retrouvez un camarade égorgé avec les couilles dans la bouche, vous faites quoi si vous êtes un homme ?

Il se redresse, une lueur glaciale traverse son regard.

— Que Boualem ait voulu se venger, ça je le comprends, c'est humain et j'aurais sans doute fait la même chose. Mais ce que je n'admettrai jamais, c'est que des mecs confortablement installés dans leur salon, le ventre plein, nous condamnent en buvant du champ' sous le prétexte que nous avons torturé, en oubliant que nous avons ainsi sauvé la vie de beaucoup de femmes et d'enfants innocents. Je vomis ces planqués, ces porteurs de morale à deux balles !

Il m'a déjà développé toute une théorie là-dessus, ce matin au téléphone. Je crois qu'il est urgent d'en revenir au Polack sous peine de dériver vers les sempiternelles justifications de la torture.

Je lui relate le meurtre et l'incendie du quai de la Lave, alors que Boualem était déjà sous les verrous. Klaus boit sa bière au goulot.

— Nous pensions que c'était Wilhelm qui en avait été la victime, mais le corps était dans un tel état que rien n'était évident.

— Le cadavre n'a pas été identifié ?

— Pas encore, mais la police sait maintenant que ce n'est pas Wilhelm qui a été assassiné.

— Comment peuvent-ils en être certains ?

— Les analyses ADN l'ont révélé.

— Alors, c'est sans ambiguïté… reconnaît-il en posant sa canette sur la table.

— Sans ambiguïté. D'autant plus que l'analyse a porté sur des prélèvements faits sur son fils.

Il hausse curieusement le sourcil droit et lâche :

— Sur son fils ? Sur le petit Marcel ?

Le petit Marcel, comme il l'appelle, a quand même la cinquantaine bien sonnée !

Je confirme simplement :

— Oui, sur Marcel.

Il porte à ses lèvres une nouvelle Gitane, l'allume, crache au ciel un nuage bleuté, avant de me fixer, de me taper familièrement sur l'épaule et de lancer d'un ton narquois :

— Alors, mon gars, vous pouvez remettre les compteurs à zéro. Tout est à refaire, votre analyse ADN ne vaut pas un clou !

Lundi 20 août, la Varune

— L'analyse ADN est à jeter à la poubelle ! Ça alors !

Alexandra est aussi étonnée que moi à l'annonce de l'invalidité du test pratiqué par le laboratoire de la Police Scientifique.

Comprenez-nous : on possède une confiance aveugle dans cette méthode très rationnelle qui a fait ses preuves en confondant des tripotées d'assassins de par le monde et, pour les apprentis détectives pétris de logique que nous sommes, le fait que les analyses du Polack et de Trunq ne concordent pas, implique forcément que le cadavre carbonisé du quai de la Lave ne peut en aucun cas être celui du Polack.

Cet implacable raisonnement reposait sur un a priori : le Polack était le père de Trunq. C'est justement cette hypothèse que Klaus a détruite en m'assurant que Marcel, alias Trunq, ne pouvait pas être le rejeton du Polack !

À la suite de son affirmation, il a enchaîné illico car il a compris que j'étais dans le bleu :

— Je vous ai dit que Lê et Tâm travaillaient au Lotus Bleu

pendant la guerre. C'est là-bas que Wilhelm et Hans les ont connues. Quand Wilhelm a épousé Lê, elle était déjà enceinte. Enceinte de qui ? Ça, je l'ignore, elle couchait tous les soirs avec des tas de militaires différents. C'était quand même son job…

Lê connaissait-elle le père naturel de Marcel-Trunq ?

Klaus n'en était pas sûr du tout, mais il pensait que Wilhelm était au courant de la situation et qu'il avait épousé Lê en n'ignorant rien de son état. D'après Klaus, le Polack tenait vraiment à Lê, suffisamment en tout cas, pour accepter la mère avec son mouflet qui allait naître.

— Je peux vous certifier qu'il s'est toujours conduit avec Marcel comme si c'était son propre fils, a ajouté Klaus.

Bon, je l'ai bouclée car je ne tenais pas à le contrarier, mais laisser tomber sa famille lorsque son rejeton n'a guère plus d'un an n'est pas le signe d'un sentiment paternel affirmé !

Il a allumé une nouvelle Gitane avant de préciser :

— Wilhelm était un mec bien, un gars réglo. C'est vrai que j'ai passé peu de temps avec sa famille, quelques jours seulement à Saigon après notre libération, puis un gros mois, le temps de la traversée Saigon-Marseille, mais je connais assez les hommes pour démasquer les menteurs. Et Wilhelm ne mentait pas en m'avouant qu'il voulait faire sa vie avec Lê et le petit Marcel. Après, les choses ont pris une autre tournure, c'est sûr…

Alexandra manipule machinalement les documents étalés sur la table, comme pour se donner une contenance.

— Selon toi, Trunq connaissait-il ses véritables origines ? me demande-t-elle.

— Je ne pense pas. Tu as pu remarquer que son émotion paraissait sincère et même parfois incompréhensible pour un garçon qui avait été, quoi qu'on en dise, abandonné très jeune par son père.

— Tu comptes avertir Raf des confidences de Klaus et de la nullité de l'analyse ADN ?

— Je n'ai pas pensé à ça. Il faudrait sans doute que je l'informe, mais le flicaillon risque de se demander ce qui peut bien justifier mon obstination dans cette affaire.

Alexandra se cale devant moi, l'air amusé :

— Ce qui justifie ton obstination ? Je vais te le dire, moi. Clo, ce qui t'intéresse, c'est moins l'énigme que la personnalité du Polack. Tu te demandes ce que ce gars pouvait bien avoir dans sa tête au terme d'une vie modelée par les guerres et les massacres. Ce qui t'intéresse, bien plus que les faits, ce sont les hommes. Ça transpirait dans tous tes reportages et aujourd'hui tu prends à bras-le-corps des enquêtes et tu t'y investis jour et nuit alors qu'on ne te le demande pas forcément. Si encore c'était pour gagner quatre sous, mais même pas…

Elle exagère sans doute, mais il y a certainement une part de vérité dans son affirmation. Les femmes discernent toujours plus clairement que nous, nos véritables motivations.

Mais a-t-elle compris que ce qui m'intéresse aussi, c'est de maintenir son intérêt pour cette énigme ? Tant qu'elle focalisera son attention sur le Polack et son mystère, elle restera ici, près de moi, et elle oubliera Paris, son job et son avocat de merde.

Sans doute est-ce pour couper court à une discussion qui aurait tendance à me gêner que je détourne la conversation :

— Et du côté des coupures de presse, CBS et l'Oceaneering Advanced Technologies, tu as découvert quelque chose ?

Elle saisit une feuille sur laquelle elle a griffonné quelques indications.

— Bien entendu. Pendant que monsieur se baladait au pied

de la Sainte Victoire, j'ai bien bossé. L'Oceaneering Advanced Technologies, alias OAT, est une société américaine qui a son siège à Houston, au Texas. Elle intervient dans les projets de recherche et d'exploration océaniques, mais également dans des opérations de forage et de secours en mer. Elle possède un certain nombre d'engins de prospection sous-marine assez spécialisés.

— Quel rapport peut-il y avoir entre cette société d'offshore et le Polack ?

— Apparemment aucun. Par contre, j'ai lu l'article sur le reportage que CBS a réalisé. Tu sais l'article qu'on a trouvé dans la boîte à chaussures de ton ami… Et là, on parle de l'Oceaneering Advanced Technologies.

— C'est un reportage de CBS sur l'exploration sous-marine ?

— Pas tout à fait… Le magazine *60 minutes* de CBS a loué les services de l'Oceaneering Advanced Technologies pour une expédition un peu particulière.

Elle me tend une des photographies récupérées sur le site internet de l'OAT :

— Je t'ai dit que cette société est spécialisée dans les engins de prospection. Voici un des engins en question. Ils appellent cela des ROV, un diminutif pour Remotely Operated Vehicle. Celui-ci est un robot télécommandé capable de travailler en eau très profonde pour les forages de pétrole et de gaz en particulier. C'est ce type d'engin qui intéressait CBS.

— OK. Mais que cherchait CBS ?

— Ce que tout le monde cherche sans jamais le trouver.

Alexandra adore exciter ma curiosité. Elle adore aussi m'exciter tout court, mais le stupre et la fornication seront pour plus tard tant elle paraît se prendre au jeu et vouloir m'inciter à réfléchir en me distillant ses informations au compte-gouttes.

J'attends la suite de ses explications sans piper mot. Elle cherche mon regard pour m'affirmer :

— CBS cherchait tout bonnement un trésor.

— Un trésor ? Et où ça ?

— En Autriche.

— En Autriche ?

— Oui et c'est sans doute là que réside véritablement le lien avec le Polack. Souviens-toi des documents de la boîte à chaussures. Il y avait, outre cet article, un dépliant datant des années soixante sur Bad Aussee, une région sauvage et romantique qui se situe pas très loin de Salzbourg. Eh bien figure-toi que CBS a mandaté l'OAT pour explorer un lac situé dans cette région.

— J'y suis. Ce qui nous a étonnés quand on a découvert le prospectus, c'est qu'on puisse conserver une vieillerie pareille sans grand intérêt pendant plus de quarante ans.

L'Autriche…

Ça me rappelle également la confidence de RoRo qui avait mis le Polack en contact avec de jeunes plongeurs de l'Estaque. Ça datait du milieu des années soixante. L'affaire avait foiré car il s'agissait de plonger dans un lac… autrichien.

Le même que celui de CBS ?

Je sens qu'on approche de l'explication !

Alexandra m'explique que *60 minutes* a engagé Oceaneering pour fouiller le lac Toplitz.

— Il s'agissait d'y récupérer, entre autres, des caisses de billets de banque. En fait, je devrais dire de faux billets de banque.

Selon elle, un film, sorti sur nos écrans en février 2008 et basé sur des faits réels et le témoignage d'un vieil homme, reprend la thèse du reportage de CBS.

Elle devient très précise dans ses affirmations :

— L'avant-première de ce film s'est déroulée le 21 janvier

2008 à L'UGC Ciné Cité Les Halles. Ce film relate l'histoire d'un atelier d'imprimerie créé au sein du camp de concentration de Sachsenhausen. Les nazis y ont regroupé des artisans talentueux, imprimeurs, illustrateurs et typographes, tous juifs, et les ont chargés de contrefaire les livres sterling anglaises et les dollars américains. L'idée était simple : ces fausses coupures, en envahissant le marché, auraient porté un coup mortel à l'économie des deux principaux adversaires du Reich.

Isolés du monde extérieur, les prisonniers des blocs 18 et 19 de Sachsenhausen vivaient dans des conditions acceptables sinon confortables. Ils participaient activement à ce qu'on a appelé plus tard l'Opération Bernhard, en référence à Bernhard Krüger, l'inspecteur des finances du Reich spécialiste de la fausse monnaie. Bien entendu, les déportés imprimeurs connaissaient la continuelle menace de mort qui pesait sur eux. Une mauvaise production leur aurait été immédiatement fatale.

— Cette histoire est ressortie des tiroirs récemment par le biais du film dont je te parlais tout à l'heure. Adolf Burger, un imprimeur juif nonagénaire qui vit à Prague et qui a dirigé jadis cet atelier, a écrit un bouquin qui est à la base du scénario, mais aussi de l'exploration de CBS. Adolf Burger était d'ailleurs présent à l'avant-première parisienne en janvier 2008.

— Le film s'appelle ?

— Les Faussaires. Il est sorti aux États-Unis en 2007.

— OK. Je comprends bien l'objectif des nazis et de cette imprimerie assez surprenante. Mais je ne vois pas ce que viennent faire le lac Toplitz et le Polack dans tout ça ?

— On y arrive. L'opération Bernhard était quasiment oubliée lorsqu'en 1959, le magazine Stern décrivit, sous le titre « Geld wie Heu » (« Des Tonnes d'argent »), la sensationnelle découverte de fausses livres sterling anglaises dans… le lac Toplitz. Neuf caisses de fausse monnaie, ainsi que des archives secrètes des SS, venaient d'y être repêchées. L'article était illustré de clichés montrant des plongeurs émergeant des profondeurs avec des billets de banque, plein les mains !

Le poids des mots, le choc des photos. C'est le rédac chef de *Paris Match* qui a dû regretter de louper ce scoop !

— Comment et pourquoi cette fausse monnaie a-t-elle été immergée dans le lac Toplitz ?

— C'est la situation géographique de ce lac, mais également son inaccessibilité au sein d'un massif inhospitalier qui ont été déterminantes. Lors de la déroute allemande, le matériel d'imprimerie et les stocks de faux billets auraient été jetés par des SS dans ce lac. La rumeur prétend que ces derniers auraient agi ainsi à cause d'un ordre mal interprété et qu'à la suite de cela, des patrouilles allemandes ont été chargées de récupérer ces billets. On estime que des millions de fausses livres sterling ont disparu dans les eaux sombres du Toplitz. La même rumeur indique que les faux billets seraient réapparus au cours des années d'après-guerre, sur divers marchés noirs et que cela aurait causé pas mal de tracas au Trésor anglais. Les tenants de cette hypothèse avancent, pour conforter leur assertion, que c'est la raison pour laquelle la Banque d'Angleterre a dû modifier tous ses billets. La contrefaçon était d'une excellente qualité et quasiment indécelable.

Alexandra me lit l'article que le Polack a découpé dans un journal et qui concerne le reportage de la CBS dans *60 minutes*. CBS a utilisé les confidences d'Adolf Burger bien avant Les Faussaires. La chaîne a entamé des négociations avec le gouvernement autrichien dès décembre 1999. Le projet de la télé américaine a paru inopportun à pas mal d'Autrichiens qui rechignent toujours à voir resurgir un passé tabou, ce qui ne les empêche pourtant pas, par ailleurs, de porter Jörg Haider ou Kurt Waldheim aux plus hautes fonctions de l'État !

Bref, après pas mal de tergiversations et s'être assurés que le projet ne causerait pas de dégâts au massif forestier environnant, les Autrichiens ont finalement autorisé l'équipe CBS et son sous-traitant Oceaneering à intervenir durant une trentaine de jours dans les eaux du lac.

Le lac Toplitz se situe donc en Autriche, au cœur de L'Ausseerland, et n'est accessible que par une étroite route forestière. Il est cerné de parois rocheuses escarpées et ses eaux sont gelées la plus grande partie de l'année.

Au cœur de l'hiver 2000, l'Oceaneering Advanced Technologies y amena un de ses fameux ROV.

Alexandra me cite l'article du journal :

— « Une nuit, un robot sous-marin équipé d'un éclairage et d'un appareil à ultrasons s'enfonça dans ses eaux noires et entreprit de le sonder méticuleusement. Le fond du lac fut analysé par élément de surface d'un mètre carré, mais les images de trop mauvaise qualité à cause de la vase, ne purent être exploitées. Pas une seule caisse contenant les faux billets d'Adolf Burger ne put être localisée. De plus, les averses de grêle interrompirent constamment les recherches, l'avancée du robot fut contrariée par une véritable forêt immergée impénétrable et constituée des troncs et des branches d'arbres tombés dans le lac. Pour couronner le tout, la foudre frappa le robot et en détruisit la plupart des fonctionnalités. »

— L'expédition a dû coûter les yeux de la tête !

— Exact, même si l'article ne le précise pas. Et tout cela pour un bénéfice nul puisque les plongeurs n'ont rien trouvé.

Je marque un temps de réflexion :

— En tout cas, c'est ce qu'ils ont affirmé… Bon, c'est une histoire passionnante, mais ça nous emmène quand même bien loin du Polack qui disparaît dans la nature, d'un mec non identifié qui crame sur le quai de la Lave, de Boualem qui veut se venger à cause d'événements sans rapport avec la seconde guerre mondiale, des fils d'Hans qui jouent les terreurs et de Trunq qui regrette un père qui l'a abandonné et qui n'est même pas le sien !

— Tu as raison. En apparence rien ne relie Toplitz à notre affaire, mais on peut se poser la question de savoir pourquoi le Polack s'intéressait autant à cette exploration du lac.

A priori, il est difficile d'établir le lien entre ces faussaires nazis et le Polack qui a pas mal vadrouillé – et sans doute magouillé – en Indochine et en Algérie avant de se poser à l'Estaque, à deux pas d'ici, il y a plus de quarante berges.

Mardi 21 août, la Varune

Lorsque j'ai besoin de quelques tuyaux sur l'histoire de la seconde guerre mondiale, j'ai une adresse incontournable à Marseille, dans le quartier des Chartreux plus exactement, celle du professeur Philémon Monbillard. Outre les faits et les hommes qui ont fait la grande et vraie Histoire, celle qui s'écrit avec un grand H, Monbillard peut vous surprendre par ses connaissances dans des domaines en apparence sans grand intérêt. À l'occasion, demandez-lui donc de vous raconter ce qu'il sait sur les enfants de Goebbels, l'attirance d'Himmler pour le saint Graal ou la couleur des calecifs du Führer, vous serez surpris.

Il était près de minuit lorsque je lui ai téléphoné, mais je savais que Philémon, constamment en proie aux insomnies, adore travailler tard et étudier la nuit.

Effectivement, le professeur cogitait. Il décryptait certains liens jusqu'ici soigneusement dissimulés entre l'industrie automobile américaine et le troisième Reich. Je l'imaginais, portant la chemise blanche et la cravate qu'il ne quitte que pour dormir, transpirant sur les feuilles manuscrites, farfouillant dans des piles de vieux documents à moitié moisis avec, en arrière-plan, sa bibliothèque aux étagères poussiéreuses bourrées de papelards jaunis et de bouquins aux odorantes reliures de cuir sombre.

Chez Philémon, ça sent le renfermé, le tabac froid, mais aussi l'intelligence. Cet homme fascinant, volubile et débonnaire, illumine la pièce de morne apparence.

Quand j'ai prononcé le nom de Toplitz, il s'est contenté de lâcher un « Crédieu ! » qui en disait long. Philémon n'utilise jamais le vocabulaire gras et expressif qui fleurit dans nos quartiers et nos bistrots de Marseille. Son « Crédieu ! » serait l'équivalent d'un « Putain de bordel de la Bonne Mère ! » dans la bouche de RoRo, de l'Alude ou du Furoncle.

Je crois que ma question l'a bougrement excité. Ses petits yeux noisette ont sans doute pris un éclat nouveau et il a dû passer ses mains dans sa tignasse rousse, comme si ce geste familier aiguillonnait ses neurones.

— Qu'est-ce que tu sais sur ce lac ? m'a-t-il demandé.

Je lui ai raconté ce que j'avais appris sur l'histoire d'Adolf Burger, sur l'atelier du camp de Sachsenhausen, sur les fausses livres sterling et les faux dollars, puis sur l'exploration du lac menée en 2000 par CBS et la sortie récente des *Faussaire*s.

— C'est bien, tu t'es convenablement renseigné. Tu devrais penser à ouvrir une officine de détective privé, Clo ! Tu as une carte de l'Autriche chez toi ?

— Ouais, sans doute… Faudrait que je cherche.

— Alors, cherche-la. Et quand tu la trouveras, tu me rappelleras.

Avec le ouaille qui submergeait ma baraque, j'ai compris qu'il me faudrait des heures pour la dénicher, si par bonheur je la retrouvais.

— OK, Philémon, mais il est déjà près de minuit.

— C'est pas grave. Tu peux m'appeler jusqu'à quatre heures du matin. Je suis sur un truc qui va sûrement me tenir jusqu'au petit jour. Un truc extraordinaire, je te raconterai…

Deux heures quarante-trois.

La nuit est douce. Le ciel impitoyablement étoilé annonce une nouvelle journée caniculaire. Dans quelques heures, un soleil implacable va tout calciner. Alexandra déplie et étale la carte d'Autriche de Kümmerly et Frey que j'ai finie par repérer sous une pile de vieux numéros du *Canard Enchaîné*.

Je compose le numéro du professeur. Évidemment, il est là, tous sens en éveil, mais il semble avoir oublié le motif de mon précédent coup de fil car il tente de me développer sa théorie sur la collaboration du capitalisme américain avec les nazis.

Je dois l'arrêter et le nom de Toplitz le stoppe net. Il se souvient tout à coup de notre conversation.

— Étais-je sot ! Toplitz, bien entendu. Alors, as-tu la carte ?

— Elle est devant moi, étalée sur la table.

— Très bien. Tu vois Salzbourg, la ville de Mozart ?

Je connais bien Salzbourg et pose sans problème mon index sur sa position.

— Ça y est.

— Va vers le sud-est. Tu vois Bad Ischl, puis Bad Aussee.

Bad Aussee, le nom me dit quelque chose…

C'est Alexandra qui me souffle :

— La ville du dépliant de la boîte à chaussures.

Je repère sans difficulté la route 158 qui relie Salzbourg à Bad Ischl, puis la 145 qui passe par Bad Aussee. Je confirme à Philémon.

— Je suis à Bad Aussee. Je vais où maintenant ?

Je l'imagine me guidant à distance, une carte devant les yeux.

— Tu prends la route qui passe par Bad Aussee et qui remonte vers le nord-est. Tu vois le grand lac ?

Sans problème, il ne se trouve qu'à un petit centimètre sur ma carte au 1/500 000.

— Le Grundlsee ?

— Exact. Un peu plus à l'est, tu as un autre lac, plus petit.

— OK, Toplitzsee. Le lac Toplitz !

— Observe bien les alentours du lac : il n'y a rien que la forêt.

Effectivement, le Toplitz se situe au milieu d'une zone hachurée en vert, une réserve naturelle ou un parc national selon la légende de la carte. Ce lac paraît minuscule et quasiment inaccessible dans le cœur du Salzkammergut autrichien. Le Grundlsee, lui, est beaucoup plus étendu, il doit bien mesurer cinq kilomètres de long. Une route permet d'y accéder, mais elle s'arrête à Gössl où, à partir de là, seul un chemin forestier permet de rejoindre les bords du lac Toplitz.

Ce lac est, comme certains le disent assez vulgairement, le trou du cul du monde.

— Tu as une carte au 1/500 000 ?

Comment sait-il ça ?

— Oui.

— Alors, c'est simple, prends une règle et déplace-toi sur la gauche du Toplitz. Compte treize centimètres et demi.

À l'autre bout du fil, Montbillard veut m'amener à une autre constatation. En suivant docilement ses indications, mon doigt se pose sur Berchtesgaden.

— Ça te dit quelque chose, Berchtesgaden ?

Il en a de bonnes, Philémon !

J'en connais certainement moins que lui sur le troisième Reich – Philémon me reprochait dernièrement d'ignorer que l'avant-dernière fille de Goebbels, la petite Hedda voulait épouser à l'âge de six ans un certain Gunther, un adjudant SS auquel elle trouvait un charme fou sous prétexte qu'il avait… un œil en verre – mais Berchtesgaden, quand même !

Bien sûr que ça me dit quelque chose…

Berchtesgaden, le mont Watzmann, un sommet de deux mille sept cents mètres aussi haut que mon cher Vallier ariégeois, et le mont Kehlstein avec son fameux « nid d'aigle », le Kehlsteinhaus, offert à tonton Adolf pour fêter son demi-siècle.

Toplitz ne se trouve qu'à un (long) jet de pierre du nid d'aigle.

— Attends, je ne comprends plus. Les faux billets, Sachsenhausen et Toplitz, j'avais à peu près pigé. Mais Hitler ? Toplitz a-t-il quelque chose à voir avec Hitler ?

— Tu as tout compris, mon petit Clo !

Philémon prend un ton triomphant.

Sans doute va-t-il allumer, dans la lueur blafarde de l'aube provençale, un de ses immondes cigarillos pour fêter ça.

Le lac Toplitz et le trésor des nazis

Depuis plus de soixante ans, le lac Toplitz fait l'objet des rumeurs les plus folles.

« On » raconte que le trésor des nazis, des caisses remplies d'or et de pierres précieuses, y aurait été englouti à la fin de la guerre. Les dirigeants du Reich souhaitaient ainsi empêcher les Alliés, qui avançaient inexorablement sur leur territoire, de s'en emparer.

« On » raconte aussi que quelques caissons étanches contenant des dossiers explosifs auraient subi le même sort. Le lac dissimulerait ainsi en son sein des révélations déroutantes sur les créations d'entreprises, les placements de capitaux effectués par les SS à l'étranger, les numéros de compte en Suisse et des tas d'autres secrets aussi inattendus que croustillants, mais également extrêmement gênants pour certaines personnalités « bien comme il faut » et ayant pignon sur rue dans nos modernes démocraties.

Le curieux découvrira alors toute une série de morts mystérieuses liées au lac Toplitz, mais systématiquement classées dans les catégories des accidents de plongée ou de montagne. Cette « normalisation » n'efface pas, pour des esprits avertis, les soupçons de crimes qui pèsent sur ces disparitions.

En 1945, juste après la cessation des hostilités, on retrouve les corps de quatre SS aux abords du lac.

Le 6 février 1946, Pichler et Mayer périssent sur les hauteurs de Toplitz dans un curieux accident de ski. Coïncidence : ce sont deux anciens membres du Sicherheitsdienst, alias SD, le service de renseignements du NSDAP, le parti nazi.

Le 10 août 1950, Gert Gehrens meurt dans un accident de montagne aux abords du lac. Son compagnon de randonnée est l'ancien chef de la station expérimentale de la Marine de guerre nazie du lac Toplitz, un ancien SD nommé Hans Keller. Pour la première fois, la presse évoque la piste criminelle.

En 1952, deux hommes sont assassinés sur les rives du lac. Il s'agit de deux anciens SS.

Le 6 août 1953, c'est au tour de l'ingénieur Josef E. Meyer de périr noyé de façon fort suspecte.

Ces probables assassinats ne font pas forcément la une des journaux. Le parlement autrichien prend cependant des dispositions pour restreindre les explorations du lac. Cela n'empêche pas les plongeurs de l'US Navy de tenter d'explorer les eaux noires en 1956. Leur équipée se termine par un accident de plongée et tourne court.

Trois ans plus tard, en 1959, c'est l'article de Wolfgang Löhde dans le magazine *Stern*, déjà cité, qui déchaîne les appétits de tous les aventuriers. Le fond du lac Toplitz recèlerait-il les réserves d'or et d'œuvres d'art volées en Europe par les nazis ?

Les chercheurs de trésor se mettent à explorer régulièrement le lac tandis que tous les notables insoupçonnables qui devaient leur fortune à leurs magouilles secrètes avec le troisième Reich tremblotent dans leurs luxueux appartements londoniens, new-yorkais ou parisiens.

Le retentissement de ce papier est important. Des producteurs vont même s'emparer de l'histoire pour tourner un film, *Der Schatz vom Toplitzsee* (Le Trésor du lac Toplitz), avec Gert Fröbe.

Malgré les mises en garde, les expéditions sauvages se succèdent.

La course au trésor est lancée !

Le 10 octobre 1963, à cinq heures du matin, un jeune plongeur, Adolf Egner, disparaît au cours d'une expédition nocturne organisée par Georg Freiberg, un ancien collaborateur de l'amiral Canaris, et le docteur Schmidt, proche du Service fédéral de renseignements dirigé par Reinhard Gehlen, un ancien général de la Werhmacht.

Le 31 octobre suivant, on retrouve le corps d'Egner coincé sous des troncs, à une profondeur de près de soixante mètres.

Le lac Toplitz, profond d'une centaine de mètres, est tapissé d'une couche de vase épaisse de plusieurs mètres, dans laquelle des arbres immergés tendent leurs branches vers les plongeurs téméraires comme de venimeux tentacules. Les autorités autrichiennes interdisent alors formellement toute plongée en raison du danger.

Les expéditions officielles du ministère de l'Intérieur de 1978, 1 980 et 1981, dirigées par Gerhard Zauner, permettent de remonter de nombreux vestiges du troisième Reich : des armes, des appareils de laboratoire, des canons rouillés et des fusées au propergol, ainsi que quelques pièces des missiles V1 et V2. On retire également quelques douzaines de caisses de fausses livres sterling, avec leurs planches à impression.

Dans les années quatre-vingt, les explorations des sous-marins de poche des professeurs Hans Fricke et Bernd Doppler, marquent une nouvelle étape dans la recherche (vaine) du trésor des nazis.

Le premier avril 1987, c'est l'événement que tout le monde attend. La presse titre triomphalement : « Toplitzsee-Geheimnis gelüftet, Nazi-Gold geborgen ! » (« Lac Toplitz, la fin du suspense, le trésor des nazis retrouvé ! »). Le scoop est illustré par des clichés sur lesquels des plongeurs exhibent les lingots d'or arrachés à la vase. On s'enthousiasme jusqu'à ce qu'on se rende compte qu'on est le… premier avril et qu'un lac reste un lieu idéal pour un poisson quel qu'il soit !

Le 2 octobre 1987, on transporte une pelle excavatrice sur un ponton arrimé sur la partie ouest du lac, là où devraient se trouver les caisses immergées en 1945. Malgré ces moyens colossaux, on ne remonte aucune des quatre mille sept cents caisses remplies d'or, de secrets d'État et de munitions.

Est-ce cet échec qui décourage les chercheurs de trésor ?

Ou bien ceux-ci ont-ils su se faire suffisamment discrets pour laisser la vedette aux réalisateurs de télévision ?

Quoi qu'il en soit, ce sont bien les images des reportages qui inondent les petits écrans de la fin des années quatre-vingt à l'orée de l'an 2000.

En avril 1989, une télévision californienne vient tourner *Hunt for stolen War Treasures*.

En 1991, c'est au tour de l'équipe du commandant Cousteau de filmer les profondeurs du lac.

En 1996, les mystères du lac Toplitz subjuguent les téléspectateurs de la chaîne généraliste allemande ARD 1.

C'est donc peu logiquement qu'on en arrive à CBS et à son expédition qui débute le 15 janvier 2000 avec les ROV de l'Oceaneering Advanced Technologies.

La boucle est bouclée !

Récit de Klaus

Le bombardement, de part et d'autre, avait été d'une intensité rare. Nous avions expédié quatre mille obus sur les positions viets, mais ceux-ci nous l'avaient bien rendu car ils disposaient des orgues de Staline, ces lance-fusées à six tubes qui avaient mis en déroute la Wehrmacht lors de la seconde guerre mondiale et que j'avais découverts à Berlin, en 45. Il fallait voir les dégâts causés par ces rafales de fer et de feu ! Et je ne vous parle pas du bruit et de l'effet de souffle… C'était terrifiant.

La cuvette disparaissait entièrement sous la fumée et les nébuleuses de boue soulevée par les impacts des projectiles.

Depuis plusieurs jours, la météo s'y était mise : il pleuvait sans arrêt, les tranchées étaient inondées, les abris de fortune que nous avions construits pour échapper aux tirs des Viets s'effondraient sous les coulées de boue. Quant aux fortifications, ce n'était guère mieux, elles explosaient et se déchiquetaient sous le choc des obus. Nous pataugions dans un magma immonde de boue, de chair, de sang, de barbelés rouillés et de carcasses d'engins pulvérisés.

C'était un spectacle effroyable qui contrastait avec les noms de filles que le commandement avait donnés aux positions destinées à verrouiller Diên Biên Phu : Isabelle était celle située le plus au sud, Claudine, Françoise, Huguette, Dominique et Éliane cernaient le cœur de Diên Biên Phu, Anne-Marie, Gabrielle et Béatrice s'éparpillaient au nord de la cuvette.

Dès que les bombardements cessaient, les Viets déclenchaient leurs haut-parleurs pour s'adresser à nos troupes. En fait, la plupart des appels nous étaient destinés, à nous les légionnaires, car les Viets soupçonnaient notre goût de l'aventure et notre absence de tout sentiment patriotique. Je dois convenir que les années qui ont suivi la guerre d'Algérie avec l'engagement de certains képis blancs dans les troupes de mercenaires qui firent la loi en Afrique leur ont donné raison a posteriori.

Les Viets s'adressaient également aux engagés nord-africains et africains qui pouvaient être sensibles aux arguments anticolonialistes qu'ils développaient.

Et quand les haut-parleurs cessaient de nous inonder de leur dialectique, c'était au tour des avions de déverser sur nos positions des tracts signés du généralissime Vö Nguyên Giap, commandant en chef des forces régulières et populaires du Vietnam. Giap promettait la vie sauve à ceux qui le rallieraient, mais cette promesse était rapidement infirmée par des flots de menaces puisque les haut-parleurs enchaînaient en crachant : « Légionnaires, Diên Biên Phu sera votre tombeau. »

Et ils n'avaient pas tort… Trois mille des nôtres ont péri dans cette cuvette où ils ont été enterrés à la hâte, comme des chiens, dans les champs boueux.

Nous demeurions entassés dans notre abri. Les obus pleuvaient et le hurlement strident des orgues de Staline nous assourdissait. Hans et Wilhelm étaient à mes côtés. Nous étions silencieux, comme si chacun d'entre nous pensait à la meilleure façon de mourir. Il faut dire que notre situation était loin d'être brillante car nos avions ne pouvaient plus atterrir à cause des tirs de la DCA viet. Nous n'avions plus d'aide de ce côté-là depuis près d'un mois et demi : le dernier hélicoptère avait été abattu au décollage le 23 mars et le dernier avion réussissant à emporter quelques blessés avait décollé trois jours plus tard, le 26 mars. Depuis, plus rien, mis à part quelques parachutages à haute altitude qui s'égaraient fréquemment derrière les lignes vietminh.

Diên Biên Phu était vraiment devenu un piège à rats dans lequel nous allions tous crever !

Nous nous terrions dans cette longue cuvette noyée par une pluie incessante, autour de laquelle la végétation drue offrait des abris aux Viets. Les cavités naturelles inaccessibles creusées au sein des falaises calcaires abruptes du flanc de la montagne protégeaient leurs batteries antiaériennes.

Depuis le début de la bataille, c'est-à-dire les attaques viets des 13 mars contre Béatrice et 14 mars contre Gabrielle, les combats faisaient rage autour de nos points d'appui qui tombaient tous, les uns après les autres.

Nous avons pourtant célébré Camerone le 30 avril, comme l'exige la tradition, alors que les blessés s'entassaient en nombre dans les antennes chirurgicales. Les médecins opéraient sans relâche dans des conditions effarantes et les positions éloignées et coupées du reste de notre armée regorgeaient d'autres blessés qui stagnaient dans la boue des abris de fortune.

Chaque obus viet alourdissait le bilan de nos pertes tandis que les troupes de Giap continuaient à creuser inlassablement le sol autour de nos positions. J'ai su plus tard qu'au premier mai, on estimait la longueur totale de leurs tranchées à plus de quatre cents kilomètres ! Les Viets s'inséraient dans ces boyaux pour nous harceler, créant ainsi dans nos rangs un sentiment d'étranglement inexorable.

Dans de telles conditions, que pouvions-nous envisager à part la mort ?

C'est alors que Wilhelm nous fit son étonnante révélation…

Il faut vous dire que nous ne savions pas grand-chose les uns des autres. La Légion étrangère a toujours été le recours de tous ceux qui avaient un pan entier de leur vie à effacer.

Il suffit de signer un engagement pour renaître, sous un nouveau nom, dans une nouvelle famille. En s'engageant pour cinq ans, le légionnaire laisse son passé derrière lui en obtenant une identité d'emprunt. C'est une possibilité offerte par la loi au futur légionnaire, pas une obligation. On conserve seulement, dans ce cas, nos initiales. La seule obligation pour le soldat, le képi blanc, est d'être étranger. Les Français s'enrôlent toujours sous des nationalités belges, suisses ou canadiennes. Wilhelm a contracté un engagement en 1945 sous son vrai nom, mais en affichant une nationalité polonaise. En fait il n'était pas polonais, mais allemand. Wilhelm est sans doute le seul prénom qui soit en usage, sous une même orthographe, aussi bien en Pologne qu'en Allemagne.

Il nous a confié avoir terminé la guerre dans la SS. Cet aveu n'était guère étonnant. Je savais bien qu'il y avait pas mal d'anciens SS dans nos rangs, c'étaient de véritables guerriers qui savaient se battre et qui ne manquaient pas de courage. D'ailleurs, ils nous ont été fort utiles lors des opérations menées en Indochine et en Algérie.

Je dois vous avouer que je suis moi-même d'origine allemande, même si je n'ai jamais appartenu à la SS. Mon parcours est différent… Je n'étais qu'un gosse armé d'un fusil qui flottait dans un uniforme trop grand lorsque les Soviétiques sont entrés dans Berlin. Des groupes d'enfants et de vieillards constituaient alors l'ultime défense de la capitale labourée par les obus russes.

Je n'étais qu'un gosse, mais j'ai rapidement acquis les réflexes du guerrier. Certains de mes camarades se révélaient être de véritables fanatiques et cela ne me choquait pas. Il fallait vivre et se battre, et ceux qui avaient peur n'avaient plus leur place parmi nous. Les SS pendaient nos camarades pleurnichards ou morts de frousse aux lampadaires de la Prinz-Albert-Strasse, en guise d'avertissement.

Moi, j'ai combattu jour et nuit dans les ruines fumantes. La guerre est devenue mon métier sans que je m'en rende compte. Non, je n'étais pas un SS, mais je ne savais faire que ça.

J'en reviens à Wilhelm. En fait, à l'approche de la mort, il souhaitait nous confier un secret.

— Si l'un de nous s'en sort, j'aimerais qu'il puisse en profiter même si je crève… nous avoua-t-il.

Un secret… Bien sûr, cela excitait bougrement notre curiosité…

Les obus continuaient à pleuvoir devant notre abri et le tumulte du bombardement était parfois déchiré par un cri atroce, celui d'un soldat déchiqueté par des fragments métalliques. Les unités étaient décimées et on savait que les survivants du deuxième bataillon étranger de parachutistes avaient dû rejoindre les rescapés du premier BEP. Les pertes étaient telles que les deux bataillons avaient fusionné.

Nous n'avons pas interrompu Wilhelm. Il nous a simplement déclaré :

— Je sais où se trouve le trésor du troisième Reich.

Son ton était déterminé. Il esquissa même un sourire en voyant nos mines interrogatives. Le trésor du troisième Reich, c'était quoi au juste ?

Wilhelm nous détailla alors son expédition d'avril 1945. Il avait participé à l'immersion de dizaines de caissons étanches renfermant de l'or, des billets de banque, des dossiers ultra secrets, dans un lac perdu des montagnes d'Autriche, tout près du sud de la Bavière.

Le transport avait été assuré par les SS qui avaient réquisitionné sur place des chevaux, des bœufs et des charrettes afin d’amener le chargement déposé par la noria de camions militaires au bord du lac. Ensuite, les caissons étaient hissés sur une barque et jetés à l’eau à un endroit bien déterminé. Wilhelm avait pris part à ces opérations.

À l’issue de l’expédition, tous les SS qui y avaient participé avaient été exécutés. Les chefs nazis ne souhaitaient pas que des témoins puissent survivre et rapporter ces faits. Wilhelm avait réussi à s’en sortir, il était même parvenu à tracer sur une carte l’endroit précis de l’immersion.

Où se trouve cette carte ?

Ça, je n’en sais rien.

Avec Wilhelm et Hans, nous avons finalement survécu à Diên Biên Phu, mais nos pertes ont été considérables. Nous avons vécu l’apocalypse, surtout le 6 mai, en fin de journée.

La terre s’est mise à trembler sous un déluge de fer et de feu. Giap lançait l'assaut final. Nous nous sommes battus au corps à corps, des grappes entières de Viets, fauchés par nos fusils mitrailleurs, s’entassaient sur les barbelés, mais d’autres arrivaient inlassablement…

Le 7 mai, nous nous sommes retrouvés sans munitions, les bô doïs occupaient tous nos points d'appui, sauf Isabelle qui résistait encore. On s’y battait à l'arme blanche, mais la Légion tenait bon. Nous avons résisté ainsi jusqu’au petit matin.

Un silence déconcertant a alors pétrifié la cuvette qui n’était plus qu’un paysage lunaire labouré par les obus et jonché de cadavres.

Le 8 mai 1954, neuf ans exactement après la victoire des alliés sur l’Allemagne, c’était terminé.

Nous avons perdu la plupart de nos compagnons, nous avons eu mille cinq cents morts et quatre mille blessés.

Du côté des Viets, ce devait être pire…

Mais eux, ils sont sortis vainqueurs.

Mercredi 22 août, Puyloubier

Klaus évoque Diên Biên Phu avec des trémolos dans la voix. Les images de la débâcle indochinoise peuplent-elles encore les nuits du vieil homme ?

Il me raconte le cauchemar de la défaite puis ce qui a suivi, la longue marche vers les camps vietminh, avec une poignée de riz par jour, la lente décomposition des esprits et des déterminations dans ces camps qui voulaient davantage détruire que tuer.

Les nazis écrasaient brutalement les populations qu'ils convoyaient dans leurs camps de la mort. Le vietminh avait un objectif différent : convertir et, pour cela, briser lentement l'homme impur afin de faire ressurgir de son corps l'homme nouveau. La fin justifiant, une fois de plus, les moyens, c'était l'emprise de la délation, le chantage permanent, l'émulation dans la lâcheté, la menace, l'isolement… À ce régime, la volonté s'érodait peu à peu, la lucidité s'évaporait, le courage disparaissait.

— Quand je pense qu'on ressasse la torture en Algérie… Comment vous appelez ça, vous ?

La torture certainement, mais je ne veux pas rentrer dans sa logique, nous avons bien mieux à faire.

Lorsque Klaus m'a appelé ce matin à la première heure pour m'indiquer qu'il avait encore deux ou trois trucs à me raconter, j'ai été étonné qu'il accepte de me voir à Puyloubier, tout près de sa maison de retraite. Lors de notre première entrevue, avant-hier au Tholonet, j'avais cru comprendre qu'il ne souhaitait pas être vu en ma compagnie du côté du domaine Danjou.

Je lui ai donné rendez-vous aux Sarments, dans une petite rue étroite du centre du village, afin de partager le repas de midi.

J'aime bien Puyloubier, un village qui a su préserver son caractère provençal au pied de l'hyper touristique Sainte Victoire. J'aime aussi les vins qui naissent sur ce terroir rougeoyant et ce petit resto à l'excellente cuisine.

Pour ne rien vous cacher, je désirais aussi en profiter pour jeter un coup d'œil furtif sur le domaine Danjou et les lieux des crimes des 1er et 3 août derniers.

Le domaine Danjou est admirablement bien situé dans un terroir où les pins d'Alep et les chênes côtoient les vignes, entre la Sainte Victoire et le mont Aurélien. Une centaine de pensionnaires y vivent et entretiennent quarante hectares de vignes. Ici, le mourvèdre, le syrah, le grenache, le cabernet sauvignon prospèrent sur les terres argilo-calcaires.

Je n'ai pas cherché à forcer l'entrée du domaine. Inutile de me faire remarquer par une intrusion qui ne m'aurait pas appris grand-chose…

Je n'ai pas retrouvé précisément le Logis-de-la-Colle, situé entre Puyloubier et Peynier, là où des cyclistes baladeurs avaient découvert la deuxième victime, mais je suis resté planté un long moment devant l'école primaire du village, car elle me rappelait celle de mon enfance. C'est une belle bâtisse qui doit dater de l'an pèbre, avec une aile « garçons » et une aile « filles », des volets rouges, des fenêtres en arc en plein cintre soulignées par de la brique rouge. Des parfums de craie et d'encre violette ont curieusement resurgi de mes souvenirs. La jolie cour de récré ombragée par deux énormes platanes fort appréciables par les chaleurs actuelles a dû voir gambader des générations.

C'est ici, contre la grille qui surmontait le muret de clôture, qu'on avait donc trouvé la troisième victime de Boualem un petit matin d'été. J'imagine le sourire kabyle dans cet endroit paisible… Le tueur avait eu une drôle d'idée et un certain goût de la mise en scène, tant il est vrai que la dépouille, ligotée contre ces grilles, à un carrefour en plein village, ne pouvait pas passer inaperçue !

Il en faudrait plus que cette image macabre pour me couper l'appétit car les copeaux de foies gras rehaussés à la fleur de sel et au poivre frais moulu sont excellents. J'ai commandé une bouteille de rouge de Mauvan et la salle aux murs épais des Sarments entretient une appréciable fraîcheur.

Toutes les conditions sont réunies pour tirer les vers du nez de l'ami Klaus.

Connaissait-il des ennemis au Polack ?

— Je n'en sais rien. L'Indo, l'Algérie, tout ça c'est de l'histoire ancienne. Cela fait près de cinquante ans que nous nous sommes perdus de vue pour vivre chacun de notre côté. Bien entendu, on se croisait régulièrement une fois l'an, à Aubagne pour célébrer Camerone, mais je ne savais plus rien de sa vie.

— Vous m'avez parlé de la confession de Wilhelm à Diên Biên Phu. Y avait-il d'autres témoins ?

— Lorsque Wilhelm nous a raconté son histoire, nous étions cinq : Wilhelm, Hans, moi et deux autres légionnaires de notre groupe qui ont été fauchés par des rafales quelques jours plus tard.

— Donc vous n'étiez plus que trois à connaître le secret de Wilhelm ?

— Pour ce qui est de Diên Biên Phu, oui, mais Wilhelm a remis ça cinq ans plus tard en Algérie.

— Vous pouvez me raconter ?

— Bien entendu. Mais auparavant, je dois vous relater un incident qui me revient en mémoire. A-t-il de l'importance ou pas ? Ça, je l'ignore… Lorsque nous avons été libérés du camp vietminh – c'était en 55 – nous sommes restés quelque temps à Saigon avec nos épouses pour tenter de nous retaper avant notre retour en France. Un soir, Wilhelm a été agressé par trois autres légionnaires. Ils le tabassaient en criant : « Tu vas nous le dire ! Tu vas nous le dire ! » Leur dire quoi ? Ça, justement, je n'en sais fichtre rien ! Avec Hans, nous sommes intervenus et grâce à nous, Wilhelm s'en est sorti sans trop de mal.

À Sainte-Livrade, Roger avait évoqué cet épisode sans pouvoir me donner davantage de détails.

— Quel rapport ?

— Les gars qui s'en prenaient à lui étaient des amis de ceux à qui il avait rapporté son histoire de trésor à Diên Biên Phu, vous savez les deux qui sont morts quelques jours après. Peut-être étaient-ils au courant de cette histoire… Peut-être pas… Allez donc savoir…

— Vous me parliez de l'Algérie. Wilhelm y est revenu sur ses révélations ?

— C'était fin 60 je crois. En fait, je n'ai plus la mémoire des dates, mais par contre je me souviens très bien de l'endroit, sans doute parce que c'était un coin inoubliable. Nous étions dans les Aurès, à Timgad…

Timgad…

Un nom qui me fait rêver.

Dans le monde, seules deux villes demeurent intactes et témoignent de la perfection urbanistique des cités romaines :

Pompéi en Italie, ensevelie et sauvegardée par les cendres du Vésuve, et Timgad en Algérie, ensevelie et sauvegardée par les sables du désert. J'ai découvert Timgad il y a vingt-cinq ans, à l'issue d'un périple qui m'avait conduit des oasis des montagnes tunisiennes à El-Oued et au tombeau des rois de Sahara de Touggourt.

Timgad est une cité très étendue, dans un état de conservation exceptionnel et exempte de toute grande fréquentation touristique, sans doute parce que l'Algérie effraye encore les tour-opérateurs. Il faut voir la pierre dorée de ses temples, de ses thermes, de son forum et de son grand théâtre scintiller lorsque le soleil se couche du côté de Tazoult.

J'ai toujours été très sensible aux images, aussi j'imagine sans peine la troupe de légionnaires bivouaquant dans ce décor irréel.

Klaus n'a pas remarqué ma songerie.

— … Nous étions donc, Hans, Wilhelm et moi, en compagnie du reste de la troupe et goûtions un moment d'accalmie car nous venions tout juste d'être relevés. Ça devait être à l'époque de l'opération Trident et nous conduisions des opérations de nettoyage dans la région de Batna, Arris, Khenchela et Biskra…

Et certainement à Ighassira… Mais je ne l'interromps pas pour formuler cette remarque.

Il poursuit :

— C'était un site à vous couper le souffle, à mille lieues de la guerre qui pourrissait nos jours et nos nuits. Je ne sais pas trop pourquoi, Wilhelm est revenu sur cette histoire de trésor, sans doute parce qu'un de nos compagnons adorait raconter des histoires extraordinaires, sans doute aussi parce qu'il avait un peu trop bu. Nous nous laissions aller… Wilhelm nous a même confié qu'il s'en était sorti grâce à une jeune paysanne autrichienne. Je me rappelle son prénom : Wilhelmine.

Remarquez que je n'ai pas grand mérite pour cela : Wilhelm, Wilhelmine, c'était simple à retenir, non ? Il nous a également avoué qu'il connaissait la position exacte, « au mètre près » a-t-il ajouté, du lieu d'immersion.

— Comment a-t-il pu localiser cela avec précision ? Toutes les expéditions récentes, dotées des moyens les plus sophistiqués, n'ont pas trouvé grand-chose.

— C'est simple, et Wilhelm nous l'a expliqué ce jour-là. Je m'en souviens parfaitement…

Il ferme ses paupières comme pour mieux se remémorer la scène et se concentrer sur sa future révélation.

— Nous étions assis en demi-cercle, face à lui, sur des restants de murailles, à deux pas de l'arc de Trajan. Wilhelm nous a détaillé les opérations menées par les SS sur le lac. Le lieu d'immersion se situait sur la partie orientale du lac, la moins accessible. C'était le point d'intersection de deux filins d'acier qu'ils avaient fixés sur des rochers du bord de l'eau. Les SS débarquaient les caisses des charrettes réquisitionnées, à l'ouest du lac, puis les acheminaient jusqu'à ce point précis par barques avant de les jeter dans l'eau noire. Tous les SS ayant participé à ces opérations ont ensuite été liquidés, sauf Wilhelm qui, je vous l'ai déjà dit, a trouvé refuge chez une jeune paysanne. Il y est resté quelques jours, le temps en tout cas de reporter sur sa carte d'état-major le tracé des filins et de leur point d'intersection.

C'était donc ça !

Il est évident que celui qui ne connaît pas parfaitement le lieu de l'immersion n'a pratiquement aucune chance de retrouver quoi que ce soit dans ce lac à cause de l'épaisse couche de vase et de ces dizaines d'arbres morts entassés dans les profondeurs et qui rendent le milieu pour le moins inhospitalier.

Je découpe mon carré d'agneau, cuit à point, qu'on m'a servi sur une caponata d'aubergines, accompagné d'une légère et vaporeuse crème d'ail. Succulent…

Je questionne Klaus tandis qu'il ressert du rouge.

— Vous étiez nombreux, ce jour-là ?

— Assez…

Klaus prend un air un peu mystérieux. Il avale une gorgée de Mauvan, avant de lâcher en me fixant :

— Vous savez que Boualem a tué deux pensionnaires de la maison de retraite de la Légion, n'est-ce pas ?

— Bien sûr.

Il se pince les lèvres avant de me confier :

— Les deux légionnaires que Boualem a assassinés tout près d'ici étaient avec nous, à Ighassira, mais également à Timgad.

C'est aussi, en quelque sorte, un aveu de sa présence à Ighassira. D'ailleurs, il enchaîne sans me laisser le temps de le questionner, comme pour me devancer :

— Je vous ai parlé des violences, de la torture… Le viol, pour nous c'était moins grave. Et puis les gens qui nous montrent du doigt ont une mémoire sélective. Vous savez, je suis allemand, je crois vous l'avoir dit. En avril 45, j'avais tout juste seize ans. J'étais un de ces ados qu'on avait habillés en soldat et à qui on avait confié un fusil pour défendre la capitale. Quand les Russes sont entrés dans Berlin, savez-vous ce qu'ils ont fait ?

Je le sais, mais je le laisse continuer.

— Ils ont violé systématiquement toutes les femmes et les fillettes dans les caves dévastées. Ils les ont violées jour et nuit, sans relâche. Mais de cela, personne n'ose en parler. Il n'a jamais été de bon ton de dire du mal des libérateurs soviétiques…

Je le rassure sur un point, je ne suis pas là pour le juger, avant de le relancer :

— Et les autres victimes de Boualem ?

— Les autres ? Mais je ne connais même pas leur identité.

J'avais prévu le coup. Je déplie la liste de Zouba traduite par Kader :

— Ces noms vous disent-ils quelque chose ?

Il lit attentivement le papier froissé avant de me le rendre et d'ajouter, d'une voix blanche :

— Hans… Hans aussi… Vous savez, nous nous écrivions parfois avec Hans. Quant aux autres gars de la liste… Oui, ils étaient tous à Ighassira, mais aussi à Timgad.

Ben voilà, ce n'était pas plus compliqué que ça !

On avance, on avance…

Mais vers quoi ?

Mercredi 22 août, l'Estaque

Une épaisse brume de mer, conséquence de la lourdeur du climat et de la température élevée de la journée écoulée, noie l'Estaque.

On se croirait à Londres et la Méditerranée ressemblerait sans doute à la Tamise si on parvenait seulement à l'apercevoir. La visibilité est nulle. Le seul intérêt de cette situation météorologique réside dans le fait que la brume apporte l'humidité et que la température paraît agréable après la longue période de canicule.

Ma seconde rencontre avec Klaus n'a pas été vaine.

Outre ses précisions sur les révélations du Polack à Timgad, j'ai également compris pourquoi ce dernier avait pu agir – en particulier en confiant le tableau et la boîte de godasses à Biscottin – bien avant que Boualem n'entame sa série d'exécutions.

En effet, Klaus m'a confié avoir été averti d'une menace, dès la mi-juillet, par téléphone, sans toutefois que lui soient précisés le nom et le mobile de celui qui lui en voulait.

Son correspondant ne savait pas exactement ce qui se tramait, mais il paraissait inquiet. Klaus m'a avoué que le gars en question bossait au bureau des Anciens, qui fait partie du commandement de la Légion étrangère, à Marseille. C'est là-bas que les dossiers des retraités de la Légion sont conservés. Le gars avait retrouvé la copie d'un listing dans une poubelle proche d'une photocopieuse. La copie, trop pâle et de ce fait quasiment illisible, avait été négligemment abandonnée. Selon Klaus, l'employé s'était renseigné auprès de ses collègues pour savoir qui avait eu besoin de consulter ce fichier et n'avait obtenu que des réponses négatives.

— Il ne savait pas qui avait photocopié cette liste, ni pourquoi cela avait été fait. Et comme il trouvait ça étrange, il m'a téléphoné sur mon portable. C'était au mois de juillet dernier, il y a donc un gros mois. Avec toutes ces histoires de tortures en Algérie qui font les délices de la presse, on se méfie, souvent pour pas grand-chose, de tout ce qui sort de l'ordinaire et qui a trait à cette période. Sur le moment, je n'y ai pas prêté une grande attention, d'autant plus que je me trouvais à l'époque en Alsace, chez des amis. Le gars m'a simplement informé de sa découverte et m'a conseillé de me tenir sur mes gardes. Il ne savait rien de plus. J'en ai parlé aux autres camarades du domaine Danjou, mais ils ont pris ça à la rigolade.

Le principe de précaution en quelque sorte…

— Votre informateur a-t-il pris contact ainsi avec tous les retraités de la liste ?

— Non, je ne le pense pas. Il n'a pu appeler que ceux qui avaient laissé un numéro de téléphone. D'ailleurs, je suis certain que Wilhelm a été lui aussi averti.

— Comment pouvez-vous être sûr de ça ?

— Ben, c'est tout simple. Il y a deux ans, j'ai eu un problème avec un arriéré de pension et j'ai joint le service des retraites en fournissant mon numéro de téléphone car ils devaient me rappeler. Je sais que Wilhelm a eu un problème identique, il a dû faire de même.

— Hans aurait-il été, lui aussi, contacté ?

— Sans doute pas. Les pensions de Hans et des autres n'étaient pas entachées d'erreurs. La caisse de retraite ne devait posséder que leurs adresses et leurs relevés d'identité bancaire.

— Je connais un peu les liens d'amitié entre Wilhelm et Hans. Pensez-vous que le premier a pu avertir le second de la menace diffuse ?

Klaus a marqué une courte pause.

— Vous savez, c'est assez compliqué. Wilhelm a dû se poser la question et je pense que, pour lui, la réponse n'était pas évidente.

— Comment ça, pas évidente ?

Sa réticence envers un ami aussi proche m'étonne. Klaus m'a paru gêné.

— Moi, je les connaissais bien tous les deux. Je connaissais aussi leur histoire. Quand on vit jour et nuit, des années durant, avec les mêmes hommes, dans des conditions où la mort est omniprésente, on perçoit toujours quelques secrets. Il existait un petit problème entre Hans et Wilhelm, même si personne n'en a jamais rien su.

— Un petit problème ? Quel genre de problème ?

Il a hésité quelques secondes, avant de me confier :

— À l'égard de Hans, Wilhelm était partagé entre deux sentiments : la reconnaissance et la rancœur. La reconnaissance, car Hans lui a sauvé la vie à deux reprises, une fois au Tonkin, une autre fois, quelques années plus tard, en Kabylie…

Je l'ai coupé :

— OK, je comprends ça. Mais pourquoi la rancœur ?

— La rancœur date, elle, de la période saigonnaise. Un soir, Wilhelm a surpris Hans au lit avec Tâm et Lê. Il a compris que Lê était sa maîtresse et que Tâm avait l'esprit large. Remarquez, c'étaient des prostituées, elles étaient habituées à ce type de relations, mais Wilhelm l'avait entre-temps épousée et il n'a sûrement pas apprécié cette liaison. Ce sont des choses qui ne s'oublient pas.

— Vous pensez que ça a eu une incidence sur les relations entre les deux hommes ?

— J'en suis persuadé, même si ce ne fut jamais évident vu de l'extérieur. C'est sans doute la raison pour laquelle Wilhelm n'est pas revenu à Sainte-Livrade à son retour d'Algérie. Il ne se voyait certainement pas vivre entre Hans et Tâm d'un côté, Lê et Marcel de l'autre. Pour lui, sa femme serait toujours la maîtresse de Hans et il pensait sûrement que le petit Marcel était le fils naturel de ce même Hans.

Donc, il semble acquis que Wilhelm n'a pas informé Hans de l'avertissement issu du bureau des Anciens, et ce dernier est mort égorgé à deux pas de chez lui.

Klaus doit deviner mon raisonnement.

— Ne croyez cependant pas que Wilhelm souhaitait la mort de Hans. Il n'a rien provoqué, il a seulement laissé faire les choses. C'est son côté fataliste qui a resurgi.

Dès la fin juillet, le Polack était donc au courant d'une menace latente, sans en connaître davantage.

A-t-il supposé qu'elle concernait davantage le trésor des nazis que le sac d'Ighassira ?

Ça me paraît vraisemblable car Ighassira n'était qu'une péripétie oubliée depuis cinquante ans, alors qu'on évoquait Toplitz et le trésor des nazis fréquemment à la télé et dans les journaux.

Grâce à la fraîcheur relative due à la brume, le Beau Bar a retrouvé son allégresse des apéros du soir. On y a abandonné les demis pour des flys dans de grands verres. On parle plus fort et on n'hésite plus à rire grassement.

De retour de Puyloubier, je m'y suis arrêté, davantage dans l'espoir de croiser Brahim et Alibacar que pour m'envoyer trois ou quatre jaunets qui ne feraient qu'embrumer mes esprits.

Les deux petits chapacans qui m'avaient promis de surveiller la Mitsubishi des deux Chinetoques ont-ils appris quelque chose ?

Je n'ai aucune difficulté à repérer les deux garnements qui errent dans l'Estaque, du côté des voitures garées dans l'espace Mistral. Ils espèrent certainement profiter de la brume épaisse qui noie le quartier pour fomenter un mauvais coup.

Ils ont toutefois quelques minutes à m'accorder, le temps de m'indiquer que le pick-up a quitté l'hôtel de la zone franche de Saumaty dimanche dernier à la première heure et d'empocher les cinquante roros que je leur avais promis pour cette surveillance.

Voici donc deux minots qui m'ont coûté la bagatelle de cent roros en l'espace de dix jours !

Avant de partir, Alibacar me confie s'être rencardé auprès d'une de ses tantes, une des femmes de ménage de l'hôtel, qui a assisté au départ des fils de Hans. Après avoir payé leur carrée, les deux zèbres auraient demandé au réceptionniste où ils pouvaient acheter une carte routière. Le gars leur a machinalement tendu la carte de Marseille et des Bouches-du-Rhône.

— Mais c'était pas ça qu'ils voulaient, me précise Alibacar, alors il leur a conseillé de descendre jusqu'à la FNAC, mais c'était dimanche, le Centre Bourse était fermé. Les deux Chinetoques ont discuté entre eux et se sont mis d'accord pour acheter cette carte à Toulouse.

Donc, les deux zouaves ont fait un détour par Toulouse. Pour quelle raison ?

— En fait, Clo, ma tante m'a dit qu'ils voulaient acheter une carte de…

Je l'arrête d'un geste de la main.

— Attends, minot, laisse-moi deviner…

Je ferme les yeux, comme si ma réflexion était intense, avant d'affirmer sur un ton péremptoire :

— Une carte d'Autriche. Les deux encatanés voulaient acheter une carte d'Autriche !

Les deux chapacans m'observent bouche bée.

— Ouaouh ! T'es balèze, mec ! Comme t'as capté ? s'étonne Brahim.

Je lui tapote paternellement l'épaule.

— Enfantin, minot. Quand tu seras grand, tu en feras autant !

Il est quelquefois agréable de crâner, surtout devant des gosses qui ont tendance à te prendre pour un estropié de la cervelle !

Jeudi 23 août, l'Estaque

La température est toujours caniculaire mais le temps, de plus en plus lourd, va certainement tourner à l'orage. La brume d'hier soir annonçait-elle un changement météorologique ?

J'ai eu un peu de mal à persuader Biscottin que tout danger était désormais écarté puisque ses agresseurs étaient repartis vers Toulouse et qu'ils envisageaient probablement une virée en Autriche à l'issue de ce petit détour dans le sud-ouest. L'Estaque ne présentait donc plus le moindre intérêt pour eux.

Ce qui l'a convaincu, c'est sans doute davantage ma description idyllique de l'ambiance du Beau Bar ravivée par la fraîcheur bienvenue de la brume, que mon assurance.

Ainsi, au Beau Bar, les clients étaient revenus, ainsi le fly trônait à nouveau sur le comptoir, ainsi Muriel était toujours aussi délurée…

Biscottin qui s'emmerdait à cent sous l'heure dans mes collines désertes ne pouvait raisonnablement pas résister bien longtemps à un tel attrait urbain. Alors il a cédé et a accepté ma proposition.

Je l'ai reconduit chez lui vers dix heures du mat'. Je l'ai aidé à remettre un peu d'ordre dans sa baraque mais la mission s'est vite avérée impossible, tant il est vrai qu'on ne peut remettre une chose à sa place qu'à condition qu'elle en ait eu une (de place !).

Le rangement fut donc sommaire. J'ai ensuite accompagné le vieux au bistrot où, rasséréné par les embrassades qui marquaient son retour à la civilisation, il a paru vraiment se régénérer.

Même RoRo et L'Alude ont interrompu leur partie de belote découverte pour le saluer.

Un verre à la main, mon Biscottin, en vrai Marseillais, inventa illico des tas d'histoires qu'il n'avait jamais vécues. Il me prenait parfois à témoin et je me contentais d'opiner du chef en guise d'acquiescement. Chaque récit était ponctué par un des membres de l'assistance par un :

— Sans déconner ?

Auquel l'ancêtre répondait systématiquement d'un ton assuré :

— C'est comme je vous le dis, les gars…

Finalement, tout était bien ainsi. En retrouvant son univers, il revivait. Effacée l'image du petit vieux voûté qui traînait ses guêtres comme une âme en peine autour de l'avanade et de la bergerie…

De nouveau, Alexandra a été réquisitionnée par Tine, dès la première heure, afin de remplir des bouteilles de coulis de tomates.

À mon retour de l'Estaque, les deux femmes se démenaient toujours autour de la lessiveuse bouillante dans laquelle elles stérilisaient les bouteilles en fredonnant :

> « C'est Séraphin
> Qui se trotte en douce au dancingue
> C'est Séraphin

En chaussettes de soie et smokingue
C'est Séraphin
Qui r'met bien vite ses escarpins
C'est Séraphin
Qui fox-trotte jusqu'au matin ! »

Je ne connaissais pas cette étrange romance et Tine a déploré, avec un zeste de mépris, que je puisse ignorer ce tube d'Alibert jadis composé par Vincent Scotto.

Faudra que j'en parle à mon ami Séraphin pour savoir s'il connaît cette ritournelle.

Je n'ai pas attendu le reste du concert dédié à Alibert. La cuisine de Tine était une véritable étuve que j'ai fuie, avec l'excuse de devoir taquiner l'internet pour me rencarder sur les charmes de l'Autriche.

Je venais tout juste de regagner mes foyers lorsque Klaus m'a rappelé. La veille, il s'était focalisé sur Timgad et sur la liste dérobée au bureau des Anciens de la Légion. C'est un peu après mon départ que l'épisode de la dernière célébration de Camerone lui est revenu à l'esprit. Il regrettait de ne pas m'en avoir parlé et son coup de fil était destiné à réparer cet oubli.

— …Car il est très lié à Timgad, a précisé Klaus pour justifier son appel.

Camerone…

Vous connaissez sans doute cette résistance acharnée de soixante-trois légionnaires français face à deux mille Mexicains. Rassurez-vous, je ne vais pas vous raconter la guerre du Mexique, mais Camerone est devenu un symbole et son anniversaire est dignement célébré tous les 30 avril dans la maison mère de la Légion, à Aubagne. Auparavant, la cérémonie se déroulait à Sidi-Bel-Abbès, en Algérie.

Klaus m'a donc raconté que le 30 avril dernier, tous les

anciens légionnaires s'étaient retrouvés, comme tous les ans, au quartier Viénot, à Aubagne. Il m'a détaillé la commémoration, le défilé du premier Régiment étranger, la lecture du récit de la bataille, les troupes d'active au garde-à-vous, la main de bois du capitaine Danjou portée comme un trophée sur un coussin, la montée de la voie sacrée qui conduit jusqu'au monument aux morts ramené, pierre par pierre, de Sidi-Bel-Abbès.

Moi, cette main en bois m'a toujours impressionné et, devant mon intérêt, Klaus a tenu à me raconter brièvement son histoire avant d'en venir aux faits. Après le massacre des légionnaires à Camerone, on ne retrouva que des corps dépouillés et on chercha en vain la main articulée que le capitaine Danjou, dix ans plus tôt, en Algérie, s'était fait fabriquer à la suite de l'explosion d'une arme à feu. C'est un lieutenant autrichien qui a retrouvé cet objet deux ans plus tard chez le propriétaire français d'un ranch de la Cordilière et l'a remis à la Légion.

Il est ensuite revenu à la soirée de la dernière célébration aubagnaise.

— Nous avions pas mal bu. Il faut dire qu'après la cérémonie officielle du matin, nos retrouvailles prennent une allure plus festive et surtout plus arrosée avec la kermesse du légionnaire, l'élection de Miss Képi Blanc et le bal. Nous nous retrouvions entre anciens d'Algérie et il y a toujours eu entre nous une réelle effervescence au moment de cette rencontre annuelle. Ce soir-là, l'un d'entre nous a remis sur le tapis les révélations que Wilhelm nous avait faites dans les ruines de Timgad.

— Quelle idée ? Presque soixante ans après… Pourquoi alors ? Pourquoi ne pas l'avoir fait quelques années plus tôt ?

— Pour une raison très simple. Le film *Les Faussaires* venait d'être diffusé à la télé et, quelques jours auparavant, un reportage sur les expéditions destinées à retrouver le trésor des nazis au fond du lac Toplitz avait fait l'objet d'un Thema sur Arte.

Le reportage de CBS ? Ou un autre …Car les documentaires sur Toplitz ont foisonné à partir des années quatre-vingt-dix. Toujours est-il que cela a titillé leur imagination et a fait renaître en eux le goût de l'aventure.

— Je ne sais pas si notre groupe était surchauffé par l'alcool, mais la plupart des camarades se sont mis en tête de monter un raid sur le Toplitz.

— Pour rechercher le trésor des nazis ?

— Exactement. Ils se sentaient vieux, dépassés par un monde qui avait oublié nos valeurs de jadis, le courage, l'honneur, le combat…

— Et vous ?

— Moi, je m'en fichais. Vous avez vu comme je traîne la patte ? Alors plonger dans un lac… L'important pour moi, c'était l'amitié, c'était d'être avec des camarades, même s'ils étaient souvent aigris par les ennuis de santé ou le manque de fric dû à leur maigre retraite. En fait, ils avaient soif d'une dernière aventure qui leur prouverait qu'ils n'étaient pas finis et qui mettrait un peu de beurre dans leurs épinards.

Pour sa part, le Polack a refusé. Il se sentait trop vieux. Son projet de l'été 66 était loin, très loin. En fait, à l'époque, il n'avait que trente-sept balais et possédait de l'énergie à revendre. Plus de quarante ans s'étaient écoulés et une telle aventure lui semblait pure folie.

— Et puis, Wilhelm a toujours été un peu fataliste. Il nous a avoué sa tentative des années soixante, sans doute pour nous affirmer que si ça n'avait pas marché à l'époque, c'est que ça ne devait pas se faire. Pour lui, le destin était comme ça…

En fait, il vivait peinard à l'Estaque. Il y avait sa vie, ses habitudes, ses amis. Il y avait trouvé une sérénité et un équilibre bienvenus après une vie de guerrier baroudeur.

Oh ! Bien sûr, ce n'était pas le paradis, mais ça lui suffisait amplement.

Le dessein des soudards à la retraite ayant échoué très rapidement, la progéniture d'Hans aurait-elle pris le relais ?

Si oui, pourquoi et comment ?

Qu'importe, Quy et Ai Quôc sont sans doute déjà en route, sinon sur place.

Ont-ils déjà plongé dans le Toplitz ?

C'est peu vraisemblable. Il leur faut prendre leurs marques sur place, organiser l'exploration du lac et, surtout, la récupération et le transport des lourdes caisses. Comment vont-ils procéder ?

Je me suis décidé à solliciter mon break afin de me conduire dans ce pays de montagnes où des mecs en culottes de peau poussent des youyous dès qu'ils ont un coup dans la musette et où les lacs sont auréolés de mystère. Plus de deux mille quatre cents bornes aller-retour, une bagatelle pour ma 405 qui en a parcouru cent fois plus !

Dès qu'elle reviendra de son labeur chez Tine, je demanderai à Alexandra de m'y accompagner. Elle semble se plaire au jeu, son aide est toujours efficace, sa compagnie est plus qu'agréable et c'est aussi un excellent moyen de me l'attacher.

J'envisageais de partir dès demain, mais un voyage tel que celui-ci se prépare.

Par où vaut-il mieux passer, la Suisse ou le nord de l'Italie ?

Et où loger sur place ?

L'internet, comme par miracle, va répondre à toutes mes questions de logistique.

C'est sans doute une mauvaise manip qui me ramène sur l'écran la photo d'une Audi R8.

Une super chignole, moteur V8 de quatre cent vingts chevaux, qui vous coûtera la modeste somme de cent six mille neuf cents euros, sans les options évidemment, car faut quand même pas déconner !

Bon, une Audi, même de ce prix, n'a jamais réussi à me mettre de mauvaise humeur, mais la légende qui accompagnait la photo m'a refilé le bourdon. Car l'autre con, avait ajouté, en guise de commentaires : « Alexandra chérie, je l'ai achetée pour toi. » Sûr qu'elle va rigoler, « son » Alexandra chérie lorsque je vais lui proposer un périple de deux mille quatre cents bornes dans mon break pourri !

J'ai récupéré sur le net les quelques infos destinées à faciliter mon trip autrichien, mais j'ai la tête pleine de petits bonshommes agressifs qui m'écrabouillent au volant de leurs Audi R8 à pédales et qui me refilent mal au crâne en aboyant vulgairement qu'ils ont tous baisé «mon » Alexandra !

Est-ce pour atténuer ma déprime que je me sers un grand verre de Lagavulin ?

Ce single malt n'est pas la boisson idéale par une chaleur pareille. On l'apprécie davantage les soirs d'hiver, lorsqu'un mistral glacial hurle au dehors et qu'on est bien calé devant la cheminée, mais j'ai l'impression que le goût puissant et sauvage de cet alcool distillé sur les îles d'Écosse battues par les vents du large me donne un sacré coup de fouet.

Et c'est tant mieux.

Je ne veux surtout pas qu'Alexandra me trouve ravagé par la jalousie et la déprime en rentrant de son labeur auprès de Tine.

À la queue leu leu…

Mon portable…

Où ai-je bien pu le poser ?

Le Lagavulin m'a embrumé les méninges.

À la queue leu leu…

Et Alexandra ?

Où est-elle ?

Est-elle revenue de chez Tine ?

Je décroche enfin.

C'est Trunq. Je l'avais oublié, celui-là.

— Clo, ça ne fait que quelques jours que je suis rentré à Sainte-Livrade, mais ce n'est plus possible. Je ne peux plus me voir ici.

Aïe, mauvaise limonade… Que me veut-il ?

— Voilà, j'ai pensé que tu pourrais m'aider…

Le voilà qui me tutoie maintenant !

Je réponds poliment :

— Si je peux…

C'est sûr, il va encore me demander la lune !

— Oui, tu peux, j'en suis certain. Voilà… Comment te dire… J'en ai assez de Sainte-Livrade.

C'est peut-être un peu tard pour s'en rendre compte. Il vit quand même là-bas depuis un demi-siècle !

Je tente de tempérer ses ardeurs nouvelles :

— Mais tu as ton boulot, tes amis, tes repères…

— Mon boulot est un boulot de merde. Sous prétexte que je ne suis que magasinier, mon patron me prend pour un larbin. Mes amis se moquent de moi à la moindre occasion, quant à mes repères…

Il marque un temps d'arrêt, avant de reprendre sur un ton nettement plus guilleret :

— Alors, je me suis dit, si tu en as marre de Sainte-Livrade, tu peux aller vivre à l'Estaque, dans la maison de ton père. Après tout, elle est à moi cette baraque, non ?

— Bien sûr qu'elle est à toi. Enfin, c'est ce que je crois car je ne connais pas d'autre héritier.

— C'est pas une bonne idée ?

— C'est sûrement une excellente idée.

C'est Biscottin qui va être ravi de récupérer un voisin pareil !

— Eh bien, tant mieux, parce que j'ai un peu brusqué les choses. Figure-toi que je suis dans le train, un peu après Nîmes, et que j'arrive à Marseille dans une petite heure !

En voilà une autre !

— Mais la maison est dans un tel état… Tu l'as vue samedi dernier. Ce n'est pas habitable.

— Ça ne fait rien, je mettrai de l'ordre. Je t'appelais pour que tu me donnes la clé dès mon arrivée, afin que je puisse m'y installer.

Je lui explique que c'est Biscottin et non moi qui détient la clé, qu'il devrait s'adresser à lui, avant de lui proposer autre chose.

— Écoute, Trunq, le plus simple est que je descende te récupérer à la gare pour te conduire directement à l'Estaque, chez Biscottin. Après tout, il ne te connaît pas et il ne te donnera pas la clé aussi facilement si tu te pointes seul.

Inutile que je lui révèle qu'il risquerait surtout, dans ce cas-là, de se prendre du plomb de douze, plein les fesses. À la suite de son agression, le vieux garde son fusil de chasse chargé à portée de main. Et comme il ne porte pas particulièrement les Asiatiques dans son cœur, mon intervention me paraît indispensable pour les présentations.

— À quelle heure arrives-tu ?

— Quatorze heures cinquante-trois, gare Saint-Charles.

— OK. J'y serai.

Trois jours plus tôt, le lundi 20 août

— Putain, Quy, c'est encore loin ?

Quy jette un coup d'œil rapide dans le rétro intérieur. Ça y est, ils sont réveillés ! Ces deux zigotos ne sont bons qu'à se plaindre. Si ça ne tenait qu'à lui, il ne leur aurait rien demandé et les aurait laissés végéter dans leur quartier pourri, mais c'est Ai Quôc qui a insisté. De les savoir près d'eux, ça rassure son grand frère.

Après tout, il a peut-être raison, Ai Quôc, mais Quy n'a retenu que deux inconvénients qui le turlupinent. Le premier, c'est que ça les obligera à partager le magot en quatre. Le second, c'est que les deux zouaves ne savent pas tenir leur langue quand ils ont un coup de trop dans les narines.

Et ils picolent souvent…

Faut dire qu'ils ont rencontré Ai Quôc à Toulouse où ils se biturent à longueur de journée.

« Ils savent plonger et ce sont mes amis » a prétendu Ai Quôc en guise de justification lorsqu'il les a présentés à Quy. Celui-ci a haussé les épaules. Après tout, pourquoi pas, ce n'est pas son frère aîné qui lui serait d'un grand secours : il sait à peine nager. Dans ces conditions, deux plongeurs de plus, ça ne se refuse pas. Il a donc accepté que les deux zouaves les accompagnent.

— Putain, Innsbruck ! On est à Innsbruck…

Le panneau autoroutier indique la direction de la célèbre station de sports d'hiver. Ça s'excite un peu sur la banquette arrière ! Quy se contente de lorgner vers l'horloge. Faut dire qu'ils roulent depuis une douzaine d'heures et qu'ils ne se sont arrêtés que trois fois : d'abord un peu avant Lyon, ensuite sur l'autoroute suisse A9 près de Lausanne, enfin à leur entrée en Autriche. Quy esquisse un sourire : il a pissé trois fois dans la journée, dans trois pays différents. Un peu avant Salzbourg, ils auront à parcourir un peu moins de cent bornes en Allemagne. Il faudra qu'il pense aussi à pisser chez les boches.

Après avoir roulé plus de mille bornes au volant de la Mitsubishi, il a des pensées débiles, mais c'est sans doute pour parvenir à se détendre et à rester éveillé.

Ai Quôc somnole auprès de lui, à la place du mort. Son frère aîné a toujours été une glandouille. Vivement qu'ils réussissent ce gros coup et qu'Ai Quôc vive enfin sa vie de son côté, loin de chez lui.

Car Ai Quôc est une tache, une véritable tache ! Son père aurait aimé qu'il persévère dans son job de plombier, mais ça a foiré. Quand on a les côtes en long et un penchant avéré pour les bistrots ainsi que tout ce qu'on y sert et qui titre plus de quarante degrés, on est plus souvent candidat à la faillite qu'au titre de meilleur ouvrier de France !

Ai Quôc s'est planté : dépôt de bilan, divorce, saisie de la baraque, fuite de l'épouse qui va s'installer à l'autre bout de la France et qui emmène ses gosses avec elle, chômedu, fric qu'on doit à gauche et à droite, ardoises dans les troquets…

Heureusement que Quy était là. Il a récupéré l'inutile chez

lui, mais ce n'est plus possible, son épouse n'en veut plus, elle ne supporte plus ce beau-frère qui passe ses journées à se morfondre, à cuver son vin et à dégueuler sur les tapis.

Vivement que tout soit terminé, pense Quy en regardant son aîné dormir du sommeil de l'enclume. Pourtant, il l'aime bien Ai Quôc, c'est son frangin tout de même…

Il faut constamment s'occuper l'esprit lorsqu'on conduit pendant des heures avec trois larves avinées à bord qui n'ouvrent la bouche que pour réclamer une canette de bière ou un arrêt pipi, l'une entraînant immanquablement l'autre.

Quelle aventure !

Quy en aurait presque les larmes aux yeux lorsqu'il y repense.

Sans doute à cause de son père.

Car c'est grâce à son père qu'ils vont pouvoir se tirer d'affaire. Si la situation de Ai Quôc est critique, la sienne n'est guère plus enviable.

Oh, bien entendu, Quy s'est mieux débrouillé que son aîné. Au moins, sa femme et son fils ne se sont pas barrés et il a réussi à conserver sa maison malgré les dettes. Mais du point de vue financier, son entreprise n'a pas été une réussite, loin de là ! En fait, il n'a pas eu de chance et il se dit parfois qu'il aurait mieux fait de rempiler chez les sapeurs-pompiers professionnels plutôt que de tenter cette aventure. Il était alors peinard avec sa spécialité de plongeur.

Pourquoi a-t-il voulu ouvrir ce club de plongée près de Perpignan ?

Il y a investi ses maigres économies, puis l'affaire a capoté. Il a ensuite trouvé un boulot sous-payé à Toulouse, un de ces petits boulots payés au SMIC mais pour lequel tu ne fais jamais assez d'heures pour le toucher. La boîte a mis la clé sous la porte après avoir tout délocalisé en Chine.

Depuis, Quy vit dans la banlieue de Toulouse, pointe au

chômage et se débrouille comme les autres, en bricolant au noir à droite et à gauche.

Quel gâchis… Avec sa forte expérience de la plongée – il a exploré la Garonne, l'estuaire de la Gironde et des quantités de lacs – il maîtrisait parfaitement son sujet et il aurait dû réussir. Les petits boulots, le frère en charge, la femme qui commence à faire la gueule et qui ne supporte plus Ai Quôc, ça use et ça va sûrement dégénérer…

Heureusement qu'il y a eu ce dimanche du début juin.

Il voit enfin le bout du tunnel…

Le mois de juin est à peu près acceptable à Sainte-Livrade. Les pelouses sont encore vertes et les jardins fleuris. On dirait que le printemps a rénové le camp et que tout est repeint à neuf.

Ce dimanche-là, ils étaient tous réunis autour de Tâm.

C'était son anniversaire.

Quatre fois vingt ans, ce n'est pas rien !

Quy détestait revenir dans ce camp où il avait passé son enfance. C'est ici qu'il avait vécu comme un misérable, c'est ici qu'il avait été humilié et traité de sale jaune par les abrutis de paysans du coin. Il avait honte et en voulait à son père de les avoir cantonnés au Moulin-du-Lot sans possibilité d'en sortir.

C'est d'ailleurs pour échapper à cette vie minable qu'il s'était engagé chez les pompiers. Il voulait voir autre chose que ces visages d'Asiatiques fatalistes, aux yeux vides, à la peau plissée et usée par les années. Bien sûr, même sous l'uniforme, les brimades n'avaient pas disparu, il était toujours un chinetoque, mais il n'était pas seul à subir la connerie des autres. Ce qualificatif devenait presque supportable lorsque ses camarades étaient traités de troncs de figuiers, de crouillats, de baoulés, de ratons ou de bicots.

Et puis, la vexation quotidienne s'apparente, au bout d'un certain temps, à de la routine sans grande signification.

Ce dimanche-là, le père avait un peu bu. Ça lui arrivait rarement, mais c'était un jour de fête et on avait invité tous les voisins. Le soir, Hans, sans doute émoustillé par le Madiran, prit ses garçons à part pour leur confier, d'un air mystérieux :

— J'ai un truc pour vous. Pour vous sortir de la merde.

Quy se rebiffa pour la forme, avec fierté. Il n'était pas dans la merde, lui !

Hans n'en tint pas compte :

— Vous allez vous faire du fric, beaucoup de fric, les enfants. Ai Quôc, tu pourras t'acheter une baraque et vivre de tes rentes. Et toi, Quy, tu pourras relancer une affaire de plongée.

Quy prêta une oreille attentive. Ce projet de son père pouvait à la fois le renflouer financièrement et le débarrasser de son parasite de frère. C'était une sacrée aubaine !

— Voilà… Vous ne connaissez sans doute pas Wilhelm, le père de Trunq, mais vous avez toujours entendu parler de lui, c'est un ami. En fait, plus exactement, c'était un ami car nous nous sommes perdus de vue depuis pas mal de temps. Et puis, je n'admets pas la manière dont il a traité son fils et sa femme. Il les a abandonnés ici pour vivre sa propre vie.

Quy serra les mâchoires.

En évoquant ainsi Wilhelm, son père ne désirait-il pas que ses fils le remercient pour ne pas les avoir abandonnés, pour être resté avec eux à végéter dans ce lieu sinistre ?

Mais Hans n'attendait rien de ses fils. Il leur raconta simplement la double confession de Wilhelm – à Diên Biên Phu d'abord, à Timgad ensuite – au sujet du trésor du lac Toplitz. Il en rajouta une couche sur Diên Biên Phu, ce qui eut pour effet d'irriter ses fils qui détestaient qu'on leur parle de cette guerre d'Indochine, cause de tous leurs maux et de leur exil sur une terre inhospitalière.

— Viens-en donc au fait ! le coupa brutalement Quy.

Le vieil homme leur révéla le projet né au soir de la fête de Camerone, le 30 avril précédent. Wilhelm avait refusé tout net de participer à une telle aventure.

— C'était une idée absurde et je comprends Wilhelm. Comment voulez-vous que quelques vieillards puissent entreprendre une pareille expédition ! Il s'agissait de plonger dans un lac de montagne, et des dizaines de gars, bien plus jeunes que nous, y avaient déjà laissé leur peau. Par contre, pour des hommes comme vous, avec Quy qui est un as de la plongée, tout est possible.

Quy objecta que si plusieurs plongeurs y avaient laissé leur vie, rien ne paraissait évident et facile dans cette aventure. Son père expliqua, la voix pleine d'enthousiasme, que les échecs successifs étaient dûs au fait que personne ne connaissait le lieu précis de l'immersion des caisses.

— Et toi, tu le connais ?

— Moi, non, mais Wilhelm, oui. Et je sais même où il cache la carte détaillant précisément cette position.

Hans avait-il soif d'aventures ? S'il était séduit par une expédition sur le lac Toplitz, c'était moins par sa dimension épique que par le fait que cette aventure lui permettrait de bâtir un projet avec ses garçons qui s'éloignaient peu à peu de lui. Ai Quôc et Quy le prenaient pour un has been, pour un ringard. La prospection sur le Toplitz était une occasion inespérée – peut-être la dernière – de se rapprocher d'eux, voire de les reconquérir.

Il leur raconta son expédition manquée de 66, le voyage à l'Estaque, l'échec qui avait ponctué leur recherche d'une équipe de plongeurs.

— Aujourd'hui, c'est différent. Quy peut plonger, Ai Quôc l'aidera à remonter les caisses et moi j'assurerai toute la logistique. J'irai voir Wilhelm, il nous aidera, il nous fournira la carte et quelques indications.

— Et s'il refuse ? demanda Ai Quôc que l'expédition semblait intéresser.

— S'il refuse, tant pis. Je sais où se trouve cette carte.

Il leur décrivit sa visite de l'été 66. Wilhelm lui avait montré la fameuse carte qu'il avait insérée entre deux toiles tendues sur un châssis. Le tableau représentait une madone, c'était la copie d'une œuvre de Botticelli. Sur la carte d'État-major, il avait tracé deux segments de droite s'appuyant sur des pitons rocheux facilement repérables sur le terrain. Le point d'intersection était le point d'immersion.

C'est cette information très précise qui avait fait cruellement défaut aux explorations précédentes.

Quy sourit tristement en se remémorant cette journée de la fin du printemps.

C'était la dernière fois qu'ils avaient vu leur père vivant. Hans avait été égorgé un mois et demi plus tard pour un motif qu'ils ignoraient. Une horreur ! La disparition de ce père dont la passivité l'avait si souvent exaspéré lui avait laissé une cicatrice à l'âme et le regret de n'avoir pas pu échanger autre chose que de mauvais regards.

Entre-temps, Hans les avaient bien appelés à trois ou quatre reprises pour les informer de l'état de son projet. Wilhelm avait refusé sa proposition et Hans en était déçu. Quy avait réagi, sans doute trop brutalement, en proposant d'utiliser les grands moyens.

Les grands moyens… Cela sous-entendait trop de choses. Hans parut alors se rétracter. Il ne souhaitait pas que Wilhelm soit maltraité. Il était d'accord pour récupérer la toile, mais pas à n'importe quel prix.

Pour Quy et Ai Quôc, il était trop tard pour renoncer. Leurs situations empiraient de jour en jour, les dettes s'accumulaient, il fallait agir. Ils avaient compris que Toplitz était la chance de leur vie et qu'il n'y en aurait certainement pas d'autre.

Les fils étaient maintenant bien décidés à aller au bout de l'aventure, avec ou sans leur père.

Ce fut donc sans leur père.

Les tunnels se succèdent inlassablement.

Le Milser, le Kirchenriese, le Schlenzenmure, le Steinbruchmure…

Les panneaux indicateurs défilent.

« Décidément, cette langue est barbare », pensa Quy qui trouva inutile de partager cette profonde réflexion avec ses passagers.

Il aperçut avec soulagement l'affichage lumineux indiquant qu'ils pénétraient en Allemagne. Le compteur marquait plus de mille trois cents kilomètres depuis le départ de Toulouse.

Quy n'eut alors plus qu'une idée en tête : trouver une aire pour pouvoir vider sa vessie.

Vendredi 25 août, la Varune

Le temps est de plus en plus lourd et orageux. Jusqu'à présent nous avons échappé aux orages, mais Milou m'affirme que ça va changer.

— On va avoir une de ces chavanes, Clo ! m'a-t-il précisé avant de poser une bâche sur son tas de bûches.

Il n'est pas vraiment devin, Milou, il lui a suffi de lire le journal. La météo prévoit une nouvelle journée torride qui devrait s'achever sous un déluge d'eau.

La Provence est ainsi faite : on étouffe durant des semaines, le cagnard calcine tous les végétaux, on manque d'eau, les sources tarissent et les puits s'assèchent, puis, en deux ou trois jours, fin août ou début septembre, les orages noient le paysage et les pluies torrentielles ravinent tout sur leur passage.

Au fait, il faut que je vous dise… Alexandra est repartie à Paris.

Dès que je suis revenu at home, hier en fin d'après-midi après avoir présenté Trunq à Biscottin et installé le fils du Polack chez lui, j'ai compris qu'il y avait un bug.

J'étais pourtant le plus heureux des hommes en regagnant la Varune, car nous allions enfin nous retrouver en tête à tête. Je me suis même mis à fredonner une vieille rengaine de Joe Dassin, c'est dire !

Mon enthousiasme a calé net lorsque je me suis aperçu qu'Alexandra avait perdu son sourire et que son regard fuyant dissimulait une certaine gêne.

Elle paraissait avoir oublié les trémolos de Reda Caire, André Claveau et Alibert. La musique et les ritournelles n'étaient plus de mise. Elle venait tout juste de terminer le coulis de tomates avec Tine et sa robe était maculée de sauce rouge. On aurait dit du sang. Dans d'autres circonstances, j'en aurais plaisanté.

— Clo, j'ai un problème, m'a-t-elle avoué après m'avoir gratifié d'un vrai baiser au goût de pomme d'amour.

— Oui ?

Allait-elle enfin me parler de cette saloperie d'Audi à cent mille roros, de cette photo qui traînait négligemment sur mon disque dur, de la dernière acquisition de ce m'as-tu-vu d'avocat qui ne pense qu'à l'allonger dans son pieu ?

— Je dois remonter à Paris. C'est urgent.

J'ai avalé ma salive en tentant de dissimuler mon émoi.

— Tu... Tu comptes partir quand ?

— Demain matin, au TGV de 12 h 28. Ça me permettra d'être à Paris vers 15 h 40.

Et voilà : ça repartait comme en 14 !

J'allais me retrouver seul, dans mes collines, comme le roi des couillons, avec le souvenir de la peau brûlante d'Alexandra que j'imaginerais constamment à la merci des caprices sexuels de sa saloperie d'avocaillon.

Les autres fois, ç'avait été entièrement de ma faute, mais ce coup-ci, je ne comprenais pas…

Qu'est-ce que j'avais donc bien pu faire pour qu'elle se tire ainsi ?

Elle a deviné ma question.

— Clo, tu n'y es pour rien. C'est le boulot.

Elle m'a parlé finances, un domaine où je n'ai jamais rien pigé. Elle m'a raconté que sa boîte était en difficulté à cause de l'hawala, un système aussi informel qu'imbitable permettant de transférer des fonds d'un pays à l'autre par le biais de courtiers. Elle m'a confié que l'hawala, très développée au Moyen-Orient, connaissait beaucoup de succès auprès des travailleurs immigrés qui envoient périodiquement des fonds à leur famille restée au pays.

Qu'est-ce que j'en avais à foutre de son hawala !

Elle a poursuivi en m'expliquant que le hic, c'est que la fameuse hawala garantit l'anonymat et constitue, de ce fait, un instrument précieux pour faciliter la fuite des capitaux et le financement des activités terroristes. Les emmerdements de la boîte d'Alexandra se situaient, si j'ai bien compris, à ce dernier niveau.

Elle n'a évoqué ni l'Audi, ni l'avocaillon, mais mon esprit jaloux et retors a vite échafaudé sa propre torture.

Elle l'a certainement compris car elle m'a gardé toute la nuit contre elle, en elle, se moquant par moments de ces doutes mal placés et non-dits qui me pourrissaient la vie. Elle m'a appelé à plus de simplicité, à plus de naturel, tout en me faisant doucement l'amour et en me répétant qu'elle tenait à moi, qu'elle reviendrait dès que possible. Mais je ne l'ai pas crue. Si l'hawala me l'enlevait ainsi en août, mois de réputation hyper calme pour le taf, qu'est-ce que ce serait en septembre !

Je l'ai conduite à la gare Saint-Charles sur le coup de midi. Son tégévé quittait Marseille à 12 h 28.

La chaleur était intenable malgré les brumisateurs installés sous la gigantesque verrière. En dépit de son nouveau look, la gare psalmodiait son antienne lugubre des séparations. Sur le marchepied du train, elle m'a serré contre elle et a posé ses lèvres sur les miennes, comme dans les films tristes qui se terminent par la scène des adieux sur le quai. Elle m'a juré de m'aimer toujours, « quoi qu'il arrive », a-t-elle ajouté et, évidemment, cet addenda m'a inquiété.

— Je ne comprends pas… ai-je balbutié connement.

— Qu'est-ce que je dois faire pour te le prouver ?

J'aurais voulu hurler « Reste avec moi ! », mais cela aurait servi à quoi ?

Alors, comme j'avais une idée qui trottait dans ma tête depuis mon projet de balade en Autriche, j'ai préféré une autre option :

— Pour me le prouver ? Donne-moi donc un coup de pouce…

Je lui ai exposé ma demande. Elle a souri et m'a passé la main dans les cheveux en lâchant un « OK » riche de promesses.

Elle allait partir, mais j'étais heureux rien qu'en la regardant. Il y avait un milliard d'étoiles qui brillaient dans ses yeux !

Je renforce un pan de mur à demi éboulé qu'un ruissellement trop intense risque d'emporter. Les étoiles qui scintillaient dans les yeux d'Alexandra perdent un peu de leur éclat dans ma mémoire. Je l'imagine dans le tégévé filant à vive allure vers Paris, et ça me met la tronche à l'envers. Et puis, son départ contrarie un peu mes plans : j'envisageais de l'emmener avec moi du côté de Salzbourg.

Pourrais-je y aller et me débrouiller seul ?

Je n'en sais rien.

Alors il faut s'occuper les mains pour que la (mauvaise) réflexion ne prenne pas le dessus. J'assemble les lourdes pierres et les scelle soigneusement au ciment prompt. Je sais, le ciment prompt, ce n'est pas l'idéal pour ce type de réparation, mais le ciel s'obscurcit de plus en plus derrière le baou des Maùfatans et le temps presse.

Les chèvres sont fébriles, elles sentent venir l'orage. Tine également, elle ferme soigneusement portes et volets et m'incite à en faire autant.

— Clo, ça va péter. Tu devrais un peu te bouléguer !

Les premiers grondements sont lointains, mais bientôt le ciel devient noir et paraît s'effondrer sur la garrigue. Il pleut à verse. Les grosses gouttes qui s'écrasent avec fracas contre les toitures annoncent le déluge. Je cours me réfugier à l'abri, dans ma baraque.

À la queue leu leu…

Alexandra ?

Mon palpitant s'emballe.

Je me précipite vers le portable.

Non, c'est Trunq.

Mon « allô » doit manquer d'enthousiasme, car le fils du Polack s'inquiète :

— Clo, ça ne va pas ?

Bien sûr que ça va ! Il ne me manque plus que la compassion et l'assistance apitoyée de ce mouligas !

Depuis quelque temps, le bougre me semble taraudé par une obsession : devenir le fils de son père. Il me révèle s'être longuement imbibé de l'esprit du Polack, la nuit dernière, dans la petite baraque de l'Estaque. Je ne comprends pas trop ce qu'il veut dire, mais la découverte de la mort de son père a manifestement ravivé son instinct filial. Tout ce qu'a pu faire ou dire son pater l'intéresse maintenant au plus haut point. Il me questionne continuellement au sujet de cet homme avec lequel je n'étais pas vraiment intime. Je pense d'ailleurs que personne, à l'Estaque ou ailleurs, ne peut se targuer de l'avoir véritablement connu.

— Et Quy et Ai Quôc, as-tu des nouvelles ?

Il change de sujet, enfin c'est une façon de parler car tout nous ramène inexorablement vers le Polack. Je ne lui cache rien, la carte, le départ des deux frères pour Toulouse et leur probable projet pour l'Autriche.

— Pourquoi Toulouse ?

C'est à moi de poser les questions.

D'après Trunq, Quy habite un quartier de Toulouse et il a recueilli son frère chez lui. Ai Quôc me semble être ce qu'on appelle chez nous une broque. Ils sont donc passés à Toulouse pour récupérer quelque chose ou quelqu'un avant de prendre la direction du Toplitz.

— Clo, nous devons aller là-bas.

— Là-bas ? Où ?

— Jusqu'au lac, comme Quy et Ai Quôc. C'est mon père qui détenait la clé de ce mystère. C'est aujourd'hui à moi de comprendre. La teneur de sa dernière lettre me confiait cette mission. Je dois savoir ce que dissimule le lac.

Je ne pense pas que le Polack lui ait demandé ça de manière aussi formelle dans sa lettre, mais après tout, why not ?

Alexandra à Paris, je me retrouve désespérément seul pour ce périple. Pourquoi ne pas emmener Trunq ? Oh, je sais ce que vous allez m'avancer : mieux vaut être seul que mal accompagné, mais en ce qui me concerne – ou en ce qui concerne mon plan plus exactement – j'ai bien besoin d'une petite main.

— Alors, Clo, on part quand ?

Au dehors, la terre explose sous l'impact des trombes d'eau, un torrent chargé d'argile rouge dévale le chemin de terre en creusant de profonds sillons.

— On part quand ? répète-t-il.

Deux secondes de réflexion, puis :

— Dimanche, dans la nuit. Je passerai te prendre à l'Estaque à trois heures du matin…

Lundi 27 août, Bad Aussee

L'Autriche est vraiment un tout autre pays, un paysage à mille lieues de la blancheur aveuglante de la roche et de l'azur de la mer qui baigne nos côtes. Ici, c'est un camaïeu de verdure, entre le vert tendre et serein des prés et le vert foncé un peu inquiétant des futaies de pins noirs.

La vie semble s'écouler paisiblement dans ce paysage de carte postale, ce décor propret, parsemé de petits villages pittoresques et de fermes bien entretenues où l'on pourrait certainement manger dans les étables.

Après plus de mille bornes, la traversée de la Suisse, du minuscule Liechtenstein et du Tyrol, l'arrivée à Salzbourg a été une délivrance. Pour nous, mais aussi pour mon break 405 qui n'a jamais été aussi vaillant en avalant la distance sans faiblir.

Quand je dis nous, vous avez bien compris qu'il s'agit de Trunq – que j'ai récupéré comme convenu sur le coup de trois heures du matin à l'Estaque – et de moi.

Ce n'est pas que ce garçon soit de mauvaise compagnie, mais il me paraît fatigué de naissance et somnole continuellement. Lorsqu'il émerge, c'est pour téter une canette de mauvaise bière, me parler de sa mère, de sa vie à Sainte-Livrade et de l'absence de ce père qu'il découvre enfin. Hans qui a veillé sur son enfance et son adolescence lui paraît désormais loin, beaucoup plus loin que ce qu'il imaginait depuis qu'il a retrouvé les traces de Wilhelm et qu'il a compris que ce sont bien Quy et Ai Quôc, ses « cousins », qui ont tué son père. Il me raconte aussi New York, un New York très différent de celui que je connais, un New York qui n'est pour lui qu'une mégapole rêvée et imaginée à partir de ses fantasmes nourris par les arrière-plans des films américains et des reportages d'actualité.

Je reconnais quand même que ma vieille Peugeot faisait un peu tache sur le parking de la Mirabellplatz, au milieu de toutes les superbes berlines rutilantes carrossées en Germanie, témoignages métallisés de l'opulence de la ville natale du bon Mozart. Mais ce n'est pas parce que j'ai honte de l'aspect un peu délabré de ma fidèle voiture que je l'ai lâchement abandonnée – momentanément – dans ce parking du centre-ville. Je cherchais avant tout à passer inaperçu en terre autrichienne et je me suis donc dirigé avec armes et bagages vers l'agence d'Auto Europe de la Gniglerstrasse pour y louer une superbe Volkswagen Touran dotée d'une immatriculation locale qui lui confère une neutralité et une discrétion bienvenues.

Nous avons profité de notre halte au centre-ville pour boire un coup – Trunq, l'amateur de ba ba ba, a été subjugué par la richesse de l'offre de bières autrichiennes – et acheter quelques friandises avant de reprendre la route.

Bad Aussee n'est qu'à quatre-vingts kilomètres de Salzbourg.

À mes côtés, Trunq roupille à nouveau. La bouteille de Gösser qu'il a sirotée et la courte nuit expliquent sans doute sa somnolence. Le fils du Polack est totalement amorphe. Il est vanné. Je suis persuadé qu'il n'a jamais fait un aussi long voyage, lui qui rêve constamment de New York !

Il ignore donc le superbe paysage environnant qui défile, des sommets calcaires clairs aux noires forêts montagneuses en passant par des prairies de fleurs.

Un parfum épicé stagne sur la région et réveille en moi le vieux souvenir de la fenaison. Je baisse ma vitre pour m'emplir les narines de ces senteurs d'enfance. Si j'osais fermer les yeux, je reverrais sans doute les charrettes débordantes de ce foin odorant qu'on entassait jadis dans les fenils proches des bergeries, mais quand on conduit, mieux vaut garder les yeux grands ouverts et regarder devant soi !

L'univers des mines de sel est encore partout présent, davantage pour attirer le touriste dans les longues galeries souterraines que pour en extraire des tonnes de chlorure de sodium.

Ici et là, des pêcheurs vêtus de kaki pêchent l'omble chevalier dans des torrents à l'eau claire comme du cristal.

Le lac Toplitz ne doit plus se trouver qu'à quelques kilomètres d'ici, mais auparavant, il nous faut nous arrêter à Bad Aussee, histoire de repérer le café Lewandofsky.

Vous ai-je confié que j'ai réussi à rapprocher le prénom de la fille qui sauva le Polack en 45 – Klaus m'a confié qu'elle s'appelait Wilhelmine – du dépliant touristique des années soixante, retrouvé dans la boîte à godasses ?

Cette brochure vantait les atouts de la région de Bad Aussee, célèbre pour ses cures thermales, son climat, ses hôtels et ses cafés. La page présentant le café Lewandofsky était cornée et le nom de la propriétaire cerné de rouge.

Et savez-vous comment s'appelait la propriétaire d'alors ?

Wilhelmine Herzog !

Vous comprendrez mon intérêt subit pour un petit repérage à Bad Aussee, étant entendu que je reviendrai sur les traces de Wilhelmine – est-elle toujours vivante ? – un peu plus tard, lorsque mon esprit aura retrouvé cette vivacité que vous m'enviez tant.

Bad Aussee est une station thermale chicos et hyper bien fréquentée.

J'ai garé mon Touran sur le parking des thermes et nous nous accordons quelques pas le long des rives du Traun. Après une dizaine d'heures passées sur la route, j'ai sacrément besoin de dérouiller mes rotules dans ce lieu d'une surprenante sérénité.

Comme Bad Ischl que nous avons traversé tout à l'heure, cette bourgade s'est opportunément reconvertie en lieu de cure. Nous flânons dans le parc des thermes où fumaient jadis les cuvettes salines. Les sources chaudes et les marais ont conféré une nouvelle identité à ce pays qui tirait autrefois sa richesse des mines de sel. Nous croisons des groupes en balade décontractée ainsi que des cyclistes qui attaquent, le mollet fringant, les petites routes pentues taillées dans le splendide paysage de montagne.

Après avoir repéré la façade rouge du café Lewandofsky où je reviendrai sans doute tout à l'heure, seul et requinqué par une douche salvatrice, je propose à Trunq de rejoindre notre hôtel qui se trouve à Bräuhof, à quelque cinq kilomètres de là.

L'hôtel Backenstein est accroché aux contreforts de la montagne du même nom et s'ouvre sur une pelouse luxuriante qui descend en pente douce vers le Grundlsee.

La seule vue offerte par cet établissement est une récompense. Du balcon de ma chambre, le spectacle est magique : le bleu acier du lac – un véritable miroir – donne la réplique à l'azur du ciel et le soleil jette des reflets scintillants à la surface de l'eau. Quelques nuages blancs et vaporeux s'accrochent aux sommets environnants. Je devine, sans l'apercevoir, le Toplitz qui doit baigner les parois escarpées prolongeant la vallée du Grundlsee, vers l'est.

Trunq est resté dans sa chambre. Il pionce. Le pauvre gars doit avoir besoin de ses dix-huit heures de sommeil journalier tant il me paraît épuisé. Je vais en profiter pour m'accorder, après la douche, une pause sur la vaste terrasse et m'emplir les yeux de la beauté de ce lac.

Je commande une Ottakringer, une bière blonde et ambrée servie très fraîche.

Face à moi, le plan d'eau offre de vastes espaces aux amateurs de voile, de planche à voile et de bateau à rames. Sur la rive opposée, je distingue un groupe de plongeurs. La plongée est-elle encore autorisée, non loin de là, dans le lac Toplitz ? Je n'en sais rien mais, en tout cas, les plongeurs semblent les bienvenus dans Grundlsee, de même que les baigneurs regroupés en grappes familiales sur une belle plage naturelle. Il paraît même qu'en certains coins discrets et protégés, les nudistes sont rois.

Les lacs sont toujours mystérieux et vaguement inquiétants car on ne sait jamais ce que la quiétude de leur surface dormante cache. Ils sont infiniment plus perfides que notre Méditerranée dont les eaux limpides dévoilent impudiquement le fond. J'imagine l'épaisse couche de vase et les branches immergées qui sont autant de pièges pour les plongeurs, sans doute parce que j'ai encore à l'esprit l'histoire de cet Adolf Egner dont on a retrouvé le cadavre, coincé sous les branchages qui tapissaient la vase du lac Toplitz, vingt jours après sa plongée.

Un bateau à moteur balade un troupeau de touristes camérarisés sur un rythme poussif de vaporetto vénitien.

Je vide ma canette d'Ottakringer au goulot et à petites gorgées, tout en scrutant ce paysage clair et doux et en regrettant qu'Alexandra ne soit pas là…

Ainsi, nous y voici enfin.

Nous sommes à deux pas du mystérieux Toplitz et rien ne peut laisser deviner les nuits scabreuses d'avril 45. Les sommets pittoresques confèrent au décor une teinte minérale tandis que les chalets et les bourgades s'éparpillent le long des rives. Les maisons construites dans un bois de mélèze auquel les années ont conféré une teinte rougeâtre apportent une touche de béatitude dans cette atmosphère qui n'en a nul besoin.

Décidément, on est loin, très loin de Marseille, de sa vie trépidante et de sa canicule.

Difficile d'imaginer qu'à quelques centaines de mètres de là, le trésor des nazis dort dans l'eau noire du Toplitz !

Le café Lewandofsky se trouve sur Kurhausplatz. Je repère sans difficulté sa façade rouge que j'ai remarquée tout à l'heure. Trunq doit roupiller comme un loir dans sa chambre. Tant mieux, ainsi j'ai les mains libres. J'acceptais volontiers de mener ce type d'enquête en duo avec Alexandra – nous avions quand même pas mal de points communs – mais avec Trunq, c'est une autre paire de manches. Ce n'est pas que ce garçon soit antipathique, loin de là, mais c'est surtout qu'il lui manque un petit coup de rabot, qu'il soliloque continuellement lorsqu'il est éveillé et que j'ai la désagréable impression qu'il peut tout faire capoter d'un simple regard !

Je commande un café expresso qu'on me sert avec un verre d'eau. La serveuse, une blondinette potelée et souriante, parle un mauvais anglais, mais comme le mien est exécrable, nous sommes faits pour nous entendre (sur le plan linguistique, bien entendu).

Je lui demande si elle connaît une certaine Wilhelmine Herzog qui dirigeait l'établissement dans les années soixante.

Elle se montre étonnée par ma question. Les années soixante sont si loin… Était-elle seulement née ? Mais je lui sers un bobard du genre : « Je suis venu en vacances ici avec papa et maman et cette Wilhelmine avait été très sympa avec nous, j'en ai conservé un excellent souvenir, etc. etc. »

C'est idiot, mais suffisamment logique pour la convaincre.

La fille m'apprend que ladite Wilhelmine file sur ses quatre-vingt-cinq balais, qu'elle est toujours gaillarde – je craignais qu'elle ne fut décédée –, qu'elle a revendu le Lewandofsky, mais qu'elle habite Bad Aussee, pas très loin d'ici, sur la Meranplatz.

Elle m'indique que ce n'est pas très compliqué à dénicher car il suffit de demander la Spitalskirche, l'église de l'Hôpital, qui se trouve sur cette place. Cet édifice est très connu, il date du XIVe siècle.

Elle termine en précisant que Wilhelmine loge dans une maison à un étage forcément reconnaissable à sa façade peinte en… vert.

Vert, la couleur de l'espérance.

Décidément le vert est omniprésent dans le coin !

Avec le GPS du Touran, trouver la Meranplatz et l'église de l'Hôpital est un jeu d'enfant pour peu qu'on s'applique dans la saisie de l'adresse.

En plus, j'ai tout juste – vingt sur vingt ! – avec mon air sympathique et mon paquet de Mozart Kugeln (boules de Mozart) à la main, car le regard de Wilhelmine s'illumine dès qu'elle entrouvre sa porte et aperçoit les friandises. Les personnes âgées passent pour être gourmandes et mon premier contact avec la vieille Autrichienne confirme cette propension naturelle. Tant mieux !

Finalement, j'ai eu une excellente idée en m'arrêtant à Salzbourg et en achetant ces chocolats chez Fürst, le magasin qui fait face à la cathédrale St Andrä sur la Mirabellplatz.

Évidemment, Wilhelmine, au-delà de son attirance immédiate pour les Mozart Kugeln, reste quand même sur ses gardes. Que vient faire ce gars planté comme un stàssi sur le pas de sa porte, avec ses traits tirés et son paquet de bonbons à la main ? Je ne lui laisse pas le temps de réfléchir et lui sers ma salade de pseudo-journaliste, mon affection pour Wilhelm, ce petit soldat qu'elle a sauvé un soir d'avril 1945.

Elle me répond dans un anglais bien plus correct que le mien, en m'expliquant qu'elle connaît la langue de Shakespeare because son travail au café Lewandofsky où elle côtoyait pas mal de touristes. Le prénom de Wilhelm a sans doute remué en elle d'antiques souvenirs, car sa voix est mouillée d'émotion et elle m'invite à entrer.

Elle possède un deux pièces cuisine dans la maison à la façade verte, et son intérieur n'a rien à voir avec ceux que j'ai découverts à Sainte-Livrade. Ici, tout est confortable, clean et luxueux. Il y flotte un parfum un peu vieillot de poudre de riz.

Elle m'interroge sur le Polack et j'ai du mal à lui avouer qu'il est mort dans des conditions dramatiques. J'ai peur qu'elle ne se rétracte brusquement face à cette mauvaise nouvelle, alors je l'enrobe et je la joue piano. Je lui répète mon amitié indéfectible pour le Polack, je lui confie mon souci d'écrire un papier détaillant sa participation à l'expédition du Toplitz et la manière dont il a été sauvé par Wilhelmine. Elle paraît captivée par mon projet. Elle ouvre le paquet de Mozart Kugeln, saisit un chocolat et déplie, sans me quitter des yeux et avec une lenteur voluptueuse, le papier doré orné de l'effigie du petit génie de Salzbourg.

J'ai affaire à une gourmande et ces boules de Mozart ont de quoi la ravir. Imaginez une sphère, grosse comme un bouchon de pétanque, avec un cœur de praliné aux noisettes déposé sur un peu de pâte d'amande à la pistache et recouvert de pâte d'amande nature, le tout enrobé de deux couches de chocolat, la première au lait, la seconde au chocolat noir. Vous avez à la fois le croquant et le moelleux. Si je repasse par Salzbourg, je proposerai à Fürst de passer à la dimension supérieure : plutôt que de celui du bouchon, ils devraient s'inspirer du volume de la boule de pétanque !

Mon hôtesse paraît maintenant enchantée de ma visite. Le goût de revenez-y avec l'histoire du Polack s'accommode apparemment très bien avec celui du chocolat.

Elle m'explique que les distractions sont rares et qu'elle ne voit plus personne avant de me demander dans quel hôtel je suis descendu. Apparemment, le Backenstein est une bonne adresse. Elle avale les Mozart Kugeln en tentant de justifier leur forme arrondie inspirée, selon elle, soit par le front bombé du petit Wolfgang Amadeus, soit par l'attrait du génie musical pour le billard !

Je la laisse babiller un moment, car cela la met en confiance, avant de la ramener à ma préoccupation initiale. Je lui montre une photo du Polack, récupérée dans la boîte à godasses, sur laquelle il parade en tenue de combat. La végétation de l'arrière-plan m'a permis de situer la scène en Indochine.

Elle en a presque les larmes aux yeux. Elle se lève, trottine jusqu'à son frigo et revient avec une bouteille de Grüner Veltliner de la Wachau. C'est un vin blanc, frais et léger. Il a le mérite de distiller une vague de chaleur douce et revigorante qui submerge mon corps fourbu par le long voyage. Ce breuvage divin l'aide aussi à retrouver ses vieux souvenirs, ceux du printemps de 1945, ceux qui m'intéressent.

Elle avait à peine vingt et un ans lorsqu'elle et ses parents accueillirent Wilhelm…

Récit de Wilhelmine (traduit de l'anglais par Clovis Narigou)

J'étais jeune à l'époque, j'avais vingt et un ans et, sur le coup, je n'ai pas tout compris. Pourtant, je me souviens bien de ce printemps de 1945. Nous habitions à Archkogl, un peu plus au sud. Mes parents étaient inquiets, ils savaient que le Reich s'effondrait inexorablement, ils espéraient simplement que ce seraient les Américains et non les Russes qui arriveraient jusqu'à nous. La peur du bolchevisme paralysait tout le pays.

La traversée du Rhin par les alliés à Remagen et l'entrée des troupes américaines en Allemagne, le 7 mars, les avaient un peu rassurés à ce sujet mais, à l'est, l'avancée de l'Armée Rouge était fulgurante. Le 29 mars, les troupes soviétiques pénétraient en Autriche. Elles libéraient Bratislava le 4 avril et occupaient totalement la Hongrie quelques jours plus tard.

Et ce qui devait arriver arriva : les chars russes entrèrent dans Vienne le 13 avril.

C'est à peu près à cette date que le va-et-vient débuta.

Je me souviens que les SS ont immédiatement réquisitionné la charrette et l'attelage de notre cousine, Ida Wassenbacher. C'était une jeune paysanne qui vivait aux abords du lac Toplitz. Escortée par les soldats, elle fut contrainte de conduire son cheval sur le sentier étroit et cahoteux qui menait au lac. Elle transporta ainsi une soixantaine de caisses fermées hermétiquement. Elle nous raconta plus tard que les nazis étaient très nerveux et qu'une fois débarquées de sa charrette, les caisses étaient soigneusement déposées sur des embarcations pour être vraisemblablement jetées dans les eaux du lac.

Où exactement ?

Ça, elle ne l'a jamais su.

Ce qu'elle nous a affirmé, c'est que les SS chargés de l'opération ont réquisitionné d'autres charrettes de paysans du coin tirées par des chevaux ou des bœufs et que ce manège dura quatorze nuits.

D'ailleurs, nous avons eu un autre témoignage, celui d'un agriculteur des environs de Gössl, un ami de mon père nommé Hermann Steinegger. Hermann nous a raconté qu'il avait été réveillé en sursaut pas des coups frappés contre sa porte. On lui commandait d'ouvrir immédiatement. C'étaient des SS. Ils lui ont ordonné d'atteler ses bœufs et ils ont entrepris de décharger le contenu de deux camions sur le plateau de sa charrette. C'étaient des caisses très lourdes et Hermann dut faire une douzaine de voyages pour acheminer toute la cargaison aux abords du lac.

J'ai entendu parler également d'un prisonnier de guerre anglais. Je me souviens même de son nom : Patrick Loftus. Il avait été mobilisé avec d'autres prisonniers anglais et français pour aider les SS à charger les caisses. Tous ces prisonniers ont été exécutés afin de les empêcher de parler, mais cet Anglais réussit à s'évader et à témoigner.

Combien de caisses furent ainsi immergées ?

Des dizaines, peut-être même des centaines…

On m'a raconté, bien plus tard, l'histoire de la fabrication des faux billets à Sachsenhausen. J'ai remarqué que la date des immersions des caisses dans le lac correspondait à peu de chose près à l'évacuation de ce camp qui eut lieu quelques jours plus tard.

Finalement, nous avons évité les Russes, sans doute grâce aux accords de Yalta. Les Français et les Américains pénétrèrent en Autriche le 25 avril, l'indépendance fut proclamée deux jours plus tard avec un social-démocrate, Karl Renner, à la tête d'un gouvernement incluant des populistes, des communistes et des socialistes.

Les histoires autour du lac Toplitz n'avaient plus aucune importance face aux enjeux de ce pays qui renaissait.

Mardi 28 août, Salzkammergut

Trunq n'était pas complètement réveillé lorsque je suis rentré à l'hôtel, hier soir sur le coup de huit heures. Quant à moi, j'avoue avoir été légèrement éméché because le Grüner Veltliner de Wilhelmine qui, bien que frais et léger, n'en était pas moins suffisamment alcoolisé pour mettre à mal une carcasse éreintée par plus de dix heures de voiture.

Évidemment, avec les habitudes des Autrichiens qui se couchent avec le soleil, nous n'avons pas pu manger un morceau, ni même boire un coup : tout était fermé !

Pas la moindre auberge, pas le moindre restaurant ou estaminet pour étancher notre soif et nous rassasier. Alors, nous avons fait contre mauvaise fortune bon cœur et tenté de récupérer la fatigue du voyage par quelques heures de repos réparateur. Trunq a replongé dans ses rêves exotiques – enfin, c'est moi qui prétends cela car le garçon est d'une discrétion absolue – et moi j'ai sombré dans le sommeil de l'enclume.

Nous avons pas mal viré avec Trunq tout au long de la sainte journée.

Notre objectif était simple : rechercher la trace d'un pick-up Mitsubishi immatriculé 31.

Nous avons sillonné le Salzkammergut dans tous les sens afin de le dénicher. J'ai connu des périples plus ennuyeux car la région est superbe et d'une fraîcheur appréciable lorsqu'on a vécu plusieurs semaines de canicule et de sécheresse. Ici, ce ne sont que lacs, montagnes, prés verdoyants, vieux villages bien entretenus, touristes propres sur eux et indigènes hautains et imperturbables mais qu'on sent prêts à miauler une tyrolienne à la moindre cuite.

Nous avons quand même pris le temps de nous octroyer une pause dans une auberge de Gosau, histoire de nous alimenter un minimum après le repas manqué d'hier soir. Quelques charcuteries fumées, une assiette de Nocken – des gnocchis locaux – et des Almraungerln – des gâteaux de pâte sablée – pour terminer ont constitué un repas très agréable sous les parasols qui coloraient la vaste terrasse.

Nous avons arrosé tout cela d'une chope d'Ottakringer. Vous aurez compris que Trunq n'est pas le compagnon idéal pour passer des vacances. Sa conversation tourne toujours autour de son père et peut se résumer en un chapelet de questions : « Crois-tu que mon père est venu ici en 1945 ? Crois-tu qu'il est passé par-là ? Crois-tu que le paysage a beaucoup changé depuis son séjour ici ? »

Qu'est-ce que j'en sais, moi !

Il m'a reproché indirectement d'être allé voir Wilhelmine sans lui. Il aurait aimé discuter avec la vieille dame afin qu'elle lui parle durant des heures de son pater. J'ai tenté de lui expliquer que nous ne sommes pas ici en villégiature, que le temps presse, et que s'il n'avait pas roupillé tout l'après-midi comme un bienheureux, je l'aurais sans problème emmené avec moi.

A-t-il compris ?

Sans doute pas…

Et ce qui devait arriver arriva : notre obstination fut récompensée sur le coup de quatre heures de l'après-midi. Le pick-up était garé devant une taverne d'Hallstatt, l'ancienne cité accrochée à la paroi montagneuse du Dachstein, au-dessus de l'eau du Hallstattersee. Cette ville s'est jadis enrichie grâce à l'exploitation des mines de sel qui perdure encore ici et là. J'ai repéré immédiatement Quy, Ai Quôc et deux autres gars attablés sur la terrasse qui surplombait le lac. Ils buvaient de la bière tout en discutant âprement autour d'une carte. Manifestement, ils préparaient quelque chose…

Nous avons attendu sagement à l'autre bout du parking aménagé sur une terrasse belvédère. Trunq en a profité pour s'assoupir un moment. J'ai préféré sortir et m'accouder à la balustrade qui donne sur le lac. Encore une eau un peu irréelle, avec des reflets violets, dans laquelle se reflétaient les maisons aux jolies façades, l'église au toit pointu et les hauts sommets environnants.

L'air frais et le soleil m'enivraient, mais je n'ai pas eu à attendre bien longtemps. Au bout d'une grosse demi-heure, les quatre gars ont regagné leur pick-up et ont emprunté la petite route qui contourne le Hallstattersee par le sud. Manifestement, ils regagnaient la région de Bad Aussee qui n'était qu'à une quinzaine de bornes de là.

Le Mondi Holiday est un motel coquet de Grundlsee, qui se situe pas très loin, à vol d'oiseau, de notre nid douillet du Backenstein. Il offre également à ses clients une vue splendide sur le Grundlsee.

La nuit, la beauté du paysage est moins évidente. Il perd son équilibre et sa paix en s'immergeant dans une obscurité inquiétante, voire suffocante. L'eau noire du lac dans laquelle se reflète la lune donne au lieu une pesante atmosphère de mystère qui semble correspondre davantage au passé de la région.

Le Mitsubishi n'a pas bougé d'un pouce depuis que le quatuor l'a garé là, de retour d'Hallstatt, vers cinq heures du soir.

J'ai laissé Trunq sur place. Bien abrité par le couvert végétal, il avait pour mission de surveiller le pick-up tandis que je retournais à Bad Aussee pour récupérer quelques sandwiches et de la bière. La nuit risque d'être longue…

J'ai acheté également un pied-de-biche pour le cas où… ainsi qu'une paire de jumelles infrarouges pour la vision nocturne. J'ai la vague impression que nos amis ne vont pas tarder à entrer en action, et entrer en action, ça signifie certainement plonger de nuit, à l'abri des regards indiscrets, afin de récupérer quelques caisses bourrées de trésors.

Je sais à peu près où le pick-up se rendra s'il quitte son parking cette nuit : vers le Toplitz où nous pourrons le suivre et le localiser sans trop de difficulté car une seule route conduit à ce lac.

Tandis que Trunq surveille les allées et venues du Mondi Holiday afin de s'assurer que personne ne s'en échappe, je tente, mais en vain, de soulever le couvre-tonneau en alu du pick-up.

Que peuvent-ils bien transporter sur le plateau ?

Que sont-ils donc allés chercher à Toulouse ?

Vers onze heures, après avoir grignoté les sandwiches en discutant de tout et de rien – et davantage de rien que de tout, car le monde de Trunq semble se limiter à un père retrouvé mais virtuel, à un New York imaginé et à une Sainte-Livrade cruellement réelle – notre patience est enfin récompensée : les quatre gars grimpent dans le pick-up et prennent aussitôt la route de Gössl, en direction du Toplitz.

Comme prévu.

Trunq a poussé un soupir de soulagement : s'ils allaient vers Toplitz, c'est que nous n'arrivions pas trop tard. Il fait des progrès !

De Grundlsee, la route longe le nord du lac, passe à Gaiswinkl pour se terminer à Gossl. Nous suivons la Mitsubishi à bonne distance, tous feux éteints. La pleine lune facilite notre surveillance. À partir de Gössl, l'utilisation du quatreu-quatreu se justifie tant le chemin est cahoteux. Je crains que ce ne soit au-dessus des capacités du Touran, et je préfère le garer en bordure du chemin. Nous nous contenterons de suivre la course du pick-up et de son équipage à l'aide des jumelles, équipées d'un éclairage infrarouge, que j'ai achetées cet après-midi à Bad Aussee.

Le quatuor s'enfonce dans le couvert épais, en bordure du lac, jusqu'à un semblant d'embarcadère où est amarré un zodiac.

Ma découverte du Toplitz est impressionnante. On est loin de la sérénité du décor de verdure que propose la lumière du soleil. Maintenant, tout est sombre et vaguement menaçant : les parois presque verticales, le ciel étroit, l'eau lisse et noire. À mes côtés, Trunq paraît bouleversé. Sans doute pense-t-il à son père qui se baladait par ici, sanglé dans l'uniforme noir des SS, par une nuit semblable d'avril 45. Moi, je me remémore tous ceux qui ont laissé leur vie dans ces eaux obscures pour rechercher un trésor mythique qui n'a peut-être jamais existé.

Là-bas, les quatre hommes ôtent le couvre-tonneau pour récupérer un petit treuil, des combinaisons de plongée et des bouteilles d'air comprimé. Je remarque aussi des longs sacs assez plats qui me semblent contenir des bouées gonflables.

Je me remémore le récit de l'expédition d'octobre 1987, la pelle excavatrice, l'énorme ponton, les moyens colossaux qui ont abouti à un échec. Comment les fils de Hans et leurs complices comptent-ils ramener des caisses, certainement très lourdes, avec un matériel aussi léger ?

Un des hommes – je pense que c'est Ai Quôc – reste sur

l'embarcadère auprès de la Mitsubishi, tandis que le Zodiac s'éloigne sans bruit vers la partie orientale du lac. C'est à peine si la surface noire se plisse sous l'avancée de l'embarcation qui se stabilise après quelques hésitations. Quy, qui la guide, doit se repérer grâce aux indications de la carte du Polack.

Ils jettent enfin l'ancre et fixent une bouée blanche et rouge pour marquer le lieu.

Quy et un autre gars se mettent à l'eau tandis que le troisième s'affaire à fixer le petit treuil sur le Zodiac. Bientôt, on discerne le halo des puissants projecteurs sous-marins dont usent les plongeurs.

— Comment vont-ils parvenir à remonter les caisses ?

Trunq se pose les mêmes questions que moi. Je ne peux que lui répondre :

— On verra, Trunq, c'est pas notre problème.

— Pour sûr, c'est pas notre problème.

La réponse à notre interrogation commune jaillit au bout d'une vingtaine de minutes.

Une bouée ou un bateau gonflable, on ne saurait le dire précisément de notre position, émerge près du Zodiac. Une caisse y est amarrée. Un des plongeurs, qui a éteint son projecteur, remonte à la surface en se cramponnant à la bouée. La caisse est prestement accrochée au filin du treuil, puis hissée à bord du Zodiac. La bouée est ensuite dégonflée et le plongeur la récupère pour aller chercher et remonter un nouveau butin. Parvenu au fond, il arrimera un autre colis avant de gonfler la bouée avec l'air comprimé de sa bouteille. Et ça repartira pour un tour.

Le même scénario se produit une dizaine de minutes plus tard avec le second plongeur.

Au bout d'une grosse demi-heure, quatre caisses sont ainsi récupérées et le Zodiac revient vers l'embarcadère où il est délesté de son chargement qui est aussi sec transféré sur le plateau du pick-up.

Le zodiac repart pour jeter à nouveau l'ancre à proximité de la bouée blanche et rouge.

Au bout d'une paire d'heures, une douzaine de caisses ont ainsi été remontées. Certaines d'entre elles, sûrement trop lourdes, sont pourtant retombées à l'eau.

Du beau boulot.

Le couvre-tonneau est arrimé sur le plateau arrière et les quatre hommes prennent place dans le pick-up qui fait demi-tour avant de revenir vers Gössl, tous feux éteints.

Ils passent tout près de nous et un sale éclair métallique illumine le regard de Trunq qui contracte ses muscles.

Nous laissons le Mitsubishi prendre un peu d'avance avant d'emprunter la route du bord du Grundlsee, tous feux éteints également.

— Ces connards, ils ont mon trésor, mon trésor… Mon père m'a dit que c'était à moi, que c'était pour moi…

Trunq, jusqu'ici assez disert, semble avoir été vacciné avec une aiguille de phonographe.

Je hausse les épaules et mets ça sur le compte de la fatigue.

L'animal n'a pas eu ses dix-huit heures de sommeil journalier, alors…

Mercredi 29 août, Grundlsee

Évidemment, à trois heures du matin, le bar du Mondi Holiday était fermé depuis belle lurette. Il faut dire qu'en Autriche, il est quasiment impossible de s'envoyer une biniouse après six heures du soir tant la coutume locale transforme les villes en no man's land bien avant la tombée de la nuit. Les Espagnols, avec leur emploi du temps décalé, doivent succomber à la morosine dans ce pays qui vit à l'heure des poules.

Les quatre bougres avaient certainement prévu la fermeture du bistrot, mais Quy et ses collègues se devaient quand même de fêter un si beau succès. Tout avait superbement fonctionné. Aussi avaient-ils stocké quelques bouteilles de schnaps qu'ils s'apprêtaient à vider sur la terrasse déserte du motel, sous d'immenses marronniers, avant leur dernière nuit en Autriche et un retour en France programmé dès le lendemain.

Douze caisses !

Un pactole sans doute, même s'ils n'en connaissaient pas le contenu. Était-ce de l'or, des devises (ce n'était pas gênant car les faux dollars étaient si bien imités que la falsification était indécelable), des papiers (ce serait plus délicat à négocier), des objets d'art ?

Ai Quôc aurait bien aimé qu'ils prennent le temps d'ouvrir une caisse ou deux, histoire de sonder le contenu, mais son frère avait tenu bon : il fallait respecter ce qui avait été décidé, se conformer strictement au plan, sous peine de tout faire rater.

Ils verraient tout cela le lendemain. Ils avaient prévu de s'arrêter en cours de route dans un endroit un peu discret de la région du Tyrol afin d'établir précisément l'inventaire de leur butin et de se débarrasser des caisses qui apparaîtraient comme sans intérêt.

— Et si toutes les caisses ne contenaient que des merdes ? s'inquiéta Ai Quôc, en tétant une bouteille au goulot, voulant justifier sa soif d'en ouvrir quelques-unes.

— Des merdes ? Difficile à imaginer… Tu connais le luxe de précautions prises par les nazis pour les jeter dans le lac ? Si c'était des merdes comme tu dis, ils n'auraient pas monté une affaire pareille, répondit justement son frère.

À quatre heures du matin, les quatre compères étaient ronds comme des queues de pelle.

Leur schnaps était un alcool de pommes dont le fruité cachait la véritable puissance nocive que le moindre alcoomètre aurait pu dévoiler. La gnole devait bien titrer ses cinquante degrés.

Épuisés par les plongées et la bibine, ils décidèrent qu'il était temps de dormir un peu. Seul, Quy descendit jusqu'au pick-up. Il en fit le tour afin de vérifier qu'il était bien fermé et que le couvre-tonneau était verrouillé.

Lorsqu'il regagna sa chambre, ses trois complices dormaient déjà à poings fermés. Quy s'autorisa une dernière cigarette sur son balcon. Il aurait voulu que cet instant de bonheur et de félicité s'éternise.

Ils allaient enfin pouvoir se sortir de la merde ! Bien entendu, il leur avait fallu assassiner et cramer Wilhelm, mais celui-ci aurait eu, un jour ou l'autre, la gorge tranchée comme leur père. Ils allaient enfin pouvoir montrer à ces salauds de Français, qui les avaient bouclés comme du bétail entre quatre barbelés, qu'ils avaient finalement réussi leur vie en devenant riches, très riches.

Quy soufflait la fumée de sa cigarette vers le ciel où quelques nuages vaporeux effaçaient parfois les étoiles. En contrebas, le Grundlsee étendait son miroir sombre à un jet de pierre, une lune brumeuse y déversait une étrange tache de clarté.

Quy aspira une dernière goulée avant de jeter négligemment son mégot par-dessus la balustrade du balcon. Il rentra pour s'affaler sur son lit. Il fallait bien dormir un peu.

Le lendemain promettait d'être une dure journée.

Mercredi 29 août, Grundlsee

Trunq éprouvait de la difficulté à rester éveillé. Le voyage avait été épuisant et nous avions passé une nuit blanche. J'aurais sans doute dû le raccompagner à l'hôtel, le mettre au lit et régler le problème tout seul, comme un grand. Mais j'ai préféré le laisser s'endormir auprès de moi, à la belle étoile, afin de ne pas quitter ma planque et de pouvoir observer les quatre zouaves qui se bourraient la gueule pour fêter leur magot.

Les cons !

Leur beuverie allait servir mes plans, ce n'était donc pas le moment de lever le pied.

Quy venait de rentrer dans sa chambre après avoir grillé une dernière clope sur le balcon. Avec ce qu'ils avaient picolé, ils devaient maintenant tous dormir comme des souches à moins qu'ils n'aient sombré dans un coma éthylique.

Dès que Quy a refermé les portes-fenêtres de sa chambre, j'ai réveillé Trunq et nous nous sommes rapprochés à pas de loup du pick-up. J'ai chargé Trunq de surveiller le motel, un job facile car tous les pensionnaires – et particulièrement les quatre qui nous intéressaient – devaient en écraser.

La lueur de pleine lune était suffisante pour que j'opère.

J'ai inséré l'extrémité du pied-de-biche acheté l'après-midi entre les ridelles et le couvre-tonneau. Le métal craqua doucement sous la pression. Trois autres manips de ce style et je libérai le couvercle d'acier, dévoilant les caisses bien rangées et encore humides.

Douze. Il y en avait douze, et il nous fallait nous décider rapidement car nous ne pouvions pas toutes les charger dans le Touran. Quatre caisses étaient de taille plus petite pour un poids qui me paraissait équivalent à celui des autres. Avec l'aide de Trunq, j'en ai descendu une à terre et je l'ai charcutée dans tous les sens avec mon pied-de-biche. Il m'a fallu une grosse demi-heure pour parvenir à desceller le couvercle, mais ça valait le coup !

Nous avons transféré ces quatre caisses dans le Volkswagen.

— On se tire, Clo, on a ce qu'il faut, m'a soufflé Trunq qui en avait assez.

Mais moi, je n'étais pas au bout de mon projet. Je suis alors revenu vers le Mitsubishi pour m'attaquer à une caisse plus légère mais close hermétiquement. Elle a fini par céder.

Elle était bourrée de coupures de cent dollars.

L'œuvre de l'atelier d'Adolf Burger à Sachsenhausen !

Une imitation parfaite…

Mercredi 29 août, Grundlsee

À l'instar de tous les Teutons et assimilés, les Autrichiens n'ont pas l'habitude de rigoler avec la loi. C'est sans doute la raison pour laquelle le Mondi Holiday a été cerné, dès sept heures du matin le mercredi 29 août, par une dizaine de camions de flics.

La police avait été avertie par un pêcheur de Bad Aussee qui se rendait sur les bords du Grundlsee afin de taquiner l'omble chevalier. Cet honnête citoyen amateur de salmonidés avait été choqué de découvrir le tapis de billets verts étalé sur le parking du Mondi Holiday et les pelouses avoisinantes. Le vert des dollars et le vert du ray-grass… Une véritable et délicate harmonie !

Plusieurs caisses éventrées contenant des billets analogues se trouvaient sur le plateau d'un pick-up Mitsubishi. Curieusement, le véhicule, immatriculé en France, avait les quatre pneus crevés.

Lorsque les flics arrivèrent sur les lieux, l'arme au poing, une dizaine de quidams, tous aussi honnêtes que le pêcheur d'omble, se disputaient à grands coups de gnons les jolis billets que la brise du matin éparpillait gentiment. Tous avaient les poches pleines de coupures de cent dollars et la police les inculpa sur le champ de recel.

Les quatre passagers du pick-up furent, pour leur part, tirés manu militari de leurs lits.

Ils éprouvèrent quelques difficultés à ouvrir les yeux lorsque les flics les traînèrent au soleil, menottes aux poignets.

Quy et ses complices paraissaient passablement ahuris par la tournure des événements, mais ils comprirent rapidement qu'ils passeraient la prochaine nuit (et une quantité pas encore bien définie de celles d'après...) dans une geôle de ce beau pays de montagne, de charcuteries fumées et de skieurs champions du monde.

À la même heure, une 405 break immatriculée dans les Bouches-du-Rhône quittait Salzbourg en crachant un nuage de fumée grasse.

Le Touran avait été ramené à l'agence d'Auto Europe de la Gniglerstrasse.

Clo conduisait, Trunq sommeillait.

Clo était heureux d'être propriétaire d'un break. Jamais il n'aurait pu charger quatre caisses de cet acabit dans une berline, aussi luxueuse soit-elle !

C'est sans doute en pensant à cela qu'il caressa doucement le volant de sa vieille et toujours fidèle Peugeot.

Épilogue, New York City, six mois plus tard

Le loft s'ouvre sur Columbus Park, le seul parc de Chinatown. C'est ici que se situait jadis Five Point, l'ancien quartier mal famé, la zone la plus dangereuse de la ville au XIXe siècle, là où Martin Scorsese situe l'action de *Gangs of New York.*

– Les choses ont bien changé depuis cette satanée époque, murmure Trunq en observant l'animation du parc, debout derrière les rideaux.

Il vient s'asseoir face à moi et pose sur la table basse une théière de wu lóng.

– Il provient du Fujian, un terme qui signifie « heureux pays », et on n'en trouve ici que dans Mulberry Street.

Trunq ne vit dans ce loft que depuis trois mois, mais il a l'air de connaître le quartier comme sa poche. Mulberry Street est une rue où se concentrent les commerces alimentaires, les primeurs et les poissonneries. La foule y est compacte, le chatoiement aveuglant.

Chinatown m'a à nouveau surpris, dès mon arrivée, non

pas par la multitude de petits commerces – épiceries, bijouteries, bibelots, vêtements – alignés le long de Canal Street ou Broadway, vers Catherine Street, mais par la densité des banques dont les enseignes incompréhensibles en caractères chinois clignotent jour et nuit et parent les façades des buildings de taches criardes.

Ici règne une humanité grouillante qui déborde sur les quartiers environnants – italien, juif, noir et portoricain – et assaille tout le Lower East Side. Je sais que ce foisonnement de sons, de couleurs et de senteurs cache des réalités plus sordides : les rackets et les extorsions de fonds auprès des commerçants protégés, les trafics de drogues et de jeux, les guérillas entre gangs… Il y a aussi la multitude toujours recommencée des sans papiers qui bossent quinze heures par jour pour deux dollars dans des pièces sordides transformées en hammams par l'utilisation continuelle de dizaines de fers à repasser à vapeur.

Trunq me paraît beaucoup plus détendu que lors de notre première rencontre à Sainte-Livrade. Il me verse une tasse de wu lóng.

C'est fou ce qu'il a changé.

— Tu es heureux ici ?

Il sourit :

— New York a toujours été, pour moi, une ville rêvée, un paradis en quelque sorte.

Il se lève et se dirige à nouveau vers la baie vitrée :

— Tu vois, ici, je suis à la fois en Asie et en Amérique. Tu te souviens de mon poster du camp ?

Évidemment que je me souviens de ce vieux poster râpé représentant les gratte-ciel new-yorkais. C'était d'ailleurs la seule décoration de son appartement tristounet.

— Eh bien, maintenant, il suffit de venir devant ma baie pour les apercevoir. En vrai, cette fois.

Lorsque Trunq m'a invité à New York, il y a une dizaine de jours, j'ai sauté sur l'occasion. J'ai toujours adoré New York et cette ville ne m'a jamais déçu. Elle offre un spectacle permanent et la découverte de Chinatown de l'intérieur est extraordinaire. Le quartier grouille de vie.

Que de chemin parcouru par Trunq depuis ce petit matin du 29 août où nous avons quitté Salzbourg avec ma vieille Peugeot. Je n'avais alors qu'une crainte : tomber en rade avant d'arriver à Vaduz.

En fait, il nous a fallu moins de quatre heures pour parcourir les trois cent cinquante kilomètres et franchir les deux douzaines de tunnels entre Salzbourg et la capitale du Liechtenstein. Inutile de vous dire que j'ai scrupuleusement respecté les limitations de vitesse. Je ne tenais pas à tomber entre les griffes de la polizei locale qui aurait pu être intriguée par les curieuses caisses que nous trimbalions.

Je me suis simplement arrêté sur une aire déserte du côté de Bludenz. Là, bien à l'écart de la circulation et des regards indiscrets, j'ai vérifié que le contenu des caisses était bien conforme à nos espérances.

C'était le cas.

Trunq a vidé deux autres canettes d'Ottakringer pour fêter ça, ce qui lui a permis de somnoler jusqu'à notre entrée au Liechtenstein.

C'est un curieux pays, le Liechtenstein… Doté d'un parlement et d'un prince, sa caractéristique essentielle – celle qui nous intéressait alors – est de compter quatre-vingt mille holdings pour seulement trente-quatre mille sujets !

Vous avez immédiatement compris que la principauté prospère grâce aux banques et aux compagnies d'assurance. Ce qui attire les groupes financiers, c'est un secret bancaire encore plus rigoureux que celui de son voisin suisse. On parle beaucoup de la Suisse et fort peu du Liechtenstein, sans doute parce que sa prononciation et son orthographe sont un tantinet barbares ! En fait, cette pratique chère aux spéculateurs et mafieux de toutes sortes vaut à Vaduz la sulfureuse réputation de place forte du blanchiment d'argent en Europe. Et, bien entendu, le Liechtenstein reste inscrit sur la liste des paradis fiscaux non-coopératifs de l'OCDE. Bon, je ne vais quand même pas vous faire un cours de morale financière sur le sujet, d'autant plus que si nous prenions la direction de Vaduz, c'était quand même pour profiter des largesses du néolibéralisme de la principauté.

Cette opportunité m'est revenue à l'esprit lors du départ d'Alexandra.

Lorsqu'elle m'a serré contre elle sur le marchepied du wagon et qu'elle m'a demandé ce qu'elle pouvait faire pour me prouver son amour, un peu comme on demande au condamné à mort quelles sont ses dernières volontés. J'avoue avoir été très terre à terre en évoquant le Liechtenstein plutôt que mon cœur déchiré.

Et j'espère que je n'ai pas eu tort.

Les pavillons bleu et rouge, sur fond de hautes montagnes brumeuses, flottaient au vent dès l'entrée de Vaduz. Un château médiéval – XVIe ou XVIIe siècle, je ne sais plus – surplombait la ville. C'était certainement la piaule de la famille princière.

Je suis parvenu à dénicher une place dans le Parkhaus Zentrum, un des parkings du centre-ville. À partir de la Rathausplatz, des ruelles s'ouvraient sur la vieille ville qui paraissait pittoresque et sympathique, mais dans laquelle nous n'aurions malheureusement pas le temps de nous attarder.

J'ai secoué Trunq pour le tirer de sa torpeur. Il allait devenir riche, très riche, et il ne pensait qu'à picoler et à roupiller !

Le plan de la ville m'a permis de repérer immédiatement

l'Obersaxen Bank qui siégeait dans l'Egertastrasse. Ici les établissements bancaires et financiers étaient mieux indiqués que les hôtels et les restos.

La façade de la banque m'a paru d'une austérité rassurante. Nous y fûmes accueillis avec courtoisie et bienveillance. Il faut dire que les gars qui pénètrent dans ces enceintes désertes y viennent rarement pour commettre des hold-up !

Quelques phrases en anglais, quelques codes, et notre interlocuteur nous invita à le suivre dans un petit bureau assez discret, dépourvu de la moindre fioriture, mais hyper confortable.

Alexandra m'avait refilé de super bonnes combines.

Un quart d'heure plus tard, nous regagnions le parking public. J'ai démarré mon break encore fumant et j'ai rejoint l'Hintergass, une rue qui donne, discrétion oblige, sur l'arrière de l'Obersaxen Bank. Je me suis engagé sous le portail et nous avons pénétré dans un box où mon interlocuteur m'attendait, une esquisse de sourire aux lèvres, flanqué de deux molosses en uniforme.

Ce qui est rassurant avec ce type de banquier, c'est que rien ne les étonne.

Vous pourriez vous pointer avec E.T. ou Shrek, ce serait la même chose (à condition d'amener une valise de devises, of course !).

Les deux balèzes en uniforme se saisirent des quatre caisses et les déposèrent à terre. L'inventaire dura une bonne heure. En fait, il n'était pas bien compliqué : tous les lingots étaient identiques à la pesée sur une balance de précision. L'aigle hitlérien, toutes ailes déployées et enserrant la croix gammée, ornait joliment chacune des barrettes de métal précieux sans déclencher le moindre commentaire.

À l'Obersaxen Bank, on en avait certainement vu bien d'autres !

Nous avons quitté Vaduz un peu après dix-sept heures.

Trunq a acheté quelques canettes d'Edelweiss dans une auberge de la Rathausplatz. « Pour le voyage », a-t-il prétexté lorsque je me suis inquiété de l'importance de la consommation alcoolique d'un désormais milliardaire.

J'aurais aimé qu'Alexandra m'accompagne à New York, mais depuis son départ pour Paris, à la fin août, je ne l'ai plus revue. Je n'ai plus eu de nouvelles de l'hawala. Était-ce un prétexte ? Je la joins quelquefois au téléphone, avec difficulté car j'ai généralement le répondeur qui est bien incapable de me chuchoter le moindre mot d'amour, mais elle est toujours pressée à cause de son boulot.

A-t-elle rejoint son avocat à l'Audi R8 ? Je n'en sais rien et ne désire d'ailleurs rien savoir à ce sujet. L'ignorance est souvent le secret du bonheur, et une jalousie compulsive me conduit à jouer la politique de l'autruche.

Parfois, elle m'envoie un SMS sibyllin : « Sans toi, ma vie est vide. »

Je ne sais pas ce que cela signifie.

Chez moi, c'est le lit qui est vide…

— Encore un peu de thé ?

J'acquiesce d'un signe de tête.

Oui, Trunq a bigrement changé.

Ce sont souvent les circonstances qui forgent les hommes. Je dois reconnaître que sa vie a pris une tout autre tournure ces derniers mois et qu'il s'y est finalement bien adapté. Je le trouve plus détendu, mais aussi plus déterminé.

Il faut dire que ça faisait quelque temps que nous ne nous étions plus croisés…

À notre retour d'Autriche, il est resté une grosse semaine à l'Estaque, le temps d'une nouvelle analyse ADN à partir de la salive du Polack relevée au dos d'un timbre-poste.

Je me suis souvenu du courrier adressé par le Polack à Trunq en juillet et j'en ai parlé à Raf. L'analyse a été concluante cette fois-ci. C'est donc bien le Polack qui a été tué sur le quai de la Lave. Trunq est resté deux jours sans pouvoir articuler le moindre mot. Sans doute entretenait-il secrètement un mince espoir de retrouver son père vivant…

Il est allé se recueillir sur la tombe du Polack à Saint-Henri. L'Estaque possède un port, des quantités de bistrots, de commerces, de notaires, de médecins, de bons à rien, de bonnes à tout, mais pas de cimetière. Alors on enterre les Estaquéens chez les voisins de Saint-Henri. Trunq a passé encore deux jours en va-et-vient continuels entre la baraque du Polack du quartier de l'Église et sa tombe.

Puis, un matin, il m'a appelé pour me dire qu'il partait. Il avait de bonnes nouvelles de Vaduz et des transferts de fonds entre l'Obersaxen Bank et la Chase Manhattan Bank de New York.

Le voici maintenant confortablement installé dans cet appartement qui donne sur Columbus Park.

Ici, je n'ai pas remarqué la moindre bouteille d'alcool.

Aurait-il vaincu son sale penchant pour la bibine ?

— C'est vraiment super chez toi.

L'appartement est meublé avec goût. Sans doute a-t-il fait appel à un décorateur de Soho tout proche.

— N'est-ce pas ?

Il sourit, mais je ne décode toujours pas les sourires des Asiatiques.

Est-il heureux ici ?

Il devine mon interrogation :

— Tu sais, Clo, je dois te dire quelque chose. Ma vie a changé, énormément changé, en bien et grâce à toi. Tu n'as pas voulu d'argent mais si tu en as besoin, tu n'as qu'à m'en demander. Tu pourrais au moins remplacer ta Peugeot.

Je hausse les épaules. Je lui ai déjà dit que je me sentais bien dans cette voiture et que sa mise à la casse n'était pas d'actualité.

Il poursuit :

— Je sais ce que tu vas me répondre. Tu n'as pas besoin d'argent. Remarque que je te comprends. Toi tu es heureux, tu vis nourri par tes racines, en harmonie avec le pays de tes ancêtres, entourés d'amis… Mais moi, avec tout ce fric, j'ai quand même un problème…

Il avale une gorgée de thé :

— Ici, je ne suis rien. Je suis riche, mais je ne suis rien et je suis seul. Je pensais que New York et Chinatown m'aideraient à me ressourcer, mais je n'aime pas tous ces Chinois. Ma mère les haïssait également, elle disait que c'est à cause d'eux que nous avions dû fuir Saigon. À Sainte-Livrade, j'étais une saloperie de Chinetoque, j'en ai souffert, mais au moins j'avais des repères.

— Tu veux retourner là-bas ?

Il éclate de rire :

— Ah, non ! Par contre, ce que j'aimerais c'est revenir à l'Estaque, vivre dans la maison de mon père. Je n'y ai passé que quelques nuits, mais il était là, je l'ai senti près de moi. Je vais te confier quelque chose qui va t'étonner : mon père n'est pas mort. Il vit en moi. Il suffit que je pense à lui, et j'y pense chaque jour que Dieu fait, pour sentir son souffle.

Il marque un temps, comme pour guetter une réaction de réprobation de ma part, avant d'ajouter :

— Je sais maintenant que c'est là-bas et là-bas seulement que je trouverai la paix.

Il est fou, ce Trunq !

Il a fixé sur le mur un poster de son père en noir et blanc, l'agrandissement de la photo qu'il a récupérée lors notre visite à l'Estaque, dans la maison du Polack dévastée.

Un cliché du Polack, le regard clair, l'air martial et le képi de la légion…

— Observe donc son attitude de guerrier, de vainqueur. C'est un dur, un vrai dur. En fait, derrière cette façade, c'est un homme qui n'a connu, toute sa vie, que la défaite et l'humiliation, de l'Allemagne à l'Algérie, en passant par l'Indochine. Et c'est parce qu'il est cet homme-là que je tiens à lui.

Trunq a retrouvé son père depuis qu'il est orphelin.

— Et puis, tu sais, je voudrais qu'on m'appelle Marcel. Marcel Littbarski, conclue-t-il.

Ses yeux s'embuent. Sans doute parce que les vrais durs meurent aussi.

Note de l'auteur

On me demande souvent, lors des rencontres que je peux avoir avec les lecteurs, par quel mécanisme mystérieux un écrivain trouve l'idée ou le thème d'un roman.

Il y a bien entendu l'actualité, l'actualité oppressante qui fait resurgir le rebelle qui sommeille dans le cœur de chaque auteur de polar, mais il y a aussi le hasard, car c'est souvent une rencontre avec des personnages et leur histoire qui nous donne envie d'approfondir un sujet.

Lorsque j'ai écrit Putains de pauvres ! il est bien évident que c'est l'actualité qui m'a porté et m'a soulevé tant l'hiver 2006-2007 avait été riche de détresse, de misère et de dénuement sur fond d'indifférence ou de lâcheté, de langue de bois ou de déclarations compassées, de jugements égoïstes ou de proclamations iniques.

Évoquer Sainte-Livrade et le CAFI tient de la seconde logique, celle de la rencontre. Le sujet ne semble intéresser personne, ni la presse ni l'inévitable télé ne s'en font écho. Le CAFI n'est pas vendeur…

La rencontre en question a eu lieu à Villeneuve-sur-Lot.

Je participais alors à un salon du livre. Il pleuvait et l'on entendait les trombes d'eau frapper le toit de la tente qui avait été installée sur la grand-place de la ville. Il régnait un froid humide et il n'y avait, pour couronner le tout, pas grand monde dans les allées encombrées de bouquins.

Fort heureusement le foie gras, le confit de canard et le Tariquet nous avaient rendus d'humeur joyeuse et nous passions le temps à nous écouter les uns et les autres.

Le hasard avait voulu que nous nous trouvions, Del Pappas et moi, entre un journaliste ultra médiatisé qui nous racontait avec force détails croustillants les orgies improvisées à Paris le jour des obsèques du bon Victor Hugo (il publia, par la suite, un ouvrage sur le poète) et un autre journaliste, davantage tourné vers la discrétion et l'investigation, qui était l'auteur d'un ouvrage dénonçant l'utilisation de la torture durant la guerre d'Algérie.

C'est ce dernier qui fut agressé verbalement le dimanche après-midi par un quidam, vraisemblablement aviné, qui l'accusa de traîtrise, de bassesse, de cracher sur le drapeau français et sur tous les soldats morts pour la Patrie. L'olibrius portait sur le revers de son veston de vagues décorations mais aussi la flamme patriotique et emblématique du F-Haine. Inutile de préciser que le bonhomme – un sous-off à la retraite – ne m'intéressait guère ; il était d'un genre hélas très répandu sur notre planète et dont la France n'a – encore une fois hélas ! – pas l'exclusivité.

Ce qui m'étonna davantage, c'était la grappe de vieilles Asiatiques voûtées qui se tenaient, muettes et serrées les unes contre les autres, au second plan. Elles accompagnaient l'olibrius dans tous ses déplacements et ne portaient sur nous qu'un regard vide.

On aurait dit qu'elles venaient de débarquer d'un boat people bourré de vieillards qui aurait erré des décennies durant de la mer de Chine à l'Atlantique.

Le libraire qui nous avait accueillis sur son stand était un monsieur charmant et fort avenant, qui avait vécu à Marseille dans des temps fort anciens puisqu'il se souvenait des matches de l'OM au… stade de l'Huveaune. C'est tout juste s'il n'avait pas croisé Gyptis et Protis sur la Canebière ! Habitant depuis dans cette jolie cité du sud-ouest, il m'éclaira fort à propos sur la présence des vieilles Annamites : elles vivaient au camp de Sainte-Livrade.

Sainte-Livrade…

Un nom curieux…

Je ne savais pas que Livrade était un prénom. En est-il un d'ailleurs ?

Mon bon libraire m'apprit qu'on y cachait toujours, dans un des discrets méandres du Lot, les premiers exilés de notre empire colonial perdu, ces « Chinois » qu'il fallait dissimuler et oublier parce qu'ils étaient la honte de la France, parce qu'ils concrétisaient une défaite emblématique de la civilisation chrétienne, la première dérouillée de l'Empire français, qui ne pourrait faire que tache d'huile si elle était connue (les « pensionnaires » du camp avaient été accueillis – façon de parler… – en 1956, en pleine guerre d'Algérie).

Aujourd'hui, les « Chinois » de Sainte-Livrade vivent toujours – du moins ce qu'il en reste – dans ce petit coin de la France profonde, dans un camp à la sinistre allure.

Là, ils égrènent leurs chapelets, assistent aux enterrements des plus anciens, participent à la fête annuelle du camp, imaginent devant la télé par satellite leur Indochine volée, vénèrent leurs morts et allument des bougies sur les autels où trône Bouddha.

Ils rêvaient d'être traités comme des Harkis et, si l'on ne connaissait pas le sort que la France a réservé à ces derniers, cela pourrait prêter à sourire…

Lorsque la nuit descend, les rescapés de Sainte-Livrade regardent les eaux vertes du Lot en songeant au Mékong.

Et tout le monde s'en fout !

Table des matières

Achevé d'imprimer sur les presses
de Pulsio à Sofia
Imprimé en Bulgarie
Dépôt Légal : Mai 2015